シュルレアリスム叢書
パリの最後の夜

*Les dernières nuits de Paris
et autres histoires*
Collection "Le Surréalisme"

フィリップ・スーポー
谷昌親 訳

Philippe Soupault
traduit du français par Masachika Tani

国書刊行会

函
Book sleeve: copperplate engraving in 19th century

表紙
アンドレ・マッソン《誘拐》1931
ポンピドゥー・センター蔵

パリの最後の夜✺目次

パリの最後の夜

オラス・ピルエルの旅

無動機の行為をお願いします。

フィリップ・スーポー

服従のもうひとつの印は、現代の理性が事実に関してとる態度である。ある意味で、理性があるがままの事実の奴隷となっているわけなのだが、それは、多くの学者や歴史家において、理性というものは、そこに大小にかかわらずありとあらゆる事実が登録されていく一種の記録用の円筒に変貌する傾向があるからだ。物質的な事実のほかに真実はない、となる。知性は博学に押しつぶされ、知識量に圧迫されて識別や判断ができなくなるのだ。

ジャック・マリタン*1

オラス・ピルエルの人生（序文）

わたしは十年ほど前にオラス・ピルエルと知り合った。いままでに出会ったなかでこれほど美男の黒人はいなかったと断じてまちがいはあるまい。彼はパリ大学でローマ法と民法の授業を取っていた。

わたしたちは同じカフェの常連だった。

記憶違いでなければ、ウェイターはアルベールという名前だった。アルベールは、アルファベットの文字に似た口ひげをはやしていた。投げやりな感じの男で、伏せた瞼が客を眠りや夢想や酔いに誘っていた。アルベールに言わせれば、「おれはかわいい女と知り合った（彼は舌を鳴らす）、かわいいブロンド女と知り合ったんだよ」となる。そしておめでたい話を語った。かわいいブロンド女が二、三日はアルベールのことを愛したが、そのあと裏切ったというのだ。

オラス・ピルエルはイギリス煙草に火を点《つ》け、ミルクコーヒーを飲み、黒人らしい白い歯をたっぷり見せて微笑んでいた。わが友人オラスは、実は、リベリア共和国の首都モンロヴィアで生まれていた。

ああ、運命の皮肉！　雨が降っていたのだ。それでもわが友人オラスは満足そうだったし、たまたま雪が降ったりしようものなら、わが友人オラスは微笑み、微笑み、そしてまた微笑んでいたものだ。

この男の微笑みは、冷笑でもなく、嫌みでもなく、意地悪でもなく、嘘つきのものでもなく、儀礼的なものでもなく、皮肉でもなく、愚かでもなく、職業的なものでもなかった。黒人ならではのすてきな微笑みで、生きることが愉しく、言葉ではなくアルコールに酔っているのだった。地球が彼の好みからするとあまりに速く回りすぎるように感じられるというので、自分を駆り立てるものややりたいことをあえて探してみるのだが、すると尋常ならざる悲しみに沈み込む。天を呪い、父祖伝来の信仰を否定した。(1)かくして身は危険にさらされる……。

わたしはそうもしておられぬが、ほかの方々はこうしたあまり奇異とはいえぬ人生にどうぞ驚異を感じていただきたい。人生は人生、それには快く同意しよう――ただここでわたしは人生のただひとつの意味だとか、思考のたどるべき軌跡とか、夢想の内容とかを論じたいわけではない――いまのわたしはオラス・ピルエルの伝記作家であるわけで、この男はわたしの同級生で、勉強熱心な学生であると同時に、魅力的で忠実な友でもあり、わたしは彼についてこれ以上ないほどのよい思い出を抱いている。

ああ思い出、ああ記憶！

光は小さな歩幅で降りてくる。遠くにひどく重々しいささやき声が聞こえ、それが地面すれすれに流れてゆき、通りがかりに動物たちの幻想を苦もなく焼き尽くす。もっと近くでは、空が地面に接する。火花が飛び散ったかと思うと、それは神のまなざしのように美しい太陽だ。機械のアームを絶望の身振りで動かす男の影が目の前に見える。小鳥がその男の指の上にとまる。男はなにかが起こるのを、破局か奇蹟が起こるのを待っている。果てしなく広がるささやきだけが応えてくれ、そのささやきをわたしは耳にするし、それが大きく響く音となるのをわたしはおそらく眼にすることになるのだが、それというのもその音はわたしの耳をえぐり、わたしの額を叩くように感じられるからだ。いや、たぶんわたしは眼をつぶるべきなのだ、青ざめないために、わたしには果てしなく思われたこのささやきの谺《こだま》でしかない自分自身の存在に驚嘆しないために。生命力にあふれた小鳥のように、樹木のように、わたしもまた自分自身の影を待つのだし、わたし自身の謎を、わたしという人間、貧乏でも金持ちでもなく、ただそれだけの存在であるわたしが前に進む様子をうかがうのだ。

記憶はわたしを裏切ったりできないはずで、記憶によってはじめて数々のイメージがわたしに伝えられる。オラス・ピルエルの思い出のせいでわたしの気持ちが高揚したりはしない。あいつが嫌な黒人になってしまうこともときにはあった。人間関係というのはひと筋縄ではいかない。

　だからあの青年の性格をこうだと決めつけたりすることはわたしにはなかなかできない(2)。

　モンロヴィアでプロテスタントの宣教師からの教育をまずは受けたあと、若きオラス・ピルエルはコンドルセ高校に送り込まれて勉強を続け、さらにパリ大学の法学部に進んだ。そのあと、食料品を手広く扱う叔父の商店に入り、やがてその共同経営者のひとりになった。二十二歳のころだった。彼は金を貯めた(3)。

　彼は故郷をことさら懐かしがったりはしなかった。二人乗りの小型車を手に入れ、晩に店が閉まったあと、運転席に乗り込み、サン＝ジェルマン*2へ、ヴェルサイユ*3へ、ランブイエ*4へ、ソー*5へ、マント*6へ夕食をとりに行った。スピードを出し、パリ市の門を出るとさらにアクセルを踏み込んだ。

　ある晩、わたしはコンコルド広場で彼と出くわした。かたわらにはブロンドの女がいて、そのかわいいブロンド女は白い歯をみせて微笑んでいた。この色恋沙汰に悲劇的なところは一切なかった。結婚にも自殺にも犯罪にもいたらなかったのだ。テレーズという名のそのかわいいブロンド女のあとは、リリーという褐色の髪の女だった。毎晩、オラスとリリーはパリの周辺、サン＝ジェルマンだとかヴェルサイユだとかで夕食をとっていた。オラスは幸せだった。

　わたしは驚いていた。ランプの明かりのもとで、わたしはこの安っぽい幸福、この軽やかで申し分のない日々の喜びのことを思っていた。暖炉で火が、真っ赤になって息絶えるときに、わたしはなにを言ったらいいのか、なにをしたらいいのかわからないでいた。幸福の影が天井に広がっていった。わたしは鏡に映った自分を見つめられないでいた。叫び声すらあげず、ただ精気を失っていくだけの男を、その魂を一瞥しただけだ。ありとあらゆる天上のヴァイオリンと天使の歌も、死者の横たわるベッドのかたわらや暖炉のそばで待つ者を慰めたりはできない。謝辞、独白、説教、嘆き、なにものも堂々とした深い沈黙には太刀打ちできない。

オラスは幸せだった……。このすばらしい順応性を確認することしかわたしにはできなかった。人生は女のようなもので、ただ愛すればいいのだ。わたしとはちがい、みなは馬鹿にするだろうが、それも仕方あるまい。オラスは心底幸せだった。店が閉まったあとの夜の時間帯には……。

まさに夜のことだったが（わたしははじめての長篇小説『善き使徒』を書いているところだった）、オラス・ピルエルが電話をしてきた。彼はわたしに会いに来た。彼のまなざしには決意が読み取れた。微笑んでいたが、その微笑みには誇り、勇気、尊大さ、気品が混じっていた。「大事な知らせがあってきたんだよ」と手袋を脱いでから彼は言った。沈黙がそれに続き、わたしはあれこれ推測して、「こいつは結婚するんだ、めでたいことだ」と考えた。誤りは、ペン軸と同じで、わたしたちの指がすぐ届くところにある。わたしには想像力が足りない、それは事実だ。そうした欠点にあらがっても益はない。それにロマン派的な心情などというものは……。

「大事なことをきみに知らせる」彼は黙りこみ、微笑んだ。わたしは見当をつけた気になっていた。片手をポケットから出し、彼を祝福しようとした。彼は続きを口にした。「おれはグリーンランドへ旅立つ」仰天だ。わたしは思わず笑ってしまった。驚かすにもほどがある。リベリア共和国の市民にして黒人、食料品屋の店員で、自動車を運転し、恋をし、法学士号を持つ男、そのオラス・ピルエルが探検家になるだなんて！　少なくともわたしはそう想像し、その想像はいささかも間違っていなかった。彼は自分の計画をたっぷりとわたしに話して聞かせ、いかなる細部もおろそかにしなかった。笑ったあとで、わたしは恐ろしくなった。赤道直下に生まれたアフリカ人がグリーンランドを歩きまわることになるのだ！　オラスは冗談を言っているにちがいない――そう自分に言い聞かせるため、わたしはもう一度笑いだした。あの氷と雪の半島にこの黒人が行くだなんて！(4)　ひとはわけもなく笑ったりすべきではない。いまではわたしにもそれがわかる。

オラスは恋に破れた悲しみのために発つわけではなく、賭けで作った借金だとか人生に幻滅したからというわけでもなかった。出せるかぎりの理由をどれもこれも引っぱり出して彼は長々とわたしに説明した。彼はただどこかに旅立ちたいから発つのだとわたしは理解した。それが真の旅人だとすでにボードレールが言っていたではないか。ランプと同じで、彼の心は油が切れてしまっていたのだ。パリに残っている理由などなかったが、発たなければいけない動機もなにもなかった。彼は決心を固めていた。その性格のせいで、とどまるのではなく、旅立たずにはいられなかったのだ。強いて言えば、人間を二つの種類に分けられるだろう。旅立つ理由や残る理由などいささかもないまま行ってしまう連中と、その逆で完全に土着で、同じところに居続ける連中だ。

オラスは好奇心が強いわけでもなかった。弦楽四重奏曲よりも交響曲が好きだとでも言うかのように、グリーンランドに旅立つことにしたのだ。名前や数には神秘的な力がある。グリーンランドという語は神秘を表わしていた。その呼びかけを無視するには、オラスはまだ若すぎた。神秘と眩暈《めまい》だ。

オラスはロマン派的な心性の持ち主ではなかった。ハ、ン、カ、チ、を、振、り、な、が、ら、交、わ、す、最、後、の、別、れ、も、船から漏れる嘆声も、見捨てていかねばならぬ土地も関係ない……。彼はただ「旅立つ」と思いついただけだった。こうした決心に驚いてはなるまい。よく考えるなら、それはごく自然なことに思われる。なんの疑念も抱かず、至極平然と、街のまっただなかに居続けるわれわれのような人間がどれくらいいるだろうか？　そうした生き方を受け入れられないひとのほうはどれくらいいるだろうか？　友人の旅立ちを正当化しようなどと毛頭思わなかったし、ましてや説明するつもりなどはなおさらなかった。正当化や説明は痒《かゆ》いところを搔くようなものだ。

だからオラス・ピルエルは、自信まんまんで満足した様子をして旅立っていった。車を売ってそれなりの用意をした。やはり最低限、それは必要だった。セーターを数枚、正確な資料と地図。

ある晩の七時一七分頃、わたしは北駅の十九番ホームで彼と握手した。リリーもわたしの横にいた。

駅から出ると、天気がよかったので、カフェのテラス席に行って坐った(5)。わたしはひどく孤独で、途方に暮れた気分だった。

コニャックの水割りが運ばれてきたが、まちがって鉄道時刻表も付いてきた。草食動物のような眼で、わたしは路面電車やバスを眺めていた。タクシーが何台か乗り場に停まっていた。わたしの両手はなにもつかんでいなかった。いい天気だった、本当にいい天気で、わたしは本当にひどく孤独だった。グラスには琥珀色のアルコールがなみなみと注がれていて、気晴らしに煙草に火を点けた(6)。わたしの頭のなかでは数字が駆けめぐっていた。慰めが必要だった。頭がぼんやりとしていた、濃い霧に充たされたかのようにぼんやりとしていた。いつもなら両手で頭を押さえつけると確認できる勇気が失せてしまっていた。

いい気になってこの晩のことをたっぷりと語るのは、その不在がもたらしたものを言っておかないと、オラス・ピルエルの人生が不完全なものになってしまうようにわたしには思えるからだ。

わたしには勇気がなくなっていたし、空腹でもなく、喉も乾いていなかった。ただ光景を見たいという欲望、なにかしらの光景を見たいという欲望だけがあった。わたしはオラス・ピルエルのことを考えていたわけではない——旅のこと、大文字の旅のことを考えていたわけでもない。そうではなく、孤独な自分のことだけを、大理石と鉄でできたテーブルを前に、籐製の椅子に坐り、眼の前のアルコールの入ったグラスに水を注ごうとしている自分のことだけをひたすら考えていた。わたしは水を注ぎ、そして飲んだ。街灯に火が点いていたが、炎は揺れず、通りは判で押したように見知らぬ顔ばかりを川の水さながらに押し流していた。突然、そうした顔のうちのひとつがわたしに向かって名前を発した。「ジュリアン……」だがそれはまた別の物語、もうひとつの美しい物語、もうひとつのきわめて美しい物語だ。[*7]

フィリップ・スーポー、一九二五年

オラス・ピルエルの旅

たったひとつでいいので、無動機の行為をお願いします。
フィリップ・スーポー

わたしには安っぽい美しさしかないが、それで幸せだ
わたしは風の屋根の上を滑ってゆく
わたしは海の屋根の上を滑ってゆく
わたしは感傷的になってしまった
わたしはもはや導き手を知らない
わたしはもはや氷の上の絹を動かさない
わたしは病気で花で石だ。
わたしは裸婦を従えた一番中国的な男が好き
わたしは鳥らしからぬ一番裸の女が好き
わたしは年老いた女だがここでは美しい
そして深い窓から降りてきた影が
毎晩わたしの両眼の暗い心を見のがしてくれる。
ポール・エリュアール*8

I

十一月十八日、おれは二十五歳になったばかりで、グリーンランドに向けて出発した。駅には友人が何人か来て握手をしてくれ、列車が動きだすと手を振ってくれた。快適な航海。二ヶ月後には、バフィン湾に面した小さな港エタに到着していた。三日しか滞在しなかったが、この村では四、五人のデンマーク人がアルコール、コンビーフ、青いサングラスを売っている。発育が悪くて大きくならない低木の並木道を散歩するのが好きだった。それからおれはグリーンランドの内地へと入っていった。

☆

夏だった。毎晩身振り手振りでおれはエスキモー[*9]に一夜の宿を丁寧に頼んだ。朝になると、数頭の犬を連れて旅を続けるのだが、犬は一頭、そしてまた一頭とおれを見捨てていった。

ある日の正午ごろ、山が見えてきて、おれがピルエル山と名づけたその山のふもとにかなりの数のテントが設置されていた。何人かの男が近づいてきて、なんとも愛想よく自分たちの住居に招き入れてくれたが、アザラシとセイウチの皮で覆われたその住居を彼らはどうしてもトゥピックと呼びたがった。干し魚をくれ、横になれる場所を示してくれた。翌日から数日間、おれは彼らの猟についていった。

☆

晩になると大きなテントの下に集まり、いまやおれの友人となった連中が象牙や骨でできた武器を磨いたり、矢を作ったりしているあいだ、彼らの話に耳を傾けた。やつらは自分と同じような服を身にまとった妻を紹介してくれた。熊や犬の皮でできた上着《チュニック》とズボンというでたちだ。滞在当初は、臭気ぷんぷんの連中の住まいにいるのはつらかった。頁岩《けつがん》製の大きな壺で昼夜を分かたず鯨の油が燃やされ、不慣れな者にはかなり不快な臭いが広がるからだが、おれのような部外者だと、干し魚や枝肉、そして男も女も犬もところかまわず落としていく糞が放つ臭いにも苦しめられる。

☆

数週間が経ち、おれは連中の言葉でかなり巧みに話せるようになってきていた。ある朝、まちがって自分のでないテントに入ってしまった。女が身づくろいをしているところだった。尿をためた大きな器の上に身をかがめ、顔や胸を尿で浸していた。女は叫び声をあげはしなかったが、おれのことをじっと見つめた。おれもなにも言わず彼女の前に立ちすくみ、その透きとおった黄色い肌、黒くて硬く太い髪の毛、頬骨が突き出た顔、斜めに傾いた半開きの眼、細長くて並はずれた高さのある頭に見とれるばかりだった。つまり、この女のことがかなり気に入ったわけだ。その日から、おれはトゥークゥーマと一緒に暮らすようになった。

☆

八月半ば頃、おれたちはピルエル山の斜面にある草原に行った。数頭のトナカイが丈の高い草をはみ、おれたちが通るのを大きな眼を開けて眺めるときにだけ頭を上げた。トゥークゥーマはセイヨウタンポポやユキノシタを摘《つ》んで匂いをかいでみて、おれに渡した。ハエやマルハナバチがおれの連れのまわりでかすかな音を立てていた。十七日後にしか日没にはならないので、おれたちは日が暮れるのを待ったりはしなかった。家路につく道すがら、手にした匂いのしない花におれは見惚れていた。

☆

おれたちの住まいの入口《トゥビック》に、ある日、オータという人物が現われた。トゥークゥーマはおれにはふさわしくないというなんとも無礼な口実で、彼女をもらい受けにきたというのだ。おれはこの女のしてくれる愛撫に慣れきっていて、それを変える気にはなれなかった。おれたちはトゥークゥーマの父親に会いにいった。

父親が時間をカウントし、その娘が微笑んでいるあいだ、オータは自分の力を証明するべくおれの身体を腕で押さえつけたあと、頭の上に持ち上げ、その快適きわまる姿勢におれをできるかぎり長く置いたままにした。嫌というほど持ち上げてから、彼はおれを地面に放り出し、今度はおれが同じことをする番になった。父親はおれを勝者と認め、おれが娘の抱擁や甘いささやきにもっともふさわしいのだから、娘と寝るがいい、と言ってくれた。

冬が近づきつつあり、毎日のようにトゥークゥーマ[*10]はおれに、引っ越しが近づいていることや、これから住むことになるイグルーのこと、熊の皮でできたズボン、そしてとりわけ犬の皮製の上着《チュニック》について話した。九月末に雪が降りだし、おれたちはテントから出て、屋根のしっかりしたイグルーを選んだ。おれたちの冬の住まいは石造りで、アザラシの毛皮と雪でおおわれていた。そこには三、四メートル続く長い通路伝いに入り、日の光はアザラシの腸膜を張って作った小さな窓から射した。おれはそこに家具をいくつかと、自分の服や武器を運び入れた。

☆

百日ほども夜ばかりの日が続くあいだ、ときどき友人たちが我が家を訪れるようになっていた。ある老人が立ち上がり、詩を大声で朗唱し、居合わせた者たち全員が一行ごとに詩句を繰り返した。残念ながら、おれが記憶にとどめることができたのは、連中がしょっちゅう朗唱していた「雪」という詩だけだ。

時
風
山
イグルー
炎
眼
炎
イグルー
山
風
時

隣人のイクワはおれのことをずいぶんと気に入ってくれた様子だった。毎日のようにちょっとした贈り物を持ってきてくれた。トナカイの足とか、父親の髪の毛とか、アザラシの眼とかだ。長く伸ばしていたおれの髪の毛を引っぱっては、自分の友情を伝えた。彼はおれをつねるのも好きだった。おれたちは長い時間を一緒に過ごした。

☆

トゥークゥーマの姉のエラトゥーがまだ小さな娘を連れてよくおれたちに会いに来た。服を脱いでから話をはじめる。すると子どもが邪魔をするので、子どもをおれに預ける。そしてまた話に戻り、夫と自分の父親の喧嘩について微にいり細にうがち、長々と注釈も加え説明し、どちらが何発殴り、何発殴られたといったことまで口にした。突然笑いだして、父親の額に最近どんなたんこぶができたかを語ってきかせることもあった。こうした話の途中で突然子どもが泣きだしたりもした。

およそ二百四十時間も続くこの長い夜のあいだ、おれはたくさん眠った。もっとも、それだけで夜をやり過ごせるわけではない。武器を研《と》ぎ、拳銃を磨いた。ときには腸膜製の窓を引き裂いて開き、射撃の練習をした。星の見えない晩は、近隣の明かりの灯《とも》ったイグルーの窓が恰好の的《まと》となった。おれの腕前はぐんと上達した。隣人たちは、雷鳴のような音がとどろき、謎の急死を遂げた者が何人かいたのを納得するために、大いなる悪魔トワルスクの罰に値するなにかをしでかしたのだろうと考えた。

☆

この部族の信仰についておれは軽い疑念を抱いていた。義理の両親や友人たちは偉大なる悪魔トワルスクの怒りをひどく恐れていたが、おれはそんなものをまともに信じる気にはなれないでいた。そうした態度が、キョアパルドという男の気持ちをひどく逆なでてしまった。この男は呪術師、正確には、アンガコクという役目を担っていて、鉤型の骨に掛けたセイウチの気管支膜を力いっぱいに叩き、叫びながら、手足をよじるのだ。こうした方法でありとあらゆる病気を治すと豪語していたわけだ。

正真正銘の悪魔が叫ぶのを聞かせてやろうと、笑みをうかべながら彼はおれのところにやってきた。おれは急いで着替え、イグルーから這って出た。風が雪を巻き上げ、おれたちを押しやるなか、彼は手探りでおれの手をにぎった。夜の闇のなかをおれたちは歩いた。出発してから十分ほどが経つと、雪が降りだし、顔に雪片がまとい付くのを感じた。おれはおとなしく彼のあとをついていった。遠くで不意に犬の吠える声が聞こえた。話もせず、たがいを見たりもせず、おれたちは歩き続けた。ときどき立ちどまっては身体を揺さぶり、覆うように積もっていた雪を振り落とした。また犬が吠えたが、その犬とおれたちがどれくらい離れているのかはわからなかった。おれの連れは立ちどまらなくなり、いくらか歩調が速くなった気がした。出発してから一時間は経っていただろう。犬が三度目に、今度はもっとそばで吠えるのが聞こえたとき、彼はおれに止まるよう合図した。キョアパルド自身は歩き続けていたので、おれは急ぎ足で追いついた。そのとき、おれたちは風や吹きつける雪と闘っていた。

長々と響く口笛におれはぎょっとしたが、連れはそれに返事をした。数分後、足のあたりに犬の気配を感じ、せわしない息づかいが聞こえた。おれはキョアパルドに、この犬はなんでやってきたのかと訊ねたが、返事はなかった。

いきなり倒され、おれは仰向けになった。ひとりの男がおれの両足をつかんで地面に押しつけ、キョアパルドはおれの首を絞めながら「トワルスク、トワルスク！」と叫んだ。おれはポケットをまさぐり、拳銃をつかんだ。

帰路は、犬のあとについていった。

数日後、人がやってきて呪術師はどこだと訊ねた。「行方知れずだ……」とおれは答えた。

☆

この時期は気温がひどく低いにもかかわらず、おれが体調をくずすことはめったになかった。けれども、奇妙な気象現象が起きて悪性のインフルエンザにかかった。何時間ものあいだ南風が吹き、けた外れに大粒の雪が渦を巻いて、その一方で気温はマイナス二五度（華氏）からプラス四三度まで上がったのだ。もちろん、おれの伴侶は救いを求めにいった。何人かの呪術師がおれを手当てしてやろうと言ってくれた。寝床のそばに小ぶりの長太鼓を置き、十五分以上も盛んに身振りを交えて叫び、太鼓を叩いた。こうした治療法がとられ、成果をあげるのを、これまでおれはよく眼にしていた。だがおれの熱は下がらなかった。それでも体調は回復し、例の嵐についていろいろと気づいたことがあったので、おれは気象や潮位や天体に関する観察記録を書き留めてみる気になった。

☆

まず眼にとまったのは、月の満ち欠けは正常なのに、天球を移動していく軌道が異常なことだった。また、月がおれたちを照らすのは三十日のうちの十日ほどだと確認できた。そうした月の光のおかげで外に出て、トナカイや熊やジャコウウシを狩ることができたのだ。月が照るので村の連中の活動もそれなりに成り立っていた。女たちは皮を交換し、男は武器を交換した。ときには、ものごとに頓着しない夫が馬鹿な妻を口やかましい女と取り換えたりした。両親は喜んで、同意するばかりか後押しもすると言わんばかりにうなずいてみせた。

☆

あるとき、鋭い叫び声に目が覚めた。イグルーのまんなかにわが伴侶のトゥークゥーマがいて、大声を出しながら自分の着ている服を引きちぎっているのが眼に入った。彼女はぐるぐるまわりはじめ、それから熱い涙を流して泣きながらそこらじゅう歩きまわった。服は次々に床に落とされた。全裸になると、彼女は跳びはね、やたらめったら身振り手振りをしてから、いきなり外に飛び出した。あっけにとられた感じでおれがあとを追うと、月明かりのもと、彼女は転げまわり、走り、髪を掻きむしり、叫び声に卑猥な身振りを伴わせ、おまけにこの時期にマイナス四〇度（華氏）ほどにもなる気温を気にするふうもなかった。彼女は二十分ほどせわしなく動きまわると、泣きだし、その後は少し落ち着いて、自分の住まいに戻っていった。眼は充血し、身体は震えで小刻みに動いていた。好奇心から彼女の脈を取ってみると、ひどく速くなっているのがわかった。

数日後、おまえの友だちの女が妙な病気になっていると別人の話にして、彼女に細かくいろいろ説明した。驚いた様子もなく彼女は微笑み、それは「ピブロクト」*11だと答えた。

☆

一月末、二十八日だと思うが、正午に南のほうにかすかに赤い光が見えた。冬が終わったのだ。すぐにおれは仕事をはじめた。いくつかの計画をなるべく早く実行に移したかったからだ。隣人何人かに手伝ってもらって大きな橇を二つ作り、アザラシの皮で犬の装具をこしらえた。こうした準備がすべて終わると、二つの橇にブロック肉と干し魚を積み込んだ。友人となっていたイクワはおれについてきたいというので、二つ目の橇を担当してもらった。二月十四日、すべての準備が整った。

☆

太陽が地平線を越えるとすぐにおれたちは出発した。おれはグリーンランドの北海岸を探索したかった。だがやがて、ワシントンランドやハルランドの沿岸にできた巨大なフィヨルドのせいで、そうした探索を成しとげるのは不可能に思われてきた。そこで、北緯八〇度のラインで西から東に横断することに決めた。どこまでもおれについてくると決心していた連れは、腕のいい狩人であり、健脚を誇る男でもあった。

ほんのちょっとした無動機の行為をお願いします。

フィリップ・スーポー

さあ海藻の館めがけて出発しよう
自身の影に覆われたさまざまな自然の力がそこで
犯罪者のように前に進み出て
明日の旅人を殺すのをわたしたちは眼にするだろう
ああ、わが親愛なる友人である恐怖よ

バンジャマン・ペレ*12

II

二月十四日、おれたちはピルエル山周辺から離れつつある。

最初は平らで単調だった地面にやがて起伏が出てくる。丘陵の連なりだ。

こうした隆起のある地帯を通過するには、橇をそこそこ長い距離抱えて運ぶ必要がある。

一回の行程は七キロだ。

おれたちのテントは、二人一緒になんとか入れる程度の大きさしかない。

滑らかに広がる平原に入るとすばやく進んでいく。一日の終わりになると、雪が降り積もって持ちにくくなった橇をゆっくりと運ばねばならない。九キロの行程だ。続く数日、地面は完全に平らになり、行程も一五キロ以上になることが多くなる。

二月二十日
日が照る。すばらしい天気だが、夜には厳しい寒さとなる。

二月二十一日

今朝九時、気温がきわめて低かった。

二月二十二日

午前一一時から午後八時まで、二一キロ以上進んだ。

二月二十六日

起伏に富んだ地形となる。丘陵の連なりを進む一歩ごとに起伏が激しくなるが、この丘陵を越えて橇を運ばねばならない。ついてこられない病気の犬を殺し、その死骸を仲間の犬たちのほうに放り投げる。

三月二日

あいかわらず丘陵の連なり。

三月三日

おれたちは非常にゆっくりと進む。

三月八日
氷の山が立ちふさがり、そこを通過するのにとてつもなく時間を使う。
昨日、休憩のあとに北西の風が強まり、空が曇った。

三月十四日
南風の影響で気温が急激に上がる。

三月二十一日
南から吹きつける突風。ますます歩きにくい地形になる。

三月二十六日
また犬を殺すはめになった。

三月三十一日
雪。

四月四日

寒い。

四月十日

寒い。

本当に、たった一回でもちょっとした無動機の行為をお願いします。

フィリップ・スーポー

カシミール・ビュレという名前が彼に付いているのは、自分でそれを選んだからにすぎないし、それに慣れてしまったのは、長いあいだ吟味しているうちに、どうということのない名前に思えてきたからだ。

ゴビノー伯爵[*13]

III

出発してから二ヶ月ほどが経ったある夕方、日没時に、イグルーを見つけたイクワが叫び声をあげた。彼はおれにそれを教えてくれたわけだが、こんな人里離れたところに住まいがあることにおれはずいぶん驚かされた。いろいろと探してみたが、ほかの住居は見つからなかった。おれたちは犬を走らせ、十分ほどでそのイグルーの入口に着いた。橇から外してやると、犬はそれぞれ橇のそばに坐り込んだ。

☆

小さな窓からイグルーのなかを覗くと、髪の毛も顎ひげもふさふさしている老人の姿がおれたちの眼に映った。泊めてくれないかと頼みたいが何語で言えばいいのかわからず、英語で話かけてみようかと考えていると、老人がひどくあっさりとフランス語で「こんにちは《ボンジュール》」

と声をかけてきた。彼はイクワとも握手し、おれたちをなかに招いてくれた。このように暖かい季節に、エスキモーの慣習どおりにテントに住むのではなく、イグルーに住んでいるのが意外だった。

☆

くつろぐように言って、老人はグリーンピースの缶詰を開けてくれたので、おれたちはむさぼるように食べた。彼は、眼鏡をかけるとおれたちのことを長々と、しかも細かいところまで観察しはじめたが、言葉は発しなかった。おれたちがグリーンピースの缶詰を空にすると、彼はグラスを出してきてウィスキーをそそぎ、おれに差し出した。おれの連れにも一杯ふるまおうとしたが、おれより疑い深いイクワは断った。老人は無理強いをせず、おれの寝床の近くにウィスキー壜を置いた。腕時計を見て、床に熊の皮を広げると、おやすみとも言わずに老人は寝てしまった。蠟燭の明かりも点《つ》けたままだった。

☆

翌朝、目が覚めると、老人が着替えているところだった。半透明の窓をじっと見つめながら、長くて白い顎ひげにゆっくりと櫛を入れていた。イクワのいびきも耳に入らず、おれの動きにも気づかぬ様子だった。ときどき櫛を落としてしまい、それでも小さな窓から眼を離さないまま、手探りで拾った。

老人は杖を手に出ていった。おれは、まだ目が覚めきらないまま、このイグルーの内部をゆっくりと見まわした。わりあい広い部屋だったが、明かり採りの窓は小さいのがひとつあるだけだった。大小さまざまな缶詰が壁際に山のように積み上げられ、ところどころが金メダルのように光る色とりどりのタペストリーのようだった。空壜が三本ほど、熊の皮、腕時計、調度品めいたものはそれぐらいだった。地図も本も写真もなさそうだ。丸められた紙を拾って広げてみると、大文字がいくつかと幾何学的な図形が描かれていた。

☆

二時間ほど出かけていた老人が帰ってきて、両手をこすりあわせ、坐った。ここはどこだとおれが訊ねると、「独立湾とデンマーク・フィヨルドに挟まれたミリウス・エリクセン・ランドの北緯八一度だ」と老人が応えた。おれがグリーンランドの地図を広げると、彼はその長い指で正確な場所を指した。礼を述べてから、自分は北緯七九度のフンボルト氷河のあたりから来たのだとおれは説明した。彼は返事をせず、おれも黙ることにした。見るからに疲れきった様子のイクワは、いびきを高らかにかいていた。

☆

連れを起こさないようにして、今度はおれが外に出た。橇のなかに置いたままだった肉を犬たちに与えた。自分用にも幾切れか切りとった。そうしてから周囲を見渡した。イグルーが建てられているのは平野のただなかで、どうしてこの場所を選んだのかわかるようなものは見当たらなかった。きわめて無頓着に選ばれたようにしか見えない。イグルーのなかに戻ると、イクワがなんとも嬉しそうにオマール海老の缶詰を食べていて、老人のほうは仕方なくといった具合にゆっくりと機械的に噛んでいた。

この最初の一日のあいだ、おれたちは黙ったままだった。イクワだけは少し話をして、老人の名前を知ろうとしたり、何頭も熊を撃ち殺したのか、奥さんはどこにいるのかなどと訊ねたりしていた。老人はほとんど応えず、聞こえていないような様子のこともよくあった。眼をつぶり、横になっているのだ。顔が急に神経質なこわばりを見せ、ゆがんだ表情になったりする。ときおり起き上がると、眼を半開きにしてアルコールの入ったグラスを一気に傾ける。

イクワは、いかんともしがたいといった感じでそうした様子を眺めていた。

☆

翌朝、老人が杖を手にしたとき、おれも身づくろいをすませていて、一緒に外に出た。尾行したが、老人は気づいていなかったか、少なくともおれがいるとわかっているそぶりはみせなかった。十分ほど歩いて、おれは声をかけることにした。「おはよう」と言ってみた。

彼はうなずきもしなかった。「調子はどうですか」おれは付け加えた。彼の耳には入っていない。唐突に彼のほうから「代数学はできますかな」と訊ねてきた。できると応えると、彼はおれを見つめた。家に戻ると、おれの連れのエスキモーが酒を飲んでいるところに出くわした。老人はイクワの手からグラスを奪い、あっというまに飲み干した。

☆

おれのほうから声をかけたわけでもないのに、老人はおれのそばに来て坐り、こう言った。「わしの名前はアンリ・シモネだ。聖人伝を執筆し、建設省では課長補佐をしていた」あとは黙り込み、熊の皮の上で横になって眼をつぶり、一日中動かないままだった。

☆

夜、眠る前に老人は紙を一枚手に取り、そこに方程式を書いた。おれにその紙をわたすと、アルコールを少しあおり、眼をつぶった。待ってましたとばかりイクワが近寄ってきて、おれの手からその紙を取り上げた。驚いた様子でおれを見つめ、次々と質問攻めにしてきたが、おれは取り合わず、ひどくうるさいやつだとうんざりしていた。質問をやめさせようとウィスキーを勧めると、喉の渇きを癒すかのようにひと飲みにした。イクワはそのまま寝てしまったので、おれはじっくりと方程式を眺めることができた。蠟燭を近づけ、解読を試みた。

☆

イグルーに陽光が射し込むとすぐに、おれは犬を一頭連れて出かけ、(コンパスを頼りに)南へと向かいつつ、やや東にそれて、アンリ・シモネがくれた指示から導き出したとおり、デンマーク・フィヨルドにたどり着いた——地すべりを恐れて、巨大な岩と岩のあいだを慎重に慎重を重ねて進んでいった。火を焚《た》いた跡がある洞窟を見つけ、そこでしばし休憩し、岩の窪みで拾った大きな卵を丸飲みした。そして一夜を過ごすための場所を探した。

☆

岩の塊の背後に深い穴を見つけ、そこでなら風から身を守って眠れそうだなどと思っていると、鋭い鳴き声が聞こえて、おれは頭を上げた。おびただしい数の鳥が翼を休めに岩陰にやってきていて、そのうちの何羽かをおれはじっくり眺めることができた。疲れて鳥を追いかけるどころではない犬の存在にしても、そしておれの存在にしても、鳥たちはいささかも恐れていなかったからだ。おれにもカモメ、それにアビ科の鳥やヨーロッパコマドリはわかったが、おれ同様にこの洞窟にねぐらを求めにきたうるさくて好戦的な大きな鳥の種類は特定できない。おれが卵をまた数個集めると、すぐ夜になった。

☆

毎日卵を取ってきて食べられるとわかり、おれはこのフィヨルドを探検することにした。六、七〇〇メートルもの高さのある急な岩壁がそびえる海岸だった。おれはゆっくり歩いていったが、すぐに疲れてしまう。地面は固く、平坦ではなかったからだ。探検をはじめて二日目も半ば過ぎた頃、フィヨルドの向こう岸が眼に入ってきた。

八時間かかってどれくらいの距離を歩いたのか大雑把に計算して、平均二五キロという数字が出た。地表に走る裂け目や唐突に行く手を遮る陥没のせいでおれはゆっくりと歩かざるをえなかったわけだ。

デンマーク・フィヨルドを探検しはじめて四日が経った頃、非常に深いクレバスの縁にたどり着いた。迂回したかったが、内陸深くまでずっと続いているようなので、あきらめざるをえなかった。岩伝いに、四苦八苦しながらゆっくりと、おれはこのクレバスのなかに降りていった。底まで降りきるのに二時間もかかった。おれは疲れきって、そこはかとなく不安だった。完全に真っ暗闇で、顔を上に向けても光はほとんど見えなかった。かといって、ポケットに入れてある蠟燭を燃やして周囲を見ようという気にもなれず、おれはそのまま平たくて広い岩の上で眠り込んだ。

☆

翌朝になって目を覚まし、おれは蠟燭に火を点けたが、このクレバスの底には興味を引かれるようなものはなにも見当たらなかった。眼に入るのは積み重なる石の山、そして腕を入れても底を触《さわ》れないような穴だった。それでおれは岩にしがみつき、向こう側に登りはじめた。登り終えたのは正午前後だと太陽の位置からわかった。どうやって渡ったのかわからないが、犬はいつのまにかクレバスの反対側に来ていて、再会できた。そこなら食料を調達できる寝ぐらをすぐに探した。

☆

数時間休息してから、また東をめざして歩きはじめた。深いクレバスがあるといけないので、フィヨルドのはじっこは避け、それまでの数日間よりスピードを上げて歩き、北東方向に進んだ。その日の午後だけで三〇キロほどの距離を踏破した。好天続きで、それまで一番難儀させられていた風に苦しめられることはなかった。注意をとめるに値するようなものは周囲に見当たらなかった。岩の地面を平らな石が覆っているだけだった。

☆

六日目の午前が終わる頃、海が見えた。さらに一キロほど歩くと崖の縁までたどり着き、海岸沿いに歩くと谷が見つかったので、崖のふもとまで降りて磯に出た。玄武《げんぶ》岩《がん》質溶岩流の跡が土手道のようになっているのを見つけた。岩穴でひと晩を過ごし、その夜は、飽きはじめていたいつもの食料をやめて、貝を食べた。

☆

目が覚めるともう昼近くで、よく晴れていたので海岸沿いを歩き、地質を観察したいとおれは思った。洞窟から出て下に降り、周囲を見渡すと、灰色の玄武岩の円柱が少し離れた場所に数本あり、海の上にそびえていた。行けるところまで磯伝いに歩いた。海はいたって穏やかで、円柱のところまでなんなく行けて、円柱が突端をなす岬をぐるりとまわってこられるのがわかった。

☆

お昼を少しまわった頃、岬の突端のところまで来てみると、その少し先で数本の高い円柱が岩を支え、岩の下が巨大な洞窟になっていて、その入口が見えた――かなり沖まで続くこの洞窟におれは入っていった。最初、洞窟はとても高さがあり、ずっと奥まで続いているように見えた。陽光の反映が穹窿や岩壁に当たり、なかにある無数の石柱や鍾乳石を輝かせた。眼がくらみ、耳もよく聞こえない感じになってしまい、おれは注意して進んだ。海水がひたひたと音を立て、波が岩壁に当たって砕ける音が穹窿にとどろいた。この洞窟の一番奥までは行かなかった。急に恐怖にとらわれ、おびえて走り出したのだ。

海岸まで戻り広々とした場所に出ると、おれは大笑いした。

本当に、たったひとつでいいから、無動機の行為をお願いします。

フィリップ・スーポー

人類は信仰に逃げ込み、信仰に守られながらも、いささかも幸福だと感じることができないでいたりするものだが、そうした信仰の体系は、嵐が、突風が、何世紀にもわたってゆっくりと行われた働きが、いつだってやってきて壊したり、解体したり、ひびを入れたりするのだ。宗教も、哲学も、分解されて崩れ落ちる。すると社会精神がおのれの便宜のために新しい思想を吹き込み、これくりまわす。ハルトマン*14が述べていたように、「錯覚の段階」は三つあり、それが続いて起こる。おそらく、変動する秩序のなかで置き換わるという事態も生じて、何度も消えたり戻ってきたりする。いまの暮らしのなかでの幸福、神の意思により、新しい生のなかで成り立つ調和、地上における欲望と行為が、あくまで未来の人類においてだが、最後になって辿りつく一致、そうしたものが精神を魅了し、社会規範に従わせる。すると集合的な魂はそれらをある思想から別の思想へと、どちらの思想が特定の世紀、特定の階級、特定の個人に適応するかによって、導いてゆくのだ。

フレデリック・ポーラン*15

Ⅳ

数日間歩きまわってから戻ってくると、例の二人が協力しあって暮らしていて、それにはひどく驚かされたと認めざるをえない。おしゃべりでうるさいイクワがアンリ・シモネにほとんど話しかけず、アンリ・シモネのほうは、イクワのことを墨だか手袋だかのように見なしきっている。その一方で、イクワのする話や態度からは、この家の主人《あるじ》に対する奥深い軽蔑の念が感じとれた。

ある晩の二時頃、目が覚めてささやき声が耳に入ったが、頭が働かず、なにを言っているのかわからなかった。蠟燭を点《つ》けると、なにをしているのかは明らかな姿勢でいるアンリ・シモネとイクワが眼に入った。急に明かりが点いて、イクワは不意を突かれた格好だった。おれのほうは二人をそれ以上見つめないように気を使い、ただウィスキーを少しだけ注いで飲んだ。

おれはふたたび横になり、蠟燭を消し、すぐに眠りについた。どうしてかはわからないが、夜が明ける頃にまた目が覚めた。陽はすでに昇り、イグルーのなかもそれなりに明るくなっていて、あいかわらずおれのことなどかまってはいられない二人の姿が見えた。

しばらくして、イクワがおれの寝床の足元に坐り、なんだか珍妙な話を語りだしたが、おれにはさっぱりわからなかった。あっちへ行ってくれとおれは頼んだ。

☆

戻ってきてからというもの、おれはエスキモーが示す不愉快きわまりない馴れなれしさを前ほど無頓着に受けとめきれなくなっていた。話しかけてくるときはいつも、おれの肩に手を置くし、返事をしないと乱暴につねったりする。彼の動作やおおらかな微笑みには毎度いらいらさせられた。おれのいないあいだに、あまり強くないはずなのにアルコールをひっきりなしに浴びるほど飲むという嘆かわしい習慣を身につけていた。酔うと（ほとんど毎日酔うのだが）、すぐに普段より騒がしくなってしまう。おれの両手を取って揺さぶり、意味もなく大声で笑うのだ。晩になってほろ酔い気分になると、ひと晩中、話したり、うめいたり、悪魔との闘いを語ったりする。その長い腕をおれの首にまわしたりもする。追い払っても泣きながらおれにしがみつき、その抱擁から逃れられなくなる。

それである日、おれのほうから彼にウィスキーをふるまおうと思った。おれの手でグラスを彼の唇のところまで持っていき、どんどん飲ませた。まもなく彼は泥酔し、何時間もそのままだった。彼は、目が覚めると嘔吐感に見舞われていた。

☆

度を越えた飲酒は、少しもそうした習慣がなかっただけに、彼を蝕んだ。何時間も、うつ伏せになって身動きひとつしないまま横たわり、起きるとまた飲んだ。

おれはようやく落ち着いた気分になり、ひと息つくことができた。元気を取り戻したおれは、探検のあいだは貴重で献身的な仲間であったものの、いまでは苛立ちをもたらすばかりのこのエスキモーと袂を分かつことに決めた。

そこで、あの浴びるほどの飲酒をやめさせ、数日経って、彼がこちらの依頼を理解できるようになったと判断した時点で、新たな探検についてきてくれないかと彼の忠誠心に訴えかけた。彼はこの申し出を喜んで受け入れた。

二日後におれたちは出発し、数キロ進んだところで、別行動を取る必要があるとおれは彼に告げた。彼の背中に服を何着か担がせてやり、合流地点となる海岸に向かって一直線に歩くよう勧めた。彼はウィスキーの壜を一本持参してきていて、食料のことなど念頭になく、おれもあえて彼に食料を渡すようなことはしなかった。おれは別の方向に進み、そしてイグルーに戻ってきた。エスキモーの安否を気にしたりはしなかった。もう二度と帰ってこないことはわかっていた。

☆

そのころのおれは、旅立ち以前にロサンジェルス国際地理学協会《インターナショナル・グラフィック・ソサエティ》の栄えある会長であるラファエル・トマス・シンプソン博士からもらった手紙のことをしきりと思い出していた。彼は、学術的な目的でグリーンランドを旅することの重要性と利点を指摘していた。極地探検家たちの勇気と根気を称賛し、その冒険のすばらしさを強調する一方で、調査旅行者とはどうしたって見なしえないと主張していたのだ。いくら読み取ろうとしても、探検家たちの書いたものからは、いささかなりとも科学的な情報は見いだせなかったと国際地理学協会の会長は付け加えていた。手紙の締めくくりで、本当の意味での極地探検をしてもらいたい、氷の塊にリベリア共和国の国旗を突き刺しに行くのではなく、地質学、気象学、地理学、民族誌学上の観察を記録してもらいたいとおれに頼んでいた。

自分の記憶にある事柄をR・T・シンプソン博士の方法論に従って分類しようとしてみて、おれは思わず笑みをこぼした。ヨーロッパの学者だろうがアメリカの学者だろうが、連中がいろいろと説明を付けてくれるだろうし、それに誰もおれが言ったことが正しいかどうか確かめに来ないと信じて疑わなかったので、当初は鉱物の名前を適当に書き留めようと思った。しかし、おれは考え直して、自分が見たこと、そしてこれから見るだろうことをどこまでも正確に記すことにした。

殿方も、そして奥方のあなたも、本当に、たったひとつの些細なものでいいので、無動機の行為をお願いします。

フィリップ・スーポー

泣くことができないでいた男（というのも彼はつねに苦しみを内面に抑え込んでいたからだ）は、自分がノルウェーにいるのに気がついた。フェロー諸島で、彼は垂直に切り立ったクレバスにおける海鳥の巣の探索に立ち会い、断崖の上に探検家を吊るす三〇〇メートルのロープにこれほど頑丈なものが選ばれていることに驚いた。誰がなんと言おうと、そこに人間の善良さが際立つ例を彼は見ていたのであり、自分の眼が信じられないような思いになっていた。もし自分がそのロープを用意しなければいけない立場だったら、ロープが切れて狩人が海に転落するように、数箇所に切り込みを入れていたことだろう。

ロートレアモン伯爵*16

V

ミリウス・エリクセン・ランド

三月十日

もう何日も前から、アンリはおれに声をかけてこないし、おれも彼になにも話さない。おれは、R・T・シンプソンの手紙のことを思い出しては、そのつど笑みをこぼしてしまう。一緒に住んでいるのがアンリ・シモネでなかったら、デンマーク・フィヨルドを探検して、この地域を歩きまわることにしただろうが。

それに、この遠征の不首尾におれは嫌気がさしてきていて、今後はその日暮らしをしようと決めた。

三月十四日

この住居にはあいかわらずの沈黙が重く垂れ込めている。おれはずっと相棒のことを観察している。逆にあいつはおれのことをろくに見ようともしない。
今日はかなり風が強く吹いていて、夜になると犬が吠え合っていた。

三月十六日
おれが戻って来てから初めて、昨晩、アンリ・シモネが声をかけてきた。もっとも、ウィスキーの壜をくれと言ってきただけだが。彼はあいまいに、本当にひどくあいまいに礼を言ったが、そのあとはまたうとうとしていた。おれは気象観測をいくつか書き留めて、服を繕った。

四月三日
おれはもう外に出ない。
アンリは少し話しかけてくる。

四月五日
おれは昨夜、ロサンジェルス国際地理学協会会長宛にしたためていた報告書を破り捨てた。

四月六日

おれたちはどちらも外に出ないし、めったに話もしない。まだ餓死していないのが不思議なくらいの一頭の犬が、入口を閉じている板の前に来て、引っかき、そして吠えた。

四月七日

今日あらためてアンリにいくつか質問してみたが、やつは全部忘れたと言い張る。熊の皮の下に船員用のケースがあるのを見つけ、錠前を壊す。なかにあったのは、開襟シャツが数枚、釘が数本、アンリの写真が一枚、本が一冊、指物師用の教本、鏡がひとつ、紙が数枚。

四月十七日

ケースで見つけた写真を五、六日前にアンリ・シモネに見せた。彼は最初はなにも言わなかったが、少しすると笑い、それから肩をすくめ、写真を遠くに投げやった。「破る気も起こらない」と呟《つぶや》く。好奇心をそそられたおれは、どうしてそんな反応をするのか訊いた。「いいかね、当時三十五歳のジュール・ポワドゥヴァンという男がいたんだよ」と彼は返事してきた。「ある日、こいつは、ル・プルティエ通りで金物屋を営んでいるルジ夫妻の家にいた。拳銃を持参していたので、ちゃんと使えるか二人の前で確かめようとして、笑いながらルジ夫人に突きつけた。『お気をつけて、撃ち殺してしまいますよ』と彼は叫んだ。その瞬間、銃弾が発射され、ルジ夫人は右のこめかみに瀕死の重傷を負った。男は逮捕され、銃に弾が入っているのを忘れていたと言ったんだよ」

眼を閉じてアンリは付け加えた。

「奇妙奇天烈《きてれつ》な話じゃないか」

いまではおれも相棒の例に倣《なら》うことにして、なにも言わず、横になったままでいる。

四月二十三日

相棒は仕方なく食べているのだと、昨日、気づいた。あいつは飲みたくて飲んでいるのだろうとかつては思っていたが、そんなことはまったくなかったのだ。うんざりしながら薬を服用している病人のように飲んでいるのにすぎない。

四月二十七日

アンリは、起きて用を足そうとした際に、かなりの怪我を負ってしまった。蓋を開けた缶詰の上を歩いてしまい、骨に達するほど足の親指を切ってしまったのだ。

このときの彼の態度には驚かされたが、実際、予想外の態度と言っていいと思う。困っているようには見えたが、ハエにたかられている人のような様子だったのだ。

腐った匂いがあまりに強くなってきたので、おれはイグルーの掃除をはじめた。周りの汚れものを取り除きたいので立ってくれと相棒に頼んだ。彼は立ち上がり、肩をすくめ、それからおれの寝床に行って横たわった。

五月一日

イグルーはようやくきれいになってきたが、まだ外出はしていない。数日前から風の音が聞こえているので、ひどく強い風が吹いているはずだ。アンリは例のごとく無口だ。

五月五日

あいつは気持ちが落ち込んでいて、そうした気分が彼の沈黙の唯一の理由だろうと思っていた。それはまちがいだったと今日わかった。なぜだかわからないが、アンリ・シモネはそうした気分の落ち込みとは無縁だったとおれは確信するようになった。

五月十一日

今日、相棒にいくつか質問をしてみて、遅まきながらかもしれないが、自分がぶしつけだったことに気づいた。だがアンリ・シモネはただ微笑み、黙っているだけだ——彼が怒るのをいまだかつて見たことがない。

五月三十日

沈黙がずっと続いたあと、おれたちはまた話すようになった。充分に空気を吸い込んだり、運動したりしていないので、おれは食欲がまったくなくなってしまった。一方、ずいぶん飲んでいる、飲みすぎと言ってもいいので、飲む量を減らすと決心した。

六月十三日

今朝、指物師初心者のための教本をぱらぱらと見ていて、新聞の切り抜きを見つけた。

カービン銃の男

十三区では、数日前から歩行者に無差別にカービン銃で発砲していた男がまだ見つかっていないため、監視網が敷かれることになった。警視庁長官のルイ・ボルヌ氏はこの謎の犯罪者の餌食になりかけたのである。四輪無蓋馬車に乗ってラ・ガール大通りを通過中に、銃弾がガラス窓を割り、彼の顔から数センチのところを通過したのだ。

無動機の行為だよ、くそったれ。

フィリップ・スーポー

ノエルの手で、実演で使ったすべてのもの——暦本、鋼鉄の棒、ロザリオ、藁屑《わらくず》の入った箱、水晶の玉、赤くなったストロー、サイコロ、星座の本、ルーペ、柳の枝、象牙の薄片、イーゼル、雲母《うんも》、石炭の入った袋、炭火を取り除いたチュール織の盆——が伸縮性のある背負いかごに戻され、やがてそのかごを地面にいるモプシュスにまた背負わせた。

レーモン・ルーセル*17

VI

北緯八一度において

おれはあいつと二年以上一緒にいたことになるのだと思う。ある晩目が覚めたとき、あいつのことが好きになりはじめていることに突然気づいた。もうここにはいられないと感じた。

おれは出発した。

冬は二週間ほど前に終わっていた。

橇を押してデンマーク・フィヨルドに向かい、海岸にたどり着こうとした――以前に通ったルートがわかっていたので、いまとなっては不要でかさばるだけの缶詰は手放すことにした。

岩で隠れているが、簡単に見つけられる深い洞窟に缶詰を隠した。[*18]

おれはいま、スクーナーの「ラリアンス」号に乗っている。[*19] この帆船は、二日前に海岸でおれを拾ってくれた。嵐のせいでグリーンランドの北東に流され、通りがかりにおれの合図を見つけてくれたのだ。

船には十人ほどが乗っていて、そのなかのひとりは、以前にロスコフ[*20]で知り合った旧友であり、そのトマ・ル・ゲレックという男とばったり顔を合わせることになったのだ。彼は船長におれのことをよく言ってくれた。もちろん船長はおれのことを狂人扱いし、おれの横を通り抜けながら微笑んだ。

船長室で、おれは海洋地図のすばらしいコレクションを見つけた。

原註

（1）ピルエルは当時プロテスタントだった。
（2）オラス・ピルエルは、精力的で、辛抱強く、教養があり、知的で、根っから正直で、生真面目ですらあって、なかんずく、いかなる虚栄心や利己主義もない人間だった。心遣いや寛容さを慎ましき人びとのために発揮していた。だからこそ、先祖から受け継ぎ、幸運や能力のおかげで得た宝を人類に享受させようとしない連中に対してはいくらでも厳しくなれた。
（3）かなりの額だった。食料品の商売は儲けが大きいのだ。わたしたちの友人のひとりで経済専攻の男が言っていたが、それがヨーロッパにおける産業人の精神の堕落の証左なのである。
（4）これは誤りだ。そのあとにわたしにはわかった。グリーンランドは、わたしが思っていたように、氷と雪で覆われたりなどしていない。
（5）わが友人ポール・エリュアールおなじみのテルミニュス・ドゥナン・カフェ。
（6）わたしが好んで吸う銘柄は「ピラート〔海賊〕」だ。

訳註

＊1　ジャック・マリタン（一八八二－一九七三）はフランスの哲学者。アンリ・ベルクソンの影響を受けるとともに、カトリック的価値観を追求した。なお、引用中の「記録用の円筒」とは、エジソンの発明により録音のために用いた円筒形の蠟管を記録のための装置にたとえたものと思われる。
＊2　パリの西二〇キロほどのところに位置するサン＝ジェルマン＝アン＝レイを指す。ルイ十四世がヴェルサイユ宮殿に移るまでは歴代の王が定期的に滞在していた城があることで知られる住宅地である。

＊3　ヴェルサイユは、パリから一七キロほどの距離にあり、十七世紀からフランス革命の時期まで、フランス王権の拠点となった。現在は、宮殿の存在により観光地となっているが、それを除けば、富裕層が集まる住宅街である。

＊4　ランブイエは、パリの南四五キロに位置し、周囲を森に囲まれた町。十四世紀後半に建てられ、ルイ十六世やナポレオンも利用したランブイエ城があることでも知られる。

＊5　ソーは、パリの南西一〇キロほどのところにある住宅地。造園家ル・ノートルが設計した広大なソー公園があることで知られる。

＊6　パリの西五七キロに位置するマント＝ラ＝ジョリーのことだと思われる。セーヌ川沿いにあるために水運の便がよく、商業や交易で栄えた町となる一方、ノルマンディー地方との境にあることで、特にアンリ四世の時代には政治的にも重視された地方都市である。

＊7　「ジュリアン」はスーポーの小説『狙え！』（一九二五年）の主人公の名前。

＊8　ポール・エリュアール（一八九五－一九五二）の名前は序文において原註のなかに出てきていたが、フランスの詩人であり、一九一九年に雑誌『リテラチュール』が創刊された頃、批評家ジャン・ポーランの紹介でブルトン、スーポー、アラゴンと知り合う。ここで引かれているのは、エリュアールの詩集『反復』（一九二二年）に収められた「ことば」の全文。ちなみに、「ことば」を表わすフランス語（parole）は女性名詞である。

＊9　現在では、カナダに住むエスキモー系先住民をイヌイットと呼ぶのに対し、グリーンランドの場合、カラーリットと呼んでいる。

＊10　エスキモーの冬の住居を指す。カナダでは雪のブロックを積み上げるが、アラスカやグリーンランドでは、石、流木、鯨骨を使った半地下式の住居となる。

＊11　ピブロクトは、北極圏のエスキモー系先住民の社会に見られる文化依存症候群。現地では、女性

に悪霊が乗り移った現象だとされている。

＊12　バンジャマン・ペレ（一八九九－一九五九）はフランスの詩人・作家。第一次世界大戦のさなか、十六歳で志願兵となり、前線のセサロニキ（ギリシア）に送られる。終戦後、パリに来てブルトンと会い、『リテラチュール』誌に寄稿する一方、「睡眠の実験」にも参加し、詩やオートマティスムについての鋭い感性を示した。シュルレアリスムの時代になると、ピエール・ナヴィルとともに機関誌である『シュルレアリスム革命』の編集長を、創刊号から第五号まで務めた。ここで引用されているのは、詩集『不死の病』（一九二四年）の一節。

＊13　アルチュール・ド・ゴビノー（一八一六－八二）はフランスの作家であり、『諸人種の不平等に関する試論』（一八五三－五五年）において白人至上主義を提唱し、アーリア人を支配人種と位置づけたことで知られるが、三十年近くも外交官を務め、各地に赴任するなかで東洋趣味にも目覚め、紀行文や旅の経験に基づいた文学作品を執筆した。また晩年には、自分の家系をノルウェーの海賊の系譜に位置づけ、北欧神話のオーディンに結びつけようとした『オタール・ジャルルの物語』（一八七九年）といった本も書いている。ここでの引用は、長篇小説『プレアデス』（一八七四年）の一節。

＊14　エドゥアルト・フォン・ハルトマン（一八四二－一九〇六）はドイツの哲学者。生の哲学、新カント派、ユングなどに影響を与えた。

＊15　フレデリック・ポーラン（一八五六－一九三一）はフランスの哲学者。共和主義的な政治運動に興味を抱く自由思想家だった。作家・批評家のジャン・ポーランの父親でもある。

＊16　ロートレアモン伯爵は筆名で、本名はイジドール・デュカス（一八四六－七〇）。ウルグアイのモンテビデオ生まれのフランスの詩人。生前に本名で『ポエジー』を出版するが、代表作となる『マルドロールの歌』のほうは内容が過激だとされ、ロートレアモン伯爵名義でも出版社が受け入

れず、結局、死後刊行となる。ブルトンやスーポーが再評価し、シュルレアリスム文学に大きな影響を与えた。引用は、『マルドロールの歌』の第一の歌の第十二節「墓地での対話」の冒頭。

＊17　レーモン・ルーセル（一八七七－一九三三）はフランスの詩人・作家。すべての作品は自費出版であったが、スーポーをはじめとした、ダダイストやシュルレアリストが高く評価した。引用は長篇小説『ロクス・ソルス』（一九一四年）の一節で、ノエルは占い師の青年であり、引用箇所にあるさまざまな道具を使って独特の占いを披露する。なお、引用には『ロクス・ソルス』の原文と異なる箇所があったが、転記ミスだと思われるので、原文に基づいて訳出した。

＊18　スクーナーは、二本以上のマストに縦帆を張った帆船の種類。

＊19　「ラリアンス（L'Alliacne）」には、「同盟」の意に加え、「協調」、さらには「婚姻」の意味もある。

＊20　フランス北西部のブルターニュ地方の英仏海峡に面した岬にある地方自治体。

ニック・カーターの死

I

午前四時。

ニック・カーターはまだ眠っていたが、眠りのなかにありながら耳を傾けていた。

電話が鳴っても、なかなか目を覚まさなかった。

「もしもし、ニックか?」

「三六七番にかけたんだろ、おれだよ」

「この眼で見たんだ。あまり成果はないがな」

「話してみな」

「家の扉を開けたが、牡蠣の殻を開けるようだった。なかに入るには力を振り絞って押さないといけない、肩で押したぐらいではだめだ。控えの間には十四台のテーブルが大きさの順に隣り合わせに置かれていた。最初のテーブルにはオレンジが一個とナイフがひとつ、二番目のテーブルには緑色の羽ぼうき、三番目のテーブルには貝殻が三つ、四番目のテーブルには真新しいスペインの硬貨が一枚、五番目のテーブルには二色（青と黄色）のハンカチが一枚、六番目のテーブルにはハサミがひとつ、*1 八番目のテーブルにはなにもなく、九番目のテーブルには石油ランプが一台、十番目のテーブルには白いカーネーションが一輪、十一番目のテーブルには薔薇が一輪とキャラメルが一個、十二番目のテーブルにはワインが注がれたグラスがひとつ、十三番目のテーブルには象牙製の像がひとつ、最後のテーブルには隅を折り曲げられた一枚の名刺、ペルシャの王《シャー》であるS・Mの名刺が置いてあった。この大きなテーブル（幅一〇メートル、奥行き九メートル）の脚元には振鈴がひとつ。

半開きの扉の先は居間だ。暖炉では火が燃えていて、肘掛椅子の上には一双の手袋、オランダ様式の大きな家具の前の床には碧玉《へきぎょく》のステッキ。居間は家具を取り払われたあとのように見える。このだだっぴろい部屋には肘掛椅子、すでに言及した戸棚、三本脚の円卓があるだけだ。壁には十八世紀の絵が掛かっていて、ドイツ語で『プロイセンの王女、のちのバイエルン辺境伯夫人であるヴィルヘルミーネ』と示されている。片方の眼がくりぬかれてしまっていたがね。絵と向かい合わせの壁には、化粧品の効果を宣伝するピンクのポスター。減り方がまちまちの蠟燭が載った七本の枝のある大燭台は暖炉の上に置かれている。暖炉の上方に掛けられた鏡には、チョークで次のような記述がある。『バール氏。七時半に見学に来訪』扉の左側に隣接した部屋は浴室だ。右側もやはり浴室だが、こちらのほうがはるかに広い。この広いほうの浴室のまんなかにグランドピアノが一台あるのが見える。階段室に入り込むために、おれは革張りのでかい肘掛椅子をどかさなければならなかった。階段は質素に見えるが、段が虹の色に塗られているという変わったものだった。最初の段が深紅色、二段目が朱色、といった具合だ。踊り場には如雨露《じょうろ》が置かれている。それぞれ違う番号、一八、三二二、四が書かれた三つの小さな白い扉が見てとれた。一八番の部屋では遺体安置台の上に若い女性が横たわっていた。右手には一輪の花、左手にはリップスティックを持って眠っている。起こすことなどできなかったがね。ごく飾り気のない家具が置かれていて、三流ホテルの部屋といった感じだった。居間に相当するような三二二号室は、ヴェルサイユ宮殿のルイ十四世の寝室を正確に再現したものだ。ただ、蠟細工の王の肖像の代わりに目覚まし時計が置かれている。四号室では、黒服に身を包んだ二人の男が、キササゲの花をボタンホールに挿《さ》してチェスをしていた。この二人は死んでいた。少なくとも、息はしていなかった。その扉を閉めて、おれは屋根裏部屋まで上がった。花が飾ってあり、大きなベッドと小さなテーブルが置いてある広い部屋だった。床には電話の受話器があった。おれの注意を引き、不安にさせたのは（白状するとな、ニック、おれは少し怖かったんだよ）、煙草が燃え尽きたばかりのありふれた灰皿だった。ベッドは寝乱れていた。手を置いてみると、まだ暖かかった。本能的に拳銃を握り、屋根裏部屋のなかをぐるりと見てまわった。誰もいなかった。隅のほうに帽子が投げ捨てられていた。ヴァンドーム広場で故エドワード八世御用達の帽子屋を営んでいるジュロの店で購入したベージュ色の山高帽だった。

日はほぼ暮れきっていたので、忍び足で降りながらおれは電気ランプをつけた。まだ見ていないのは地下室だけだった。入口が見つからなかった。おそらく入口は塞がれてしまったのだろうが、壁の向こうから人の話し声が聞こえてきて、なにを話しているのかはよくわからないものの、電話をしている声で、おれは耳を壁につけて聞き取ろうとした。だが無駄だった。家の外に出てみたが、地下室は採光と換気のための窓も塞がれていた。おれは庭にとどまり、用を足している人のように木の下でしゃがんで、そのうちにランプに火を灯《とも》すか鎧戸を閉めに来ざるをえなくなるだろうと考え、壁に背をつけたままで住人を待ちかまえた。二時間待った。前にも言ったかもしれないが、庭はありふれたものだった。蔓《つる》性の植物が家にまとわりついて壁をよじ登り、睡蓮が小さな池に浮かんでいる。おれは持ち場を離れざるをえなくなったが、それは月明かりでおれの存在が知られてしまうからで、灌木のなかに身を隠した。家のなかで動くものはなく、人がいるとわかる明かりも一切なかった。月光に照らし出された煙突から立ち騰《のぼ》る煙が膨らんだりしぼんだりしているだけだった。何人かそぞろ歩きで家の前を通った。そのなかのひとりが煙草に火を点《つ》け、口笛を吹きながら立ち去った。ときどき河岸通りで自動車がスリップした。そしてまた沈黙が垂れ込めた。

遠くのほうから獣さながらに雷雨が近づいてくるのが見えた。稲妻が夜を切り裂き、おれは雨を覚悟しながら、さきほど電話をしていた男がやってくるのを待ちうけていた。郵便配達夫が自転車から飛び降り、入口の郵便受けに手紙を入れた。

庭は静まりかえっていたが、隣近所からは物音がおれのところまで届いてきた。蓄音機がエンリコ・カルーソー*2の声を真似ていた。ついに夜の帳《とばり》が落ち、住民のことごとくが眠りについた。おおよそ——腕時計の時間がもう見えなくなっていた——一時間が静寂のなかで過ぎていった。

突如、歌声が聞こえた。そのすばらしい声は、甘美と言ってもいいほどで、ほとんどしゃがれていた。

待ちあぐね、復讐の思いをにじませているような声、壁から漏れ出て高みに達しているゆったりとした声、それが、もっと遠くから響いてくる音でもあるかのごとくに、石にしがみついて咲いている花を震わせていた。風か、さもなければ月光のようだった。壁の上に人の顔が見えた。真っ黒な顔で、両眼が魚のようにてらてらとし、口は心臓のように見えた。数秒が経った。地面すれすれに沈黙が滑り込み、ついで、明かりの点いた角灯《カンテラ》を持った手が蛇さながらにくねくねと上に伸びあがった。

薄いひげでも生やしているような小さな庭で草が震えていたのは、恐怖のせいだったのかもしれない。手の角灯が揺れ、月明かりに負けることなく、池の面に反射した。ためらうようなこの明かりはなにかの合図にも見えた。

雨滴が落ちてきて、ランプの明かりに驚き鳴いていた鳥を黙らせた。雷雨が通りすぎてゆく。西側の丘のほうで雷鳴が聞こえた。

男の姿が大きくなった。庭に飛び降りて、郵便受けの手紙を取りに行き、外に出た。とても背が高く、燕尾服を着込んで白い手袋をした黒人だった。その男が歩き、そして立ち止まるのが音でわかった。また歩きだすのを待ったが、無駄だった。拳銃を手におれも庭から出て、やつを見つけようとしたが、河岸にはもう誰の姿もなかった。

最初に見つけたカフェでおれはおまえに電話したわけだ。河岸で封筒を見つけたことを言うのを忘れていたよ。小さな判型の青い封筒で、どうということのないものに思えた。その封筒には『ティユル並木通り二番地の家主殿』と記されている。一昨日の日付があり、たしかフランス西部にあるP町の消印が押されていた」

「もしもし」

「できるだけ速やかにおれに合流してくれ」

II

フランス西部のある町に鉄道でやってくると、進行方向右側に堂々とした外観の大きな家が見える。最初は、このやたら大きい建物が修道院なのではないかと思ってしまうかもしれない。

グレーと緑色の外観のこの建物に近づくと、窓に鉄格子がはめられているのがわかるだろうが、それでも刑務所の鉄格子に較べればそこまで陰気ではない。実際、クレマティスや昼顔といった蔓植物が周囲の壁をよじ登っている窓もいくつかある。この高い建物は思いもかけないほどのこぎれいさで、衛生的な配慮から清潔に保たれている。周囲をぐるりとまわっている道には舗装用に砕石が敷きつめられていた。歩けばそのたびにずるりと滑るにちがいない。静まりかえっている。スレートでふいた屋根のそこかしこに避雷針が立っている。入口の鉄格子は錬鉄製だ。

あたりは平坦で、地面に打った杭のてっぺんにいくらか葉っぱを散らしたといった具合の貧相な樹が植えられている。背の高い建物がいくつか不規則な間隔で空き地に建てられているが、その空き地には、風で転がりしわくちゃになった紙屑だとか、空になった缶詰だとか、脂で汚れた古いぼろ切れだとかが転がっていた。乾いて背が低く、灰色がかったまばらな草が、そこかしこにめったやたらに生えている。

この細長い建物は現地ではよく知られていた。古風に診療所と呼ばれていたが、それは著名人が何人か収容されていて、あるときスキャンダルが起き、ジャーナリストが駆けつけたりしたからだ。

実際には、あまたある精神病院のなかでごくありふれたものにすぎなかったが、柱時計だとか陸橋だとかと同じような奇妙な威圧感を与えた。

上層部の計らいで、所内は静寂を保つ工夫がほどこされていた。寄木張りの床は絨毯でおおわれ、壁にはコルクが張りめぐらされていた。扉はどれもこれも二重で、窓はひどく小さいうえ、カーテンが二重、三重と掛けられたり、下半分はつねにカーテンで隠されたりしていた。

数百メートル離れたところを汽車が通っても、この建物にいると汽笛はほとんど聞こえなかった。並木が風も音も止めてしまっているのだ。

この静寂に慣れたままで外に出て騒音や叫び声をまた耳にすると、耳鳴りがしてしまうほどだ。

まさにそのときに、日によって黒色や白色で身をまとった大いなる神秘が登場する。そして、日々の退屈な仕事に疲れ果てた通りがかりのひとがこのあたりに迷い込むと、眼の見えない鳥が上げるような叫び声をときに耳にすることになる。犯罪だとか、恐ろしい実験といった、血なまぐさいふるまいをつい想像してしまうが、耳をすまし、そうした叫び声が長々と尾を引く笑い声、こちらもつられてしまいそうな笑い声に変わるのを聞くとき、恐怖はさらにふくらむのだ。恐怖に震えつつ、自分も笑ってしまう。逃げようとするが、ホイッスルが吹かれ、嗚咽が響き、そして、周囲で跳びはね、こちらも腹をかかえて笑うまで揺さぶりをかける昂《たか》ぶった笑い声が聞こえてきて、すぐに足を止めてしまう。

どうやら入所者たちがサッカーをしているようだ。

通りがかりのひとは気を取りなおし、折しも暗い空が気圧に耐えきれなくなったところだったので、傘を開いて遠ざかる。

別の日には近所の子どもがひとり、このあたりの空き地でインディアンごっこをして遊んでいた。影を追いかけ、見えない敵を狙って「バン！　バン！　バン！」と叫んでいた。シヤモア*3などと呼ばれることがある、あの美しい獣のように走りまわっていた。思っていたとおりの勝利を収めて酔いしれているところだった。走りながら前へ前へと進んでいった。石につまずいたが、誰もいなかったので泣いたりはしなかった。ただ起き上がっただけだ。そのとき、窓の格子越しに、涙を流すひげ面《づら》を眼にした。子どもは逃げ帰り、いつもどおりの時間には眠りについた。

ところが夜中になって泣いている男の顔がまた目に浮かんできて、そうした顔に出くわしたことを人に話した。

獲物めがけて飛ぶ鳥さながらに、謎がその影を小さな町の上に広げていった。診療所は突如として深紅色に塗り替えられた。謎のあとを追うように恐怖が駆け抜けた。住民たちはその細長い建物から足を遠ざけ、日曜日や祭日に家族連れでそのあたりを散策したりすることなど絶えてなくなった。そうして縁遠くなったあの建物についての話題も避けた。

副知事は、役職上の責務から、ある日、この建物のなかをくまなく見てまわった。そして次の土曜日に、県主催の舞踏会でその訪問のことを語った。

「院長は五十がらみの、ひどく背が高く、ずいぶんといかつい男です。眼鏡ごしの視線は突き刺すようで生きいきとしている。根拠をいろいろと挙げながら自分のやり方を説明してくれましたが、わたしにはほとんどわからなかった。あちこち案内して見せてくれましたよ。患者を問診するための部屋は実にすばらしい。壁にはありとあらゆる種類の絵が飾られていて、それぞれの絵のあいだに番号が赤く記されている。窓の前には、外の景色のほうへ顔を向けた等身大の古代の彫像が置かれている。どうも両性具有の像にわたしには見えましたがね。どうして院長がその部屋に腕時計や置時計や柱時計をあんなにたくさん集めているのかは謎です。いくつあるのか数える暇はなかったのですが、誇張なしで、少なくとも三十や四十はあったでしょうね。音がひどくうるさいので、ミシンの内側にでも入れられたような気分でしたよ」

若くて美男の副知事の話に耳を傾ける美しきご婦人がたは微笑んでいた。その奇妙な部屋についての説明がおもしろすぎて、踊るのを忘れていたほどだ。聴衆を惹きつけているのを誇らしく感じながら、副知事は話を続けた。「院長は独房もいくつか見せてくれました。ずいぶんと立派な寝室で、豪華な家具が設えてあり、床には毛足の長い絨毯が敷かれている。こうした寝室のなかはあまりに静かなので、時間が止まってしまったように感じたものですよ、外の騒がしさといかに違うか想像してみてください。

潜望鏡のようなものなのか、それとも、鏡を組み合わせたものなのか、よくわかりませんが、とにかく複雑な謎の仕掛けのおかげで、人から見られているとは思ってもいない狂人たちをわたしは眺めることができたのですが、連中はいたっておとなしそうに見えましたね。とりわけそのなかのひとりが印象的でした。ヘラクレスのような筋肉隆々とした男で、ズボンの裾に折り返しを作ってはおもしろがっているんです。所長にあれはどういう男なのか訊いてみましたよ。『名前はお教えできません、職業上の秘密ですからね、でもスポーツ好きの人たちのあいだであの男は数ヶ月ほど偶像《アイドル》扱いでしたよ、とても有名なボクサーなんでね』と所長は言っていました。わたしたちはほかの患者も眺めましたが、みなさんとても感じがよかったですよ。すばらしく美しい女性もいましたね」

ご婦人がたは心ここにあらずになっていた。副知事は、無理に話を聞いてもらうこともあるまいと、なかのひとりをダンスに誘った。

夜食になり、副知事の右隣に坐っていた若い女性は、社交的なところを見せようと沈黙を破り、訊ねた。「患者の治療はどのようにされているのでしょう?」

「院長は、わたしに言わせれば独創的な考えの持ち主ですよ、患者にスポーツをさせようというんですから」と副知事は応えた。「テニスをさせるかと思えば、大玉転がしをさせたり、ボールを蹴らせたりするんです。看護師たちも一緒になって遊びます。患者たちはスポーツを楽しんでいるようですよ。院長が言うには、子どものように快活になるんだそうです。笑いが絶えなくなる。大半の連中はズルをしようとしますがね」

シャンパンが注がれ、副知事は黙った。

副知事の話を聞いていたご婦人がたは、おもしろおかしく尾ひれをつけて、その診療所訪問の話をほかの人に語って聞かせた。

みなの好奇心が充たされると、話題は別のことに移っていくが、診療所は伝説をまとうこととなった。

春になってからのある日、カメラを斜めに肩からかけ、イギリスの観光客といったいでたちの若い男が列車から降りる姿が見られた。男はホテル・ド・ラ・ポストに投宿し、数日間、あたりを見てまわった。商店の人間やカフェのウェイターにいろいろ聞き込みをした。とりわけ診療所に関心があるようだった。おしゃべりな床屋が、男の求める情報をなんでもすぐに与えてくれたが、ある日、細かなことをもっとよく知りたいとの口実で、院長に面会を求めた。親戚の者が神経を病んでいるので、ご考案の治療法を試してみたい旨、院長に書き送ったのだ。

院長室に入ると、男は院長に、扉をすべて閉め、職員たちに四半時《しはんとき》は入ってくるなと言うよう頼んだ。患者の側からよく求められるので、院長はこの種の配慮には慣れていた。安心するようにとその若い男に告げ、途中で誰か入ってきたりしないようにすると明言してやった。

「アメリカの名探偵ニック・カーターのことはおそらくご存じでしょう」

「もちろんですとも」と院長は応えた。

「わたしはニック・カーターの手伝いをしている者のひとりでして、ほかの人に気づかれないようにある調査をしたいのです。他言無用でお願いいたします。以前、黒人のアルベール・マルテルという名の看護師を雇われていましたね」

「たしかに」

「その男のことを教えていただけませんか」

「すぐれた看護師で、わたしはいたって満足でしたな。並外れた力の持ち主で覇気があったので、精神を病んでここにいる者たち、なかでもわたしたちが激越型躁病者と呼んでいる、並みの人間とは違い、権威的でひとから言われたことをしたがらない連中を従わせ、『制圧』するのに大いに役立ってくれましたよ。

　アルベール・マルテルがいたのはごく短いあいだ、一、二ヶ月だったと思いますね。正直言って、経営陣も職員たちもあの男がいなくなるのを残念がったものです。看護師、守衛、庭師、みんないまでもよく彼のことを話していますよ。ひどく気前のいい男で、仲間や子どもたち、そして患者たちにさえ、ちょっとした贈り物をよくしていましたね」

「その後はまったく会っていませんか」

「いや、一度だけ会いました。ある晩、車に乗ってやってきたんですよ。ちなみに、ずいぶん立派な車でしたね。仲間たちには、いまは運転手をしているんだなどと言っていましたが、身なりは紳士ふうでしたね」

「それはいつごろのことですか」

「三週間ほど前です」

　パッツィ・マーフィーは院長に礼を述べ、立ち去った。その晩のうちにボスに電話すると、熱い賞賛の言葉が返ってきた。パッツィにとってはさほど大変ではない、ちょっとした調査にすぎなかったにもかかわらず、ニック・カーターは満足しているようだった。

「引き続き診療所の職員への聞き込みをおこない、マルテルの友人を見つけだし、その友人の懐に入ってくれ。やつの居所がわかるかもしれん。チックとおれは別のルートから探る」

その後、何日かかけてパッツィは看護師たちに取り入ろうとしたが、警戒されてしまった。そうなってはその地を離れるしかなく、この小さな町で出会った人たちみんなに慌ただしく別れを告げた。院長にも挨拶に行った。

パッツィが町を離れた日の晩、四十がらみの男が列車から降り立ち、すぐに診療所に向かった。男は新しい看護師で、到着が数日来、待たれていたのだ。

Ⅲ

三階を見てまわる役割の新しい看護師が来てから二週間後、アメリカ製の細長い車が診療所の中庭に入ってきた。八月半ばの、うだるような暑さの日だった。運転手の黒人が車を玄関前に停めたが、エンジンを切り忘れていた。黒人は守衛と握手し、守衛の息子に案内されて建物のなかに入った。

車が到着してしばらくして、三階の窓がひとつ開き、閉まり、そしてまた開き、また閉じられた。

やがて浮浪者が二人、壁際の土手に坐り、食べたり飲んだりしはじめた。二人は大きな建物をずいぶんと注意深く眺めているふうだった。

運転手は診療所の院長に挨拶に行き、看護師たちと握手した。患者は毎日サッカーの試合をするので、着替えをはじめていた。

「あいつは誰だ」と訊ねたのは、職員たちからアルベールと呼びかけられていた運転手で、三階の看護師が姿を見せたのを眼にとめたのだった。

「新入りだよ」

アルベールはその新入りをじろじろと見て、それから笑みを浮かべた。気のふれた連中はひときわ陽気だった。そのなかのひとりが、「お日さまが照ってる、照ってる」と歌うように繰り返し、黙ったかと思うと、笑いだした。

まもなく試合がはじまった。アルベールもプレーする許可を得た。前半がはじまってまもなく、騒ぎが起こり、大事件となった。

走っていたアルベールが転び、新入りの看護師を巻き添えにして倒れこんだ。アルベールは思わず叫び声を上げた。鋭い叫び声、怪我をして出す叫び声だった。血で赤く染まった片手を彼は高く上げた。すると精神病者たちのうちの何人かがわめきだし、絡み合った二人のプレーヤーの上に飛びかかっていった。裾上げをしていたヘラクレスは派手なパンチを何度も叩きつけた。慌てた看護師は、銃を出して撃った。二人の浮浪者も拳銃を手にして壁をよじ登ってきた。

患者たちは笑い、叫んでいた。銃を撃った新入り看護師や飛び入りのほうに駆けだす者もいた。もみ合う二人をようやく引き離したときには、五人の男が重傷を負って横たわっていた。

看護師は喉を絞められていた。

かつて看護師をしていたアルベール・マルテルのほうは姿を消していた。取り乱した様子で自分の車めがけて走り、すぐさま車を出した、とあとになってその様子を思い出すものもいた。

二人の浮浪者は頭に数発の銃弾を受けていた。数時間後、意識を取り戻すことなく死んだ。遺体の身づくろいをしてやっていると、看護師も浮浪者もかつらをかぶっていたことがわかった。

そのときになって三人が、ニック・カーター、そして彼につき従っていた弟のチックとパッツィ・マーフィーだったことがわかった。

Ⅳ

夜七時頃、大通りで新聞売りが叫んでいた。

ニック・カーター死す！

片手に包帯を巻いた黒人の男が新聞を買い、新聞売りに百フラン札を渡した。

「釣りは取っておきな」と男は言った。

訳註

＊1　原文でも六番目のテーブルの次は八番目であり、七番目のテーブルについての記述はない。

＊2　エンリコ・カルーソー（一八七三－一九二一）はイタリアの有名なテノール歌手であり、二十世紀はじめに精力的にレコード録音をおこない、蓄音機の普及に貢献したとされる。

＊3　山岳地帯に住む野生のヤギ。

パリの最後の夜

第一章

選ぶ、それは老いること。

女があまりにおかしな笑い方をしていたので、その丸くて青白い顔を見つめずにはいられず、たぶん、鏡に向かって反応するのと同じで、微笑みに対してついこちらも微笑み返していた。当然、そう、このうえもなく当然のこととして、女は緑色したミント水を飲んでいたが、それというのもこの街では、色恋を生業《なりわい》とする女はどいつもこいつも、液体状のキャンディーにすぎないはずのこの妙な飲み物を、相も変わらず、恥ずかしげもなしに好みにしていたからだ。カフェのなかは小休止といった雰囲気だった。食前酒の時間はもう終わったが、ショコラサンドイッチの時間にはまだなっていない。ウェイターも待っているしかなく、首をうなだれて、手持ちぶさたにしていた。席に坐っている客が何人かいたが、彫像か金メダルか小公園の飾りといったところで、役立たずで、動きもせず、流行遅れの代物だった。すきま風が一度ならず吹き抜け、単調で心なごむ図形を描いていた。

女が立ち上がり、おれも同時に立ち上がった。サン＝ジェルマン大通りに出て女の横を歩き、乾燥させた脳をいまだに陳列している禁酒同盟[*1]の店の前に来たところで声をかけた。

「やっぱり、反対側の歩道に移ったほうがいいだろうね」

「お望みなら」

そこで、禁酒同盟に背を向けて、二人して大通りを渡った。

樹々が鼓動を打ち、夏が終わりを迎え、窓に肘をついた誰かが夜に向かって「冷えるな……」と言っていた。そうかもしれないが、何事にも時機というのがあるとおれは思った。教会にあるような小さな鐘で光が目覚め、サン＝ジェルマン＝デ＝プレに向かう道が酸でも投げつけられたかのようになった。合図が出された。だが誰が、誰に対して？　ただ単に、眠れない夜というだけの話だ。一時の霧。例のご婦人は、甘くささやいたかと思えば、ぶつぶつ小言を言ったりで、さながら白粉《おしろい》を塗ったり、口紅をつけたりといった感じだった。同じような熱心さ、同じような媚態。女はごく自然におれをサン＝ミシェル大通り、さらにはリュクサンブール宮殿[*2]のほうに導いていった。眼など閉じたままでも、といった風情で。

犬が何匹か駆け抜け、元老院というしゃれた檻に大きな影がいくつも閉じ込められていた。おれは耳を近づけ、喧噪をひとつ残らず聞き取った。噴水らしきものが歌の一節めいた音をとぎれとぎれに出し、それはカルチエ・ラタンの馬鹿げたリフレイン、ベレー帽かカスケット帽をかぶって大きな蝶ネクタイをしめた、学生ならではの風体をした連中が歌う五十サンチームの歌だった。

「こんな『野郎』めいた庭では、蝶になどとんとお目にかからないってこと、お気づきかしら」と横を歩く雪のように色の白い女が言った。

囚われの身かはたまた牢番か、大型犬が大きな声で吠えた。

おれたちがうっかりと入り込んだメディシス通りは、夜の一〇時半頃にはもう寂れている。それは永遠に雨が降り続ける通りだ。

片側の歩道は独身のマゾヒストのたまり場と称されている。静かでつつましいクラブだ。傘が群衆のふりを装う。

「ご存じかしら、このあたりはカフェクレームを好むような地区なのよ」と女がおれに言った。

ヴォジラール通りのはじまるあたりは本の嫌な臭いがする。香りはそこらじゅうから漂ってくる。隣接する盟友であるとはいえ、トゥルノン通りのほうが、もっと優しくもてなしてくれる。実際おれは、お誘いを待っていたし、快適なホテルの場所を教えてもらえるものと思っていた。

夜に眺める元老院は、なににも比しがたい。「徐行《ラランティール》」と低音で叫ぶ大きな標識しか見えてこないが、遠視のひとはきちょうめんにまいど間違えて「悔恨《ルパンティール》」だと思い込む。

遺物だらけのこの界隈に来ると、言葉の示す技巧に驚かされる。家から出てくる言葉には水銀の光沢があり、家のひび割れに潜んでいる言葉はただ青白く光っている。

女は、なんの誘いもかけてこないまま、ああした言葉のせいでトゥルノン通りは慎みを欠いているのだとわたしに向かって説明した。

「なるほど。寒さで街の見かけが変わるわけでないということだね」とおれは言った。

「ここらはなにもかも『戯言商会』なのよ」

おれは無理に話を続けなかった。

ビュシ交差点に達すると、この交差点から狭く細い道が何本も延びていて、そうした道を路地とは呼ばないものの、路地に匹敵する暗さと悪臭をたたえていた。

小さなカフェの放つ光が、ありふれた店の三角形でもの悲しい正面に、シロップを跳ねかけていた。

まだ自分が存在することに驚いているセーヌ通りで、おれたちは、心地よいとも、衝撃的だとも、絶望的だとも形容できないが、影の痕跡を残す出会い、おれたちの一夜の光景に黒い筋を残す出会いをした。一匹の黒い犬、バルビー犬、大型と言っていい犬*3が、まるで意識を失っているかのように歩道から歩道へとジグザグに走っていた。時刻も、うっとうしい天気もなんのそので、場ちがいなこのワンころはそのジグザクの速度を緩めようとはしなかった。おれたちを待ちうけているのだとはっきりわかった。とはいえ、なにか悪さをしそうな面《つら》がまえをした犬にも見えなかった。おれの連れに眼をとめると、やつは女が誰かわかったらしく、キャンキャン鳴きながらぐるりとその周囲をまわった。女が犬の素性を突きとめたかどうかはわからない、というのも、しょっぱなから「おだまり」とつぶやくように犬に向かって言ったからだ。そのあとで、「この犬っころはなんだろうね」と付け加えた。

おれたちは歩き続けたが、どんどん単調になるばかりだった。雨滴が落ちはじめた。にわか雨にちがいない。そこで、足を速めてパサージュ*4のアーケードの下でいつ果てるともなくのさばっているすきま風のなかに避難したが、そのパサージュは、学士院*5を縫いつつ、セーヌ通りから河岸までつながっていた。

犬は心もち駆け足でついてきたが、ときにはおれたちを追い越し、ときには立ち止まり、そうした駆け引きをしてみせることで、世界の果てまでもおれたちについていくことにしたのだと示していた。

最初のうち、おれたちは、雨の降る音を聞きつつ、その単調なメロディーを、雨についてのやはり単調な論評で遮った。

「なんていやな天気だ!」

「なんていやな天気なんでしょう!」

「くそったれの天気だ!……」

犬はおとなしくおれたちの足元で腹ばいになっていた。ときおり猛スピードのタクシーが通ったが、おれが、オイ! と呼びとめても、スピードを上げるばかりだった。

「わたしの名前、知りたいかしら？」

犬は知りたいと答えた。つまり、すばやくひと声吠えた。

「ジョルジェットよ」

この女にしては意外だと思わせる名前、針や折り返しや脂の染みを連想させる名前だ。この取りとめのない名前は、どうしてもトローヌ並木通りの入市税徴収所《バリエール》[*6]か、さもなければ雲のかかった月を思い起こさせる。

この名を口にするのは、間違いなく、歯痛か往復ビンタの思い出を呼び覚ますのに等しい。[*7]あれやこれやの考えを、おれは自分の腹にしまっておき、たしかに雄弁ではあるが、単なる形容詞にすぎない言葉で要約してみせた。

「すてきな名前だ」

その言葉を言い終わるかどうかのうちに、犬が立ち、ちんちんをしながら舌を出した。この晩に起きた出来事のなかでもひときわ奇妙なものがはじまったのはそのときだ。合図を出したのはフランス共和国像[*8]だった。突如として風が立ち、雨も降ってきたが、風はナイフの刃さながらに疾風と化し、歩道に放置された新聞を拾い上げ、広場で気どっている彫像の両手まで一気に持ち上げた。

一台のランドー型馬車[*9]がセーヌ通りを走りぬけた。馬は疾駆していたが、セーヌ通りがそこで終わる危険な角を、御者は速度を保ったまま巧みに曲がらせた。馬車のなかにひどく青白い顔色の人物の姿をかろうじて認めたが、それは元警視総監レピヌ[*10]のように見えた。御者は馬に鞭を入れ、ヴォルテール像の周囲を二回まわり、マザリーヌ図書館[*11]の入口で急停止した。「レピヌ氏」が下車する。黒服を身にまとい、シルクハットをかぶっていた。その姿が学士院の中庭に消えていくのが見てとれた。御者が座席から飛び降り、馬を車からはずしにかかった。

共和国像から新聞が落ちた。風が遠ざかり、ポン＝ヌフ（新橋）のほうに駆けていった。

数分経った。ジョルジェットに煙草を勧めると、受け取った。キャメルに火を点《つ》けたか点けないかのうちに、ポン・デ・ザール（芸術橋）にまぎれもない行列が見えてきた。土方のような服を着て、赤のフランネルや青のフランネルを幅広に腰に巻いた十二人ほどの男たち[*12]が、仕方なくといった様子で長い木箱を運んでいる。その後方では、庇《ひさし》のある帽子をかぶった若者たちが、板材と根太《ねだ》を乗せた縦長の手押し車をそれぞれ押していた。

連中は、馬車と馬を眼にとめると急ぎ足になり、やはり学士院のなかに入っていった。

男女の二人連れが、打ち沈んだ犬を引くように傘を引きずって河岸を通り、一瞬立ち止まってこの情景を目撃した。その二人が大急ぎで駆けだしていくのがおれの眼に映った。女は、梟《ふくろう》を思わせる小さな叫びをあげていた。二人は、ポン・デ・ザールで開く市のためにと言わんばかりに、傘を残していった。

十二時を告げる鐘の音を聞いて、当然のように、ジョルジェットは思わず身震いをし、おれは微笑を浮かべてこう言わずにいられなかったが、微笑はすぐに冷笑に変わった。

「犯罪の時刻だ」

昔ながらの冗談を口にするには、時と場所がたしかに悪かった。それまで静かだった犬が、壁ぎわに行って仲間の痕跡を嗅ぎわける欲求に突き動かされた。犬を眼で追うと、最近貼られたポスターが視界に入ってきた。このパサージュをかたちばかりに照らしている粗悪な街灯の明かりで、風に震えるかのような文字が読める。だが読み終えるまもないうちに、一台の自動車、一般に馬力があるとされる車種の自動車が、ヘッドライトを点けてポン＝ヌフを渡り、学士院の鉄柵の前で停まった。大型のグレイハウンドが車から飛び降り、ベージュ色の山高帽をかぶった男がそのあとに続き、すぐにこう命じた。

「ヘッドライトを消したまえ！」

わずかに待って、さらに叫んだ。

「われら主《ドミノ》を敬わん？」

すると、レピヌ氏と思われる男がその指示に従った。二人とも帽子を脱いだが、驚いたことに、握手をしなかった。しばらく話し込んでいたが、やがてベージュ色の山高帽の男がした仕草で、「さあ行きたまえ！」と言っているのがわかった。

するとレピヌは、急いで姿を消し、山高帽の男は鉄柵の前を行ったり来たりした。このとき、雨は勢いを増し、最終の市電の投げかける明かりがセーヌ川の水面に細長く走る炎のように映った。

ジョルジエットが、思いつめたかのように、

「行きましょう！」

と促したが、笑い飛ばす気にはなれなかった。

おれは、この夜、足が地面に釘付けになる、という新聞小説ふうのよく知られた表現の意味を理解した。

冷静さを保つには、ありとあらゆる記憶にすがるしかなかった。

恐怖に対処する衛生法というわけだ。

セーヌ川はこうして、愛や恐れや宗教や狂気で息が詰まった人たちのために、強烈な麻酔薬となる感情を定期的に運んでくるのだ。

おれのそばで、ある事件が、少なくとも事件を思わせるなにかが起きているさなかに、この温情にみちた川が、夏や春のイメージをおれのほうに流してきた。それは、旗を積荷にして運ぶバトームーシュ、見ていると本当につらい気持ちになる泳ぎ手たち、そして、救助隊員が自殺者の死体を見つけようと空しい捜索を続けているのを、マリー橋の欄干に肘をついて眺めていた晩の思い出だ。*13

意味があるとはあまり思えぬ、こうしたイメージのことごとくが、夜の暗さに慣れたおれの眼に浮かび上がり、ひどく激しく、いかにも熱い色合いを帯びた。ご親切にもそれを若き

ジョルジェットに描写してみせたのだが、おれの話を聞いて、彼女はますます不安げになってしまった。

自分の言葉に心を動かされ、自分の声音に気をとられ、おれはもう例の山高帽の男に少しも注意を払っていなかったが、彼はあいかわらず行ったり来たりしていて、三者三様に怖気づいていたジョルジェットと犬とおれのことは見ていなかったようだ。

それはともかく、このパサージュを出て、散歩を続けねばならない。

もと来たほうに引き返そうかと連れに言ってみたが、こわがりのくせに物見高い人間特有の頑固さで拒み、こう続けた。

「あなたは無関心なのね……」

おれは声を荒げて抗弁した。とはいえ、悲惨な場面とか奇妙な駆け引きを目撃するのがいやだと言い立てたわけではなかったし、こんな時間にこんな場所にいる自分たちはいかにも場違いで、怪しまれることだってあるかもしれないなどとはとても言えなかった。おれの腕に抱きついたまま、ジョルジェットは広場を眺め、ああした男たちが行ったり来たりしている理由を知りたくてしようがないという様子だった。おれたちの足元に寝そべっていた犬が前足を起こして立ち、風に耳をなびかせた。若い男がひとりやってくるとおれたちに知らせてくれたわけだが、その若い男は、おれたちが逃げ込んだパサージュに雨宿りに来たのだった。おれたちの輪に加わった男の見かけに、とりわけ目立ったところはなかった。コートの襟を立て、色あせたソフト帽を耳のあたりまで目深にかぶっていた。

挨拶の言葉など一切省いて、訊いてきた。

「なにか変わったことは?」

迷わず「いやなにも」と答えたが、それで男に加担するのを認めてしまったことになるのに気づかなかった。

「やつらにあいつは見つけられないさ」と男は予言してみせた。「ヴォルプに言われた三つの通りを歩きまわってみたが、なにも見つからなかったからな」

そう話すと、壁ぎわに行ってもたれかかり、事の成り行きを見定めるために何時間でも待つという態度を見せた。

この不可思議な出来事のなかで唯一の導き手となっていた犬は、男の匂いを嗅ぎに行き、おれたちの近くに戻ってきてその見解を示した。

両手をオーバーコートのポケットに入れ、無関心なそぶりの若い男は、眼を開けたまま眠っているように見えた。青白く細い顔をして、ブロンドの口ひげを生やし、鼻は幅広で青い瞳には生気がない。その身体つき全体になにか個性とは無縁なところがあり、そのせいで虫の好《す》かない感じがした。ブラシをしっかりとかけていない服には、嫌な皺がついていて、働き口を見つけられないせいでひどく卑屈になっている奉公人といった風情だ。しかも、もっぱら夜中に活動しているにちがいないとおれは踏んだ。その場では特に気に留めなかったが、男の声は太く響いていたと、あとになって思い返して気がついた。痩せた男に特有の低い声だったのだ。

長く感じられる数分間、それでいて甘ったるい数分間が、沈黙のうちに過ぎ去った。車のクラクションがときおり単調さを断ち切った。犬は眠っているらしく、暗がりに溶け込んでいた。

ベージュ色の山高帽をかぶった男がおれたちの潜む場所に近づいてきたので、街灯の明かりで、その顔が見分けられた。なにより印象的だったのはその鼻で、非常に長く、そして歯はやけに白かった。死人の顔と見まちがえかねない。

山高帽の男はやっと足を止め、笛を吹いてレピヌ氏を呼んだ。レピヌ氏が現われた。ガス灯の粗末な光のせいか、へつらっている姿に見えた。沈黙を保ったまま、男たちは動かずに待っていた。

「ジョルジェット、きみだったのか?」と、青白い顔色の若い男が不意に言った。

「気がつくまでずいぶん時間がかかったわね」女はいとも当たり前のことのように応える。

応えたばかりの女のほうを、おれは苛立ちをあらわにして振り向いた。この気がかりな会話がなにを意味するのかいぶかしみ、なにやらいかがわしい出来事の匂いを嗅ぎつけたのだ。

取るべき態度をおれはすぐに決めた。オーバーコートの襟を立てると、やりたいことがあるといった様子の二人から身を離し、二人の抱えている厄介事は当人たちに任せようとした。

すると太鼓の連打音が響き、好奇心がまさっておれはぴたりと動きを止めた。音が大きくなりすぎるのを恐れているかのような、ほとんど押し殺した、かすかな連打音だった。

「来たわ」とジョルジェットが言った。

たしかに、太鼓に先導されて行列がやってくるのが見えた。四人の男が帽子をかぶっていないひとりの女を囲んでいて、女の顔色は青白く、唇に引きつった笑みを浮かべていたが、それは苦しみを表わす笑みだった。両手で鞄のようなものを抱えていた。

一行は共和国像の前で足を止めた。ベージュ色の山高帽の男が、うしろにレピヌ氏を従えて女のほうに歩みでると、すぐさま女は跪《ひざまず》いた。

すすり泣く声が聞こえた。女は両手を挙げた。山高帽をかぶった四人の男は女をもう一度立ち上がらせ、ベージュ色の山高帽が先頭に立ち、中庭に押しやった。

叫び声が上がり、女が駆け出てくるのが見えた。女はすぐに捕まった。もうこれ以上あらがえないと仕草で示して、鞄をベージュ色の山高帽の男に渡し、短い言葉を添えた。

「ひとでなし……」

そして、打ち負かされた女は、学士院の鉄格子の前で地面にくずおれた。惨めな境遇に身を落としたかのように、動かないままだった。誰も立ち上がらせようとはしなかった。

ひとり、またひとりと、立ち去っていく。鞄を受け取った男が乗った車は、全速力で走りだし、そのあとでレピヌ氏が、そして太鼓が、さらに土方ふうの身なりの男たちが……。

「それではまた」とおれの横の男が帽子を挙げて言った。

「ねえ、いらっしゃいな」ジョルジェットがおれに言った。

「ほっといてくれ」

ジョルジェットは、おれの乱暴な物言いを意に介さず、飼いならされたかのように待っていた。おれは歩道の上で動かないままの、例の女の様子を見に行こうとした。ジョルジェットはおれの意図を見抜き、こう言った。

「あの女はひとりでちゃんと歩けるわよ」

沈黙の嵐。物音ひとつなく、ほのかな明かりさえなかった。夜は深かった。眠っているかのように身動きひとつしないままの女の上に、静けさが、慰めをもたらすやわらかい雪のように降ってきていた。

そこら一帯にパリの夜が広がっていて、黒い壁も、河岸も、橋も、さながらこれで終わりであるかのように姿を消していった。およそ変化を見せなかった空で、長く尾を引く照り返しが大きくなりつつあり、それは、街とそこに訪れる曙を告げるあの無色の虹だった。

丸裸にされたような気分になり、苛立っていたおれは、どうしたらいいのかわからなかった。女は歩道の上で両腕を交差させ、そっとしておいてと頼んでいるかのようだった。ジョルジェットはひと声もかけずに姿を消してしまっていて、残されたおれは面目をなくし、不安だった。おれを夜に向き合わせてくれるきっかけはもうなにもなかった。不思議な無頓着、まさにパリならではの無頓着が、ごく最近の記憶までも包み込んでしまっていた。笑ったり動いたりという気もほとんど起きなかった。幸い、一匹の生き物、つまりは犬が近づいてきて、おれの怠惰に揺さぶりをかけてくれた。

セーヌ通りに足音、耳慣れたと言ってもいい大きな足音が響き、あの横たわった女のことを知らせようとおれは駆けだした。セーヌ通りで顔を合わせた警官は、慌てることなく（こうした一切合切を思い出し、あとになって、あの警官はなにかの指示に従っていたのではないかとおれは疑ってみたものだ）、おれが公正な判断力を充分に備えているかどうかたしかめたがった。ということは、おれはひどく怯えた様子をしていたということだ。

現場に行ってみると、女の姿はもうなかった。一台のタクシーが遠ざかっていった、少なくともおれにはそう思えた。

警官は肩をすくめ、酔っ払いに向かって、こんなところでたむろするなと諭すように、お約束どおり、どんと強くおれを突き飛ばした。

それでおれは歩きだした。大股で、河岸をオルセー駅*14のほうに向かった。

メランコリー、メランコリーよ、おまえの力と束縛を思い知ったのはこの晩のことだ。川沿いに思い出と未練と悔恨の群れを追いかけ、ようやくそうした幻影のいくつかに手が届きそうになったときに、おれは忘れてしまった、自分の偏愛だとか困惑だとかを永遠に忘れてしまったのだ。死なんばかりに悲しみ続け、もしかするとまだ助けを待っていたかもしれないあの女をおれは見棄ててきたのに、わけのわからぬ恐怖にとらわれ、足を前へ進めていた。オルセー駅の大時計、左側のほうの大時計が三時を指していたが、それはひときわ奇妙な時間で、あえて比較するなら、同じようにどっちつかずの九時を挙げられるだろう。

駅は冷え込んでいた。心身ともに蘇らせてくれるアルコールがないかと探したが、無駄だった。到着予定の列車はひとつとしてなく、ただ明かりがいくつかこの時間でも灯《とも》っているだけだった。大災害でも起きたあとのように、駅には河岸よりさらにひと気がなかった。待っている人も待たれている人もいなかった。なにか歌でも歌うしかない気分だった。おれには不運がついてまわっていた。三時だったが、それはまさに困惑を覚えさせる時間だった。そのとき、いくつかある階段のひとつで足音が聞こえ、すぐに、円筒形の明るい色の布製バッグを背負った船乗りが姿を見せた。

船乗りは千鳥足で近づいてくると、空いたほうの手をベレー帽にかけ、おれに訊ねた。

「パリかい?」

頭が大きく、ブロンドと赤毛が混じり、唇の薄い、絞殺魔ふうの顔をしていて、手は大きく、褐色の肌だった。

「パリですよ」

「どうも」

ふらふらとよろめきながら立ち去ったが、バッグを置くと、引き返してきた。

「煙草をもってないか？」

差し出した箱から一本抜き出し、おれが口にくわえていた煙草で、断りもなく火を点けた。その大きな顔がおれの顔に近づき、煙を吸い込んで頰が膨らんだりへこんだりするのが見えた。

「ありがとう」と言い、沈黙があって、こう付け加えた。

「夜だな」

姿を消していた相棒の犬が、走ってコンコースにやってきて、おれたちのほうに向かって突進してきた。船乗りの匂いを嗅ぎ、おれのまわりをまわり、鉤型に曲がった舌を口から垂らしたまま、船乗りの正面にいかにも泰然とした様子で坐った。

「あんたのワン公かい？」

説明するのが面倒で、肯定の返事をしてから踵《きびす》を返すと、忠犬と化した犬がついてきた。ところが、こんなとんでもない時間に行くあてもないというのか、船乗りもワン公の真似をして、バッグをかついでついてきた。煙草をもう一本もらえそうだと考えたのか、人と話がしたかったのか、それともただどこかへ行く口実がほしかっただけなのか。けだるさを追い払い、どちらに向かうべきかおれには決められず、かなうことなら誰かに代わってもらいたかった。寒くなっていくのをただ待っていたのだ。

おれたちは下院[*15]の前を通り、橋からコンコルド広場へと縦一列に並んで抜けた。

シャンゼリゼ大通りに足を踏み入れてみたのは、そこで知った顔に、つまり街娼の服に身を包んだ昔なじみに会えるかもしれないと思ったからで、それはランプだとかお札だとかが真ん中にあるかのように、背の低い植込みの周囲をぐるぐる歩きまわり、取り違えようのない特別な提案をこちらにしてくれるシャンゼリゼの女たちのひとりだった。だからおれは、プチ・パレ[*16]のほうに向かった。

一瞥すると骸骨のように見えるこの建物の陰で、深夜〇時から五時まで、無言の秘密集会が開かれている。あちこちの隅で、一九二〇年以降に、一ダースほどの女が絞殺されたとの話だ。たがいに義理立てする必要があるせいで、いかなる場合にもおおやけになってはならないこの種の犯罪に対し、警察は目をつむり、進んで距離を置くのだ。美とはまた異なる魅力を備えたああした女たちの手から船乗りは逃れられまいとおれは思った。

女のうちのひとりが、縦一列に並んだおれたちに、歩くというよりは滑るように近づいてきて、視線と手振りでこちらの注意を引こうとした。

ふと思いついて、おれは立ち止まり、こうした場所にふさわしい唯一の「語調」、つまり低い声で訊ねた。

「ジョルジェットはいるかい？」

返事の代わりに、女はそっと三回口笛を吹き、すると闇から若い女の姿が浮かび上がってきて、それがその夜、しばらく一緒にいた女だとわかった。

急な思いつきでやったことなのに、ジョルジェットがおれたちのほうへ近づいてくるにつれ、パリで流行《はや》っているありきたりの習慣にただ従っただけのような気がしてきた。

犬はジョルジェットに気づき、嬉しそうに吠え、そのせいで船乗りのほうはたちまち怖気づき、二、三歩後ずさった。

「どこにする?」

このつっけんどんで無愛想な問いかけをされるだろうとは思っていた。夜にされる問いかけであり、ジョルジェットはそのいつもながらの問いを大声で発しただけのことだ。

もう一度問いかけがなされたが返事はしなかったので、それは天体に、気候に、影に、街全体に対してなされた問いかけとなる。

ジョルジェット、船乗り、犬、そしておれ自身も返事ができず、この問いかけのあとを追い、ゆきあたりばったりに歩き、あらがいがたい疲労感に促されてあちらではなくこちらへといった具合だった。

考えてみれば、シャンゼリゼ大通りの木々の下をただ歩いていただけでなく、目的を、パリを夜間に逍遥する者が抱く目的をおれは察した気になってきていたわけで、つまり、おれたちは死体を求めて歩きだしていたのだった。

歩道に横たわり、血の海に浸っているかもしれない命なき存在、あるいは壁に寄り掛かった命なき存在、もし突然そうした存在に出会ったら、おれたちは即座に歩みを止め、その晩はもうこれでおしまいとなったことだろう。おれたちに満足を与えうるものがあったとすれば、それは実にこの出会い、ほかならぬこの出会いでしかなかったのだ。

おれは知っている、おれたちは知っている、ゆき場のない情熱を消せるだけの力、目的のない逍遥を終わらせるだけの力をパリで有しているのは死だけだ、ということを。死体はおれたちを永遠なるものに突き当たらせる。

ああ、パリの侵すべからざる秘密！　おれがおまえを感じとるための手助けを、その夜、ひとりの娼婦、ひとりの船乗り、一匹の犬がしてくれたのだ。

影、ありとあらゆる影が、その夜のシャンゼリゼ大通りに満ちあふれ、その影に導かれ、おれは手探りでその秘密がどのような形態なのかを探った。

寒さが産声を上げ、鶏の声に似た白い光がそれに続いた。

朝のミニチュアだ。おれは歩みを速めた。

ジョルジェット、船乗り、犬は、そっと暇乞《いとまご》いをして、姿を消していた。

夜が明けていた。パリは、ぐったりとし、眠りについたのだ。

第二章

偶然は、原因に対するわれわれの無知がもたらしたものにすぎない。

ラマルク*17

あの晩について、真実の一部、そしてはからずも自分が演じていた事件がらみの役割のことを夕刊紙で知ったのは、翌日の夕方五時頃になってからだった。

シャンゼリゼ大通りのカフェのテラスで「プチ・モカ」*18を前に坐っていると、粗末な身なりをして、踵《かかと》の擦り減った靴をはき、おれの友人たちが出している新聞を売る老人が近づいてきて、なんともにこやかな笑みを浮かべて新聞を差し出し、おれに言った。

「あんたにおあつらえ向きのすてきな犯罪だよ」

読んでみると、おれたちは殺人者、すなわち自分の友人をバラバラにしたシャカル号の船乗りにそうと知らずに出会っていたことがわかった。とどのつまり、平凡な犯罪だ、とおれは低い声で言った。落胆していたからだ。実際、毎日のように、サン＝マルタン運河だったり、教会のポーチだったり、ありふれた正門の下だったりで、念入りに鋸《のこぎり》で挽《ひ》いて切断され、袋に入れられた手足のコレクションが見つかる時代だったのだ。ひときわ注目に値すると思われたのは、そうした事件を見較べてみたときに、どの犠牲者も頭か手が一様に欠けていたことだ。運河を浚《さら》っても無駄だったし、街中を探しても手がかりはなかった。頭も手も殺人者も見つからず、警察は神経を擦り減らしていた。ときおりではあるが、そこそこ定期的に、犯罪者とか、場合によっては加虐性愛者とかの手がかりを追っているとの発表があったが、しばらくすると、見当違いだったとわかる。疑いをかけられた肉屋とか料理人が誇らしげに自分の無実を示すのだった。

その日の夕刊が驚くほど詳細に報じていたところによれば、バラバラにされてポン＝ヌフの下で見つかった若い男を殺したのは船乗りで間違いない見込みで、どうやら小手調べの殺人ではなかったようだとほのめかしていた。

船乗りの内縁の妻が、同じ夜のうちに、若い男がバラバラにされて棄てられた場所から数メートルのところで、秘密を漏らしてしまっていたようなのだ。

おれが立ち会った奇妙な場面のことが思い出されてきて、見かけた人物たちを犯罪の主要な当事者に仕立て上げるのは造作なかった。場所、日付、細部などを合わせると、そう考えるだけの根拠はあるように感じた。もっと静かな場所に行こうとフーケ*19のテラスを離れ、地下鉄の走っている橋の近くの河岸にある、ひと気のない小さなバーに向かった。歩みに促されるように、記憶を整理し、前夜の出来事を思い出そうとした。単に混乱していただけなのかもしれないが、奇妙な夢想が湧いてきて、恐ろしい告白や、密告したその女が味わった苦しみに自分が立ち会っていたのであり、女はおれの目の前で自分の愛人であるあの船乗りを売ったのだと徐々に確信するようになった。おれは、事情を知らなかっただけに、この裏切りを促し、誘発した大掛かりの仕組みに、その際に繰り広げられた仰々しさの一切合切に、驚かされてしまったわけだ。あのようにお仕着せの演出で責め立てるのに警察が慣れっこになっているということ、そして自白させるためのお決まりの方法に代わって、数年前から、心理的な「拷問」が導入されていることが、おれにはあまりわかっていなかったのだ。

おれはじっくり考えてみた。一九二八年のパリで、こうした類いの場面が演じられることなど本当にありえないと、警察があんな芝居がかった仕掛けをするなど馬鹿げていると思っていたが、自分が生活し、慣れ親しんでいるこの街でも、おれがすべての神秘やすべての路地裏にまで通じているわけではないことを忘れていたのだ。そこまで思考をめぐらせたところで、暖房用の薪と「家庭用」石炭の販売を専門にしているオーベルニュ人[*20]が経営する小さなビストロの扉を押した。

テーブル席に坐り、新聞を広げ、ヴァン・グリ[*21]を一杯注文した。河岸が騒がしく、地下鉄が周期的に大音響をあげ、トラックが騒がしく行き来していたが、犯罪や自白に関するニュースを再読した。

ここではよくあることだが、おれのテーブルに来て坐ったやつがいた。

「すてきだな」とそいつが言った。

「なんのことかな」とおれは応えた。

男は、少し軽蔑したように、静かに笑いだした。

「バラバラにされた若い男の話さ」

同じテーブルに坐った二人の人間のあいだにこうしてあっというまに交感が成り立つことをいつもおれは失念してしまう。おそらく完璧にお見通しになっていたにちがいないおれの考えを、この男は読み取ったのだ。男はそっと肩をすくめてみせたが、「だってなあ、おれたちは同じ穴のムジナだろ」と言いたいかのようだった。この男と同じで、おれもこの「すてきな話」について語りたかったので、同類だとすぐにわかった男と話すのをためらったりしなかった。

「報道されているとおりで、あのあばずれが自供したのなら、やつはもうすぐ取り押さえられるだろうな、だってあの馬鹿野郎はいまごろどこかに隠れているにちがいないんだから」とおれの新しい友人は続けた。

「隠れているとは思わないね」

「ならばなかなか捕まらないだろうな。そいつがどうしても理解してもらえない点だよ。動きまわっているかぎり、生活しているかぎり、そいつを見つけるのはむずかしいってもんだ。

動く標的だからな。いろいろと知っているのに、なにも言わないでいられること、そして何事もなかったかのように、なにもしなかったかのように生活し続けること、それが肝だ。それがこうした仕事のコツってもんだ――なあ、おれはよくわかってるんだよ、この点に関しちゃあ、自信満々さ」

「いったいあんたはどんな仕事をしてるんだい？」

「泥棒さ。同じようなもんだろう、なあ。で、あんたは？」

「なにもしちゃいない」

「運がいいな。いや、あんまりよくもないか。いいかい、どんな仕事にもいい面と悪い面がある。盗みってのはわくわくするぜ。駆けっこみたいなもんだ。残念ながら、つねに一番にならなけりゃいけないっていうおまけつきだがね」

こうした長口舌には慣れっこだったし、言葉や考えも平凡だったので、目の前の相手も悪ふざけが好きな男なのだろうとすぐに了解し、話をうわの空で聞いていた。男は、かなり長いだんまりをきめ込んだあと、いったん話しはじめると、もう抑えがきかず、だまり方を忘れてしまったといった具合にしゃべり続けた。男が泥棒という仕事を褒め称え続けているあいだに、おれのほうは頭のてっぺんからつま先まで男の品定めをしたが、それでいて、そしらぬふりをしていた。しかしそれは余分な用心というもので、男はひたすら話し続けていて、おれがやったり言ったりするかもしれないことをいささかも気にかけていなかったからだ。

年は三十くらい、背が高くて肉付きもよく、眼は黒くて鋭く光っていた。顔でもっとも目立つのは、ずっと離れたところまで広がる長い両耳と顎まで垂れているといっても過言ではない下唇だった。それでもこの顔には化け物じみたところは少しもなく、眺めていると、顔にその反映が見て取れる「厚かましさ」にとりわけ驚かされた。手入れの行き届いたすらりとした両手が前方で動いていた。注意を引くのはその両手、無造作に見えて巧みに動く両手だ。

そんなふうに人物鑑定してみると、自分の疑いそのものが疑わしくなり、結局、いろいろと考えてみるに、この男は本当に泥棒なのかもしれないという気がして、そのうちに、十分ありうることだと思えてきた。例の告白にしても、あんなにすばやく、あんなにさらりと口にしたので、最初は冗談に聞こえたが、もしかすると、こいつの顔や両手に見てとれる大胆さを表わしていたのかもしれない。

「二日以内に連中が船乗りを捕まえるかどうか、賭けてみないか」と男は言った。

「あんたの話を信じるよ」おれは応えた。「だが、犯人は船乗りだというのは間違いないのかね」

「たぶんあいつだろうね。連中に確信がなかったら、新聞に流したりはしないだろう。それに、おれにはもうすぐわかることになっている……。今晩、集まりがあってね」と、ためらったのちに小声で言ってきた。

自分で注文して飲んでいたヴァン・グリのボトルを男が空けたところだったので、おれは一杯おごってやった。ひどく興味を、いやそれ以上のものを感じはじめていたし、粋な感じで自分の職業を告げた男の実に親しげな態度に驚かされてもいた。

「どんな集まりなんだい」

するると男は、ときどき夜に、自分と「友人たち」が待ち合わせをして、ある種の問題について話し合うのだと説明した。「友人たち」のひとりは、やはり泥棒だが、警察に所属していて、いわばさかしまの密告者なのだ。その集まりで訊ねてみれば、警官まがいが答えてくれるかもしれない。男は腕時計に眼をやると、唐突に片手を差し出し、暇《いとま》を告げた。

「おれの話を信じたわけじゃないだろう」

どうやら、口を滑らせたのを悔やみ、最後に迷わせるようなことを言ってごまかそうとしているようだった。

おれはまた新聞を読みだしたものの、前ほど興味が持てなくなっていた。新聞のニュースはもう最新のものではないように感じたからだ。

そうこうするあいだも、自称泥棒との会話でより生彩あるものになった記憶に苛まれていた。オルセー駅のホールで出会った船乗りのあまり感じのよくない顔を眼の前から追い払うには、生半可でない苦心をしなければならなかった。自白の場面と名づけることにした情景の細部は、あまりにも作り話めいていたので、むしろ簡単に記憶から消えていった。だが、バッグを背負ったあの落ちこぼれ、しつこく人につきまとうあの船乗りは、すぐに記憶に蘇ってきて、あいつを人殺しと呼ばずにはいられなくなった。

　近くの小さなビストロで急いで夕食をとってから、そう気のりしないまま夜の散歩に出た。夜半の風が猛威を奮いはじめていたので、ゆっくりとした足取りでトロカデロ宮[*22]の小庭園に入り込み、いびつに蛇行する遊歩道を避けるようにぐるりと廻り、ときどき立ち止まってはベンチに腰かけた。こうしたためらいがちの散歩のせいで、思考のぎくしゃくとした歩みが戻ってきて、想像力と記憶の境界があいまいになった。小庭園とそのささやかな神秘が暗くかすみ、夜そのものを見分けられない。影はそれとわかるのだが、それも夜の淡い霧がないときの話だ。木々の向こうでエッフェル塔が情熱にあふれた姿に見え、勇敢で誇りに充ちた行為を体現しているように感じられた。二十世紀の最初の数年間に帯びていた親しみやすくおめでたい様子は、いまや周囲をいくつもの星に囲まれ、失っていた。この時刻、庭園にはほとんど人影がなかった。声が聞こえるので人がいるとわかるにすぎない。おれは夢見心地だった。だからこそ、おれの前から、誰だかわからない相手に向かって抗弁する声が聞こえてくると、無駄な議論のあれやこれや、厄介きわまる質問の数々に嫌気がさしてきた。エッフェル塔がおれ以上に生気を帯びてきた。エッフェル塔をその足元から見上げると、建築物らしく金属的に見え、ずっと遠くから見ると象徴的に見えることを、パンタンから眺めるのかグルネルから眺めるのか、モンマルトルから眺めるのかポワン゠デュ゠ジュールから眺めるのかによって[*23]外観や性質が違ってくることを、ずっと前からおれは知っていた。

まるで万華鏡越しに眺めるように、記憶を頼りに、そのシルエットを際限なく変えて愉しんだ。こうした類いの変化とその気品のおかげで、エッフェル塔に好感が持てるようになってゆき、命があり、陽気と言っても過言ではない本当の女友だちと化していた。[*24] そしてこの夜、こんなにも自分の近くにいてくれるのだとわかると、元気づけられた。おれはエッフェル塔を高く買っていたが、というのも、あれを眺めていると、あいつだけが夜と闘えて、最後には勝利を収めるとにわかに思えてくるからだが、それはエッフェル塔が、空を駆け抜ける青い風と闇のなかで、より高く、より荘重に見えてくるからこそだ。

おれはエッフェル塔の影から抜け出て、散歩を続けた。廃墟さながらに寂しげなトロカデロ宮を右手に見ながら、イエナ広場のほうに向かった。

茂みの陰になった水族館[*25]の入口の前を通ったとき、葉ずれの音が聞こえた。誰かが、おれのすぐそばで、立入り禁止の芝生の上を歩いていた。耳をすまし、なんとか見届けようと立ち停まった。闇のなかに人の姿が浮かんできて、その人影は、背を丸め、ゆっくりと、抜き足で前に進んでいた。身じろぎもせず、おれはその人物があっちに行き、こっちに行く様子をじっと眺めた。男は、音もなく飛び跳ねて、毎晩水族館の入口前に置かれる小さな鉄柵を乗り越え、なかに入った。

パリの住民のなかでも、おれは、人工的に作られ、ないがしろにされがちなこの洞窟を知っていて通ってもいる、稀な人間のひとりだ。よく午前中に、この人造石の塊のなかに入っていき、鱒《ます》が水草の下をすり抜けるさまに見とれたり、レースにも増して美しい気泡が湧き出る様子に驚嘆したりする。普段は見られない生きいきとした様子をその場で眺められる魚たちの静かで夢に誘うような動きもみごとだが、それ以上にみごとだと感じるのは、この場所の冷気、とりわけ乳白色の光だ。巨大なガラス越しに、鯉が年を重ねていくかたわらで、陽射しの戯《たわむ》れが眼に入る。

この水族館そのものがひとつの神秘なのだ。

耳に響いた物音は聞こえなくなったが、おれの好奇心はすっかり目覚めてしまっていた。あの男は、こんな時間に、こんな人知れぬ場所で、なにをしようというのだ？

迷うまもなく跡をつけた。鉄柵をよじ登り、なるべく物音を立てないようにして、階段の最初の数段を降りた。人の声、闇のせいで低く感じられる声が届いてきたが、なにを言っているのか判然とせず、囁きにしか聞こえなかった。ひとりでなく、三人か、もしかすると四人だとかろうじてわかった。勇気を奮い起こし、さらに三段下り、壁に張りついてそのまま数歩進んだ。水族館を設計した建築家の好みで置かれたベンチがある一角のことをおれは思い出した。そこに行って坐っていれば、声が響いてきて会話を盗み聴けるだろう。

入口付近は暗かったが、鯉の水槽の前には照明の当たっている通路がいくつかあり、半ばまどろんだ細長い魚を何匹も浮かばせた光輝く水が、大きな四角形をいくつも形づくっている。奥のほうのそうした四角形を背景に、数人分の頭部が浮き出ていて、どの顔も青白く、頬がこけているようにおれには見えた。とりわけおれの注意を引いた顔があり、それは、見覚えがあるが名前のわからない顔だった。靄《もや》がかかったような朦朧とした光に眼が慣れてくると、連中の数は五人だとわかり、彼らのほうは話に夢中で、見られたり聞かれたりしているとは夢にも思わないらしく、おれが見つかる心配はなかった。

話の中味はほとんど耳に入ってこなかったが、それは、こうした密談がおこなわれていることに驚いたのに加え、パリが新たな秘密を明かしてくれたこの夜とこの舞台装置に心を奪われてしまっていたからだ。

夜更けだからこそ、夜陰に乗じておれも話し合いに立ち会っていられたものの、ちゃんと働いていたのは記憶力だけだったような気がする。男たちのひとりの顔におれの注意はそっくり引きつけられていた。見覚えがあったし、記憶に残っているせいで五人のなかでひとり浮き出て見えるこの男の名前はなんだったかと、喉まで出かかった歌の名前が出ずに苛立つように、そのことばかり考えていた。思い出せないわけが不意にわかったが、あまりに突然ひらめいたので驚きの声が洩れそうになった。たんにもともと知らなかったのだ。見覚えのある男は、あのこぢんまりしたカフェで言葉を交わした相手、隣に坐ったのでワインを一杯おごってやった男だった。

これが、あの男が話していた「集まり」で、おれはそれに無意識に、こういった言い方は本当は見当違いだが、偶然に、立ち会っていたというわけだ。そうなると、強盗の企てが話し合われているかもしれないので、耳をそばだてざるをえなくなる。おれの好奇心はとぎすまされた。聞き覚えがあったからか、突然ある名前が鳴り響いた気がした。ジョルジェットという名前だ。

この名前が炎となって出て闇はぐっと深まり、なにも考えがまとまらなくなっておれは夢想に走り、酔った気分になった。こんな場合、ジョルジェットという名前の下に広がる迷路を横切っていく鬼火のあとを追うのは、たぶんおれの役割ではあるまい。

鬼火はおれが考えをめぐらすのと同じ速さでまわっている。前の晩に続き、今晩もこんなことが起ころうとは思ってもみなかったが、またしてもあの女が存在感をあらわにしてきたわけだ。炎が揺れ、風が吹きつける。誰かがジョルジェットの名前を出していたのだ。彼女もそこにいる。その名前で呼ばれて、たしかに彼女は立ち上がったのだし、水槽に囲まれて、武器である微笑みを見せつけるその姿が見えた。

おれたちが前夜に無言のまま立ち会った場面のことをジョルジェットは話していた。声を潜めていたが、話の中身はわかっていたので、彼女がタペストリーのように繰り広げてみせる語りの欠落部を埋めるのは簡単だった。

彼女が作り話をしたり、不正確な伝え方をしたりするだろうと思っていたが、報告書のように無味乾燥で几帳面な語りだった。ときおり、注釈が付いたり、悪口だの褒め言葉だのが入ったりしたが、だからといってそれで彼女の見解がはっきりするわけではなかった。

話が終わると、こう明言した。

「ジュールのほかに、もうひとりわたしの知らない男がいたわ」

「怪しいやつか」と誰かが尋ねた。

「いいえ」と木で鼻をくくったような応えが返されたが、ジュールが付け加えた。

「つまらんやつさ」

はっきり聞こえない連中の声にも耳が慣れてきて、密談の続きは聞きやすかった。

「おれの考えでは、船乗りはすぐには捕まらないだろうから、当局はきっと一斉取締りをせざるをえなくなるだろうな」男たちのひとりが言った。「用心しとかないとな。あの晩の一件が片付いたら、アリバイの用意をしなくちゃなるまい。なあジュール、そう思うだろ」

「ああ、おれはやつらをまいてみせるさ」と、重々しいバスの声の持ち主であるジュールが応えた。

「行くわよ」

音も立てずにジョルジェットは外に出ていった。五分ほど経った。今度は、カフェでおれの隣に坐っていた例の男が水族館をあとにした。しばらくして、ほかの連中も、次々に立ち去っていった。連中がどんな小細工をしているかわからないので、おれは三十分ほど間をおいてから出たが、通りに人影はなかった。持ち主を失った女物の傘が歩道に落ちていて、そこから数歩のところに、ベンチに置き忘れられた片方だけの手袋があった。パリの夜は影で膨らみ、落とし物はその共犯者のように見えた。

第三章

わたしは彼から逃げていた、日ごと夜ごと
わたしは彼から逃げていた、歳月のアーチをくぐって
わたしは彼から逃げていた、迷路をさまよいつつ
それはわたし自身の精神の迷路。そして涙の霧と
あふれ出る笑いをかいくぐり、彼から隠れていたのだ。

フランシス・トムソン＊26

その夜のあとの数日間はまるで雲のなかにいるようだった。微動だにせず、沈黙を守ったままで、日々はなんの痕跡も残さず、悔やむ気持ちさえ感じさせない。パリは暗闇に沈み、まなざしを受けつけなかった。かすかに雨が降っていたような気もするが、すぐさまもの悲しい風が立ち、わずかな記憶も吸い取ってしまった。

パリは倦怠で膨れあがり、ついで、まどろみのなかでその倦怠を咀嚼しようとするかのよ

うだった。おそらく、夢の跡をそっとたどっていたのだ。

それでいて、時間と倦怠の守護を担っていた小さな置時計が、街が出す合図にこたえるかのように、毎晩一一時三五分になると止まった。この驚くべき規則性の説明はどうにもつかなかった。せいぜい、こうした法則を敬意の表われと受けとめるか、ひとつの習慣とみなすか、といったところだ。だが四日目の晩ともなると、この特許を得てもおかしくない時計もそろそろその習慣を手放すだろうと期待し、一一時三〇分におれの心臓は高鳴っていた。一一時三五分になると、おれが見守るなか、意味ありげな音を立てて、置時計は止まった。すると呼び鈴が鳴った。手紙を届けにきたというのだ。小さな制帽をかぶったホテルのボーイが、手紙と引き換えにチップをねだった。ある友人が、パリの中心にあるホテルまで会いに来てはくれまいかと求めていた。おれは奇蹟を否定するような人間ではなく、いぶかしく思うときは、奇蹟を信じるにしくはないと考える質《たち》だった。ありがちなもの、つまり、平板で冷たく、未開ではあっても干からびた領域をめざして歩んでいこうなどと思ったことはこれまでに一度もなかった。

この思いがけない手紙は、パリが密かに投げてよこした呼びかけであり、パリはおれを求めていて、そのためにまたしても友人の名を騙《かた》ったのだ。

タクシー乗り場にたった一台だけ停まり、おれが来るのをいまかいまかと待っていた車に飛び乗った。扉を開けてくれた運転手が、「心得ております」といった手合いの微笑みを浮かべたので、間違いはなかった。熱意にあふれた運転ぶりで、指定されたホテルまでできうるかぎりのスピードで連れていってくれた。道すがら出くわすひとつひとつの大時計に眼をやったが、十七番目になっても、どれもが、それまで走った距離と関係なしに、例外なく一時三五分を指しているのにはやはり驚かされた。時間が止まってしまったのか？　運転手は大胆不敵にエンジンを吹かし、自分の使命の重大さを理解しているように見えたが、おれ自身、そのときはその重要さがわかっていなかったのだ。

タクシーはサン＝トノレ通りのホテルの前で停車し、おれが歩道に降り立つと、代金を要求してすぐさま走り去った。

それは二軒の家に挟まれた小さなホテルで、各階に窓はひとつずつしかなかった。灰色で薄汚く、老朽化の一歩手前だった。風がたえず建物の前を吹き抜けている。ホテルのせいでできる影が穴のように見えた。宝石商と金銀細工商が両側から囲むように店を開いていて、歩道に蛍のような明かりを投げかけていた。場所を間違えていないかと心配になりながらも、おれはホテルのなかに入っていった。

太った女が、口元に微笑みを浮かべて、巨体を揺すりながらおれを迎え入れた。ひどい化粧をしているうえ、愛想がよすぎるので、どこにでもいそうな女に見えた。

「お友だちのジャックがお待ちよ。四階の四号室」と女は言った。

階段はぞっとするような汚さだった。枯れて色あせてはいるがうまく生けてある花と掃除道具が隅に置いてあった。

呼んでも返事がないので、四号室の扉を開いた。

ジャックは泣いているように見えた。

ジャックは感じのよい青年で、どんな美点よりも信頼の気持ちや善良さをいつだって好むと断言していた。それでいて、並外れたひどい利己主義者で、その恩恵にあずかり、自慢にもしている。もちろん、こいつが泣くところなんて見たことはなかったし、結局、涙を流すのに向いていないこともわかった。

「やあ、わざわざすまない」やつは言った。

ジャックがおれに同情し、許しを請うたので、こいつが恋をしていると、それも、ひどく真剣に、理由も喜びもないまま、とてつもない頑《かたく》なさで恋をしているとやっとわかった。

ジャックは利己主義者だが、頑固でもあった。

パリの街中を歩きまわったこと、そうして歩きまわって感じた喜びをおれに話してきかせてから、尋常ならぬとみずから形容する出会いについて語った。

ある夜の二時頃、ジャックはカフェのテラスに坐り、通り過ぎる人びとを見つめ、とりわけ女たちの顔をしげしげと眺めていた。劇場帰りの若いご婦人がたが示しがちないかにもといった感じの矜持を見せつけてこちらにやってきた小柄な女に、あえて話しかけてみようと思い立った。あとをつけ、さて話しかけようとする段になるとうまくいかないのは、ジャックが追いつきそうになると、女が足を速めてしまうからだった。

ついて行くうちにセーヌ川のほとりに出たが、女は河岸の道を通らずに、堀の代わりに周囲に建っている鉄格子沿いに歩き、ルーヴル宮の冷えきった影のなかに入り込んでいった。

そうこうするうち、二人はサン＝ジェルマン＝ロクセロワ教会の前までたどり着いた。女が少し立ち止まり、服の乱れを直す隙に、ジャックはどこに行くのかと訊ねてみたが、返事はなかった。女はまた歩きだし、プレートル＝サン＝ジェルマン＝ロクセロワ通りに入っていった。ジャックは女の傍らを歩き、街灯に不意に照らし出されるその顔を間近に眺めた。青白い顔色だが魅力的に見え、さらにしつこく言い寄る気になった。お送りします、と言わずもがなの口実をつけて、片腕をつかんだ。ところが、女はその手を突然の力強い動きで振り払い、何歩か走って身を離した。ジャックは、一瞬、気落ちした。それでいったんは背を向けたのだが、その決断をすぐに悔やみ、もう一度あとを追おうとした。ところが誰の姿もなかった。こちらの意図に逆らって姿を消したことに苛立ちつつも、心配して女を探した。だが無駄だった。それでも、あの魅力的な顔がもう一度見られるかもと期待して、その狭くうらぶれた通りから離れられず、待っていた。一時間が経った。不意に叫び声が上がり、ついでつぶやくような声が聞こえた。ジャックは利己主義者で、当然のことながら、好奇心が旺盛なほうではなかった。プレートル＝サン＝ジェルマン＝ロクセロワ通りから出て、叫び声が響いた場所に駆けつけたりはしなかった。気落ちし、ひどく不機嫌なままタクシーを呼びとめ、自分の家まで行ってもらった。

そんな尾行をして、待ち続け、その挙げ句に失望したというのに、ジャックはおれに打ち明けたのだ、眠ることができなかったのだと、その夜、堪えがたい静寂のなかで、うなりをあげて流れていく空しい時間のことしか考えられなかったのだと。

どうしたらいいのかとジャックはおれに訊いてきた。二日間、眠れないままの二晩を過ごし、その二晩のあいだ、彼はときには忘却にあらがい、ときには青白い顔の記憶と格闘した。ついに昨日、疲労困憊し、我を忘れて数人の女のあとをつけ、そのうちの三人と寝て、飲み、歩き、夜明けにはこのホテルの部屋でとうの立った女のかたわらにいて、その女は聞いたこともない、猥褻でうんざりさせるような処方を提案してきたのだ。陶然となり、それでいて覚醒してきたジャックは、パリの街なかで自分がおこなった行動を振り返り、記憶のなかで自分が歩いたあとをたどり、打ちのめされ、それでいてなんでもする気になっていたものの、外出することも、起き上がることさえもできないでいた。

おれにためらいはなく、ジャックにその女を見つけだせと強く勧め、それどころか、探す手伝いをしてやってもいいと言った。

急いで部屋代を払い、ジャックが女と出会った場所にすぐに二人で向かった。その青白い顔をした女がその晩もいつもと同じ道を通って来るだろうとおれは確信していたからだ。

赤ワインの入ったグラスを前にして、おれたちは通行人の顔を窺い、その夜に見つかる確率について意見を出し合いながら、よい頃合いになるのを待った。

夜が更けていくと無駄話を切りあげて、見張っている狭い通りになにか変化はないかと検討した。十五分ごとに人の波が行ったり来たりした。やがておれたちは不安にかられだした。ジャックが女と出会って心を奪われた時刻が迫っていたのだ。そのときおれたちが待ち伏せしていたのは、もはやひとりの女ではなく、どの番号にルーレットの球が止まるのかと待つような不安に胸を締めつけられつつ、自分が欲情に駆られているという確かな思いだった。光がかすかに震えるたびにためらいが蘇り、通りが揺らぐように見えるたびに、確かな思いの前に訪れるあの間延びした瞬間を感じとっていた。

二人とも黙り込み、申し合わせたように、あの女が姿を見せるはずの曲がり角に視線を釘付けにしていた。

沈黙がどうにも堪えられないほど重くなったとき、おれはなにがなんでも（それは誇張ではない）自分が経験したあの不思議な出来事を、散策と、その結果起きた出会いや目撃した光景のことをジャックに話してしまいたい欲求を覚えた。ただおれは、望んだわけではないが、主役の座をパリに譲ったかたちで話をした。

役者やスポーツ選手が襲われるような不安にあきらかにとらわれていたにもかかわらず、ジャックはあえぐようにして「だからなんなんだ……」と言っておれの話をさえぎった。おれはなにもかも包み隠さず話してやることにためらいを感じていたが、それは、右往左往や出会いがあったあげく、偶然のおかげで奇蹟の様相を呈したあの物語をもしおれ自身が聞かされても、やはりとても信じられないと感じていたからだ。

ちょうどおれがジョルジェットの名前を口にしたとき、ジャックがとげとげしい目つきでおれを見つめた。

「黙れ、あの女が来た」彼が言った。

たしかに、色白の若い女が、狭い歩幅でゆっくりと物陰から出てくるのが見えた。

おれたちはすぐに心を決めた。数メートルの距離を置いて、女のあとをつけたのだ、ジャックが惚れた女、おれには見覚えがあるあの女、ジョルジェットのあとを。

学士院の前を通ると、恐怖心にとらわれたのか、ジャックがおれの片腕をつかんだ。あまりに濃い暗闇に、一歩ごとにつまずきそうになった。おれ以上に、ジャックのほうがおれのした話を思い出していた。おれの話をほじくりかえし、おれがしてみせた描写を不吉な舞台装置に重ねていた。

おれのほうがまだ冷静で、あの夜に眼の前に現われた景色と同じだとは思ったが、それはなによりもパリが示すいくつもの顔のひとつだったのだ。ジョルジェットの姿が黒く浮かびあがった河岸に近づくと、感情があらわになる場面に出くわしてそう感じた以上に実は悲劇的な事件の舞台だったこの場所にまた来てしまったことが、自分でも意外だった。突如としてあれやこれやを蘇らせてしまう力がこの世にはあるのだとわかった。あのときと同じ風の音、街灯の弱い光、川の甘い囁きに思えてくる。別々の日付が混じり合う。あたりを包み込む影とあの女の存在が時を破壊していた。

ジョルジェットに声をかけたくなり、ジャックがその場にいなければ、いまその時と記憶とが混ざり合うこの蜃気楼を遮るため、過去を現在から切り離し、時間を細切れにしようと、おれは叫んでいただろうと思う。だがジャックのほうは、歩き続けるあの人影を見失うことだけは避けようとしていた。事実、女の腕をつかんだり、唇に接吻するよりも、まずどこに行くのかを知りたがっていた。要するに、運命に導かれている女そのものより、その女の謎に惹かれていたのだ。

ポン＝ヌフの近くで、女はベレー帽をかぶったどうということのない学生に声をかけられ、その学生をホテルの部屋に連れ込んだ。ジャックはためらうことなくホテルの女主人に金をわたして、学生が服を脱ぎつつあった部屋の隣室に入り込んだ。おれたちは二人の陳腐な会話に失望した。ジョルジェットは最初に自分への報酬を求め、安すぎると文句を言い、スペイン人の男と待ち合わせをしているから急いでいるのだと言い放った。

ジャックとおれは嬉しさを隠しきれなかった。ジョルジェットは月並みな売春婦で、おれたちは二人とも神秘を一から十まででっちあげていたというわけだ。尾行をやめてしまうか、ジョルジェットと寝て事態をはっきりさせてしまおう、という気になっていた。

それでも、いかにもといった物音のあとに静寂が訪れ、すべて終わったとわかると、おれたちは部屋を離れ、ホテルの入口でまた張り込みをはじめた。スペイン人の男の顔だけでも見てみたかったのだ。

ジョルジェットはまた、パリと夜が混然とするなかを突っ切るように歩いていった。悲しみは遠ざけつつ、孤独、もしくは不安を前に押し出していた。とりわけこの時間になると、ジョルジェットの不思議な力、夜を変貌させる力があらわになった。何万人といる女のひとりにすぎないこの女のおかげで、パリの夜は、未知の領域に、花と鳥と視線と星でいっぱいの不可思議な一大王国に、あたりの空間のただなかへ投げ込まれた希望になっていた。自分の想念に翻弄されて、おれは競輪場を思い描いていた。

あのように学生に言い放ったにもかかわらず、ジョルジェットは少しも急いでいるように見えないと最初に指摘したのはジャックのほうで、しかも、初めて出会ったときと完全に同じ道順をたどっているというのだ。ジャックの頭にあったのは、けたはずれに大きい大時計のことだ。

この夜、おれたちがジョルジェットを追いかけているとき、もっと正確に言うなら、尾行しているとき、おれはパリを初めて眼にした。街はつまり前とは違うものになっていたのだ。パリは地球が自転するように回転し、いつも以上に女性的になって、霧の上方に立ち上がっていた。おれがなにか細部に眼をとめるごとに、引き締まっていくようだった。そしてジョルジェット自身が街と化していった。

パレ＝ロワイヤル[*27]の前までたどりついたとき、ジャックは自分ひとりにしてくれとおれに伝えた。おれに礼を言い、自分が体験中の冒険の続きと結末はあとで話すからと約束した。

それでジャックと別れたが、急ぐ気にはなれなかったし、後ろ髪も引かれていた。オペラ通りはいつもおれがたどっていた川の流れのようなあり方とは別物になっていたし、ありふれた道でもなかった。きらめく巨大な影となり、踏破すべき氷河のようでもあり、さらには、抱きしめるべき女のようでもあった。

遠くに氷山が浮かんでいたが、それはオペラ座の巨大な塊であり、近づく朝の重みに揺らいでいた。その氷河が一挙にひっくり返り、それが合図となって、いくつもの鐘が鳴っておいで告げの祈りの時を知らせるのを、おれはいまかいまかと待ち構えていた。

翌日、さらにその後の数日、ジャックからの知らせを待ったが、なにもなかった。おれは電話をしてみた。

ジョルジェットと寝てみたとジャックはおれに答えた。

「それで?」とおれは訊ねた。

「どうってことないさ」とジャックは応じた。そして別の話をした。

しかしそのとき、パリの東に嵐が巻き起こったのだ。

第四章

自身の影法師にもまして奇妙な遍歴をたどっているかのように思われるあの不思議な若い女の痕跡を、このまま投げやりにしたりはしないと、もちろんおれは心に決めていた。いつになるかはわからないが、いつかそのうちの夜に、あの女を見つけだし、その真の正体を明るみに出すまではもうそのそばを離れたくないと思っていた。

おれがとりわけ記憶にとどめていたのは、すでに老いの徴《しるし》が読みとれる童顔だ。その所作は、なんと言っていいのかわからないが、不安にさせつつ、同時に惹きつけもするジグザグ模様を描いていたものだ。あの女のまわりには、それなりに色のついた泡が浮かんでいるように見えた。

見かけはどこにでもいる売春婦にすぎず、パリの街を行き来して、どれもこれも多かれ少なかれ似通っている売春婦たちと姉妹関係にあるような女だと、おれにもおおかたわかってはいた。それでも、ジョルジェットが魅力的なのは、やはりほかの女とはなにか違うからこそだし、あの見かけがあてにならないのは明らかだ。

常日頃かぶっているあのヴェールの下に、つけている白粉《おしろい》の下に、裸の姿がもっと間近に見えてくるのだし、いわばあの女の香り、あの女だけにしかない香りをかぐことができたのだ。

だが、特別と形容できるような魅力をあの女にもたらしていたのは、影に似ているということだった。裁きから逃れられるような力には、誰でも驚かされるだろうし、おれもその例には洩れない。あの女は、ときには光に、ときには光の姉妹のごとき影に見えた。魚が手をすり抜けていくように、記憶を前にして、言葉を前にして、逃げ去っていく。遠ざかるのだが、存在したままで、それどころか、場所を占拠し、巨大になっていく。

おれは、あの女を心に思い描くのに、これ以上適切な表現を見出せない、すなわち、影が浮かべる微笑みだ。

あの女の生き方を考えてみると、そうした言い方がふさわしいのがはっきりする。夜しか愛さず、毎夜、夜と婚姻を交わしているかのようで、光から遠ざかって暗闇のなかに入るときになってはじめて、その足取りも現実めいてくる。その姿をじっと見つめていると、昼間に生きているところなど想像できなくなる。あの女は夜そのもので、その美しさは夜だけのものだ。

「白日のもとにあるがごとく明白」と言いがちなのと同じで、まったくもって無意識のうちにジョルジェットのことを「夜のごとくに美しい」と思わないではいられない。その眼、歯、手、頭から爪先まで広がっているあの青白さのことをおれは考える。それに、あの女から消えてしまうことがなかった瑞々しさのことも忘れてはいない。

　夜が更けるにつれてジョルジェットは欲望をそそる存在になり、時間が経つとともに服が剝がされて、その裸体がくっきりと見えてくるようにおれには思えた。

　こうしたことはどれもこれも、どこかになくなったかと思うとまた照らし出される思い出のようなもの、どれもこれもひとつ残らず夜のもたらす欲望なのだが、ジョルジェットは、美しくて性的な魅力にあふれているためには、毎日繰り返されるあの夜という神秘に自分が一体化せねばならないと得心していたのだ。

　おれはジョルジェットを探していて、そうした追跡があの女を身近に感じさせた。偶然は予想以上の驚きをもたらす。探し求めていたおれは、やがて出会うことができたのだ。

　セーヌ通りをビュシ通りから分かつ街区の周囲を、憂鬱そうにではないが、驚くほど執拗にあの女はうろついていた。ときにはカフェの前で立ちどまり、客をしげしげと眺め、マニラ*28に興じる者が眼に入ると、肩をすくめた。一一時頃になり、カフェが閉まりだすと、それまでいた界隈から離れ、セーヌ川のほうに向かった。男が声をかけてきたりすると、すばやく品定めをして、だいたいの場合は、立ち去るよう促していた。ときには、男と腕を組み、陰気な感じの小さなホテルに入り込む。そして、しばらく経つと、またそぞろ歩きをはじめた。引っ込み思案というか、恥ずかしがり屋というか、とにかくそういった感じの女たちからよく声をかけられていたが、そのように言い寄られてもジョルジェットがけっして無下に拒まないのを見て、おれは驚いた。その品行にはいかにも几帳面なところが透けて見えたので、おれはまっさきにそのことをおもしろがった。

何夜もあの女を見張ったが、勘づかれたりはしなかった。それでもある日、ジョルジェットはひとりの通行人に眼をとめることになった。おれのほうにやってきて、「お元気?」と訊ねたのだ。そしてまた歩きだした。おれは、ジョルジェットがセーヌ通りから離れるまで尾行した。彼女は河岸に向かい、ポン＝ヌフを足早に渡った。サン＝ジェルマン＝ロクセロワ教会の前までたどり着くと、さらに足を早め、プレートル＝サン＝ジェルマン＝ロクセロワ通りの路地に入り込んだ。影のなかに消えてしまったかのようだった。まもなく、ルーヴル宮の鉄格子の近くでまた姿が見えた。道をよく知っているので、眼をつぶっても歩けるといったそぶりだった。実際にまぶたを閉じているのが見てとれた。その晩、ジョルジェットは、自分の数メートルうしろにいるおれの存在に気づいているようには見えなかった。風がうなりをあげ、ルーヴル宮の巨大な柵のあたりにも吹きつけた。散歩中の男が、杖を引きずって鉄格子に当て、ぶらぶら歩きながら鳴らす馬鹿げた鉄琴に仕立てあげていた。大きな建物の影がぼやけて背景のようになり、ほのかに見える星々がダイヤルのように回転していた。

ジョルジェットは、たっぷりと時間があり、愉しんで散歩している女のように、小股で歩いていたが、まだ半開きになっているブティックのショーウインドウの前に立ち止まったりするわけでもなく、空を見上げたり、たまに鏡に自分の姿を映してみたりするときだけ歩みを止めた。寒さも雨も、呪われたような風さえも、恐れてはいなかった。

リヴォリ通りのアーケードの下で、嬉しそうに自分の両手をしげしげと眺めたりもしていたが、それよりもよくやっていたのは、他愛ない歌を楽しげに口ずさむことで、その歌声がおれの耳に切れぎれに届くこともあったが、ただ自分ひとりで楽しんでいるだけだったので、たまにしか聞こえてこなかった。

もちろん、男たちは立ち止まって話しかけていたし、あの女のほうも、親切に聞いてやり、やさしく応えて、男たちの申し出を受け入れることもあれば、断ることもあった。どんな路地にも、彼女の知っている小さく陰気なホテルがあった。

ジョルジェットはけっしてためらったりしないように見えた。パレ＝ロワイヤルの前まで来ると、金属に触れたような寒さが壁からにじみ出てくるのを感じとったのか、コートに身をくるみ、帽子を心もち目深にかぶりなおし、迷いのない足取りで回廊にたどり着いた。何人もの女が、背を丸め、血走った眼つきで、ちょこまかと歩いていた。視線を地面に向けたまま、両手を腹のあたりで服のなかに入れたまま、歩みを止めようとはけっしてしない。そうした女たちとすれ違うたびに、ジョルジェットは、こんばんは、と言い、するとその挨拶が笑い声のように響いた。

この四角形の場所に踏み込もうとする者は、しばし、かすかな恐怖にとらわれる。突如として、煙のごとく渦を巻きながら、音楽が立ちのぼるのだ。もちろん、耳に聞こえるようなものではなかったが、あちこち移動し、幅をきかせる音楽だった。人影のない遊歩道を這うように進み、灌木の枝に絡みつき、彫像を押しつぶす。こんな時刻になると、音楽の名残りにすぎなくなっているので、眼には見えるが耳には聞こえないのだ。パレ＝ロワイヤルの建物の翼棟のてっぺんにある窓をくっきりと描きだす明かりがしばしば見てとれる。すると自分が牢獄のなかにいる気分になってくるのだが、それだけ夜の力が強大だということだ。

庭園に広がってゆき、単調に長々と続く建物を炎さながらに舐めまわす夜の支配力にあらがえるのは、ジョルジェットだけだった。夜に流れる時間が打ち立てた障害、そうした時間の死骸が作り上げたような障害を縫って、ジョルジェットはゆっくりと通り抜けていった。

沈んだ様子の男が、ずっとひとりで、回廊の四つの通路を大股で歩きまわっていた。男は夢の跡をたどりつつ、もうひとつの別の夢にあらがっていた。ジョルジェットは足を止めて男に触れた。だが男のほうは振り向きもしなかった。

ジョルジェットが自分の務めを果たすのをおれが目撃したのは、このパレ＝ロワイヤルにおいてだった。その熱心さ、そしてあらゆることに対して払う注意を見れば、疑いの余地はなかった。偶然にせよ、習慣にせよ、追い立てられるように男がやってくると、彼女はこの犠牲者のほうにかがみ込み、両手を差しのべた。少し離れたところから見ていたせいもあるのか、こうした駆け引きは奇蹟のように見えた。暗闇のせいで底のない穴のようになったそこらの隅へと、そっと、しかし有無を言わせず男を引き入れるのだ。そしてそこで……。

女はすぐに薄明かりのなかに戻ってきて、鳥のように動きまわる。前と同じそっけない所作で帽子を少し目深にかぶりなおし、それからコートの前をしっかりと閉め、歩きながら待ち伏せをするのだ。

夜が更けていった。建物のてっぺんのかすかな明かりも消え、ジョルジェットは来た道を引き返しはじめた。もう一度庭園の周囲をまわったが、歩きぶりから、それが最後だとはっきりわかった。

またしても鳥のごとくにパレ゠ロワイヤルから飛び出し、足を速め、いまだ藍色に染まっているサン゠トノレ通りに入り込んだ。時間が気になっているらしく、ジョルジェットはさらに急ぎ足になっていた。朝早くに仕事に出かける、急いでいるだけのありふれた女、ベッドから出てきたばかりの寒がりの女になりさがっていた。おそらく朝日をすでに感じとっていたのだ。それでも、ジャックがおれとの待ち合わせ場所に指定したホテルの前でしばし足を止めた。不幸な鳥のとまり木にでもなったかのように、ホテルはいつになく青ざめ、不吉に感じられた。

ミミズクが鳴くように、「ジョルジェット」と自分自身の名前をそっと投げかけると、ほどなくホテルの扉が開いた。女が、女のように見える人物が、頭だけ出した。痩せぎすで醜かったが、その醜さは夜明けに似ていた。ジョルジェットはしばしばなかに入り、それから出てきてシャンゼリゼに向かった。

おれにとってはとてつもないものになったあの夜の終わりに彼女に再会した、例のプチ＝パレの近くの持ち場に着こうとしているのだと、このときによくわかった。無脊椎動物のごとき連中の周囲を歩きまわるのがジョルジェットの定めであり、夜明けにシャンゼリゼをうろつく男たちの偏愛を満足させようとしていることが最初のときよりもはっきりしてきた。

ジョルジェットは明らかに時間を意識していた。木々の後ろに身を隠したり、煙草や夜の終わりをそれとなく楽しむふりをしている引っ込み思案の徘徊者たちに、彼女は希望を託していたからだ。

それでもその日の明け方、陽の光が射してきても怖気づかず、寒さや日光をものともせずにジョルジェットを尾行し続けようとおれは心に決めていた。

ジョルジェットは、悲嘆にくれた様子の男たちのほうに何度も身をかがめた。何人かは常連らしく、それほど連中の仕草は的確で、すばやかった。

夜が明けた。あたり一面に光が飛びはね、木々にまとわりついたかと思えば、上げ潮のように湧きあがり、いつのまにか芝生や地平線を浸した。やがて、プチ＝パレの近くにいる女たちの姿が見分けられるようになった。日が昇るとともに女の数も増え、前よりもゆっくりと歩きまわっていた。もうしかるべき時は過ぎてしまったと、まるでなにかが告げたかのようだった。シャンゼリゼにはまったくと言っていいほど人影がないように見えた。

突如、この都会のジャングルの静寂におびえたかのように、猛スピードで走る一台のタクシーがコンコルド広場から飛び出してきた。

ジョルジェットは、何人かの仲間と連れだち、ちょうど鉄格子の門が開きだした地下鉄の駅へと向かった。告白や恥辱や溜息を両手で抱きかかえるようにしたまま、シャンゼリゼの娼婦たちが地下鉄の入口に吸い込まれていったが、仕事場から出てきたお針子の一団さながらに陽気だった。雨が降るのかしら、それともお天気になるのかしらと話したり、リボンや下着や靴や帽子の話題に興じたりしながら笑い合っていた。もしこの瞬間、億万長者が間違って地下鉄に乗り込んできて、ありきたりの愛の手管を披露してくれたら大金を払おうと持ちかけても、彼女たち全員が断るのではないかと思えた。

顎ひげは見えるようにしたままで襟を立て、おれは、やはり陽気にしているジョルジェットを眺めていた。彼女はハンドバッグのなかをかきまわしていかにもといった品をいくつか取り出すと、仲間に見せびらかした。その視線から身を隠そうとしたおれの用心は無駄で、ジョルジェットにはおれが見分けられなくなっていた。もう夜のあいだとは違う見え方をしていたのだ。

病んだ人間ならしそうなことだが、おれはこの女の生き方を見極め、その存在を完璧に知り尽くすのだと、昼日中も就寝中もそのあとをつけまわすのだと、心に決めていた。

午前五時頃でも明晰さをほぼ完璧に保てるもので、それというのも、明晰さは身体ではなく、ただ脳の状態に左右されるからだ。

シャトレ駅でジョルジェットは下車し、シテ島に向かった。出口につながる長い通路をゆっくりとした足取りで尾行した。夜ほどの人出はなかったが、地下を行き来する人たちはすでに群れをなしていた。よく知られたこの通路は、地下鉄の路線が開業して以来、恋人たちの待ち合わせの場所として使われていた。何十ものカップルが、一日のいかなる時間帯においても、隣り合うように並んで抱き合い、たがいを気にしたりせずに二人のあいだで唇や手を差し伸べあっている。たまに通行人が歩いてきても、突然一陣の風が湧き起こっても、相手の気をひくのをやめようとはしなかった。どのカップルも自分たちが透明にでもなった気でいるかのようだった。

そうした愛の場面に慣れきっているジョルジェットは、まだなにもかもが眠たそうにしているこの時間帯に、くつろいでしおれたようになりつつも、貪欲さを失ってはいないカップルの群れをかきわけて進んだ。

日の光が漏れ射してきていた。ジョルジェットは仲間のひとりに別れを告げ、足を速めた。おれはこの女を真昼の光のなかで見たことがなく、失望するのではないかと心配していた。彼女を包み込んでいた神秘が一挙に崩れ去るのではないかと思っていたのだ。

彼女の姿が見えたが、それはもはや別人だった。情熱の炎が消え、けなげではあってもただ機械的に動く女になっていた。もしかすると微笑むことすらできないかもしれない。膨れ上がった群衆に混ざり、その一部と化していた。あの女を見つけようと思っても、もうけっして見分けがつかないだろう。

パン屋に寄り、牛乳屋に寄ると、誰もが「おはよう」と声をかける。ときおり店主と握手をしたりもする。敬意を表わす様子を存分に示して……。だが、それ以前に眼にしていた女、神秘の女王と名づけようとする連中がいてもおかしくない女のことを思い出すと、いまのこの女にはおれの足元で死んでもらいたい気持ちになる。

彼女は、セーヌ通りがほかの場所よりも狭くなる、河岸にほど近い場所にある家の前で足を止めた。中庭の奥に入り、小さな階段で六階まで上がる。

階段のある空間に太陽が光をはねかけ、時間の残したありとあらゆる傷跡が姿を見せた。ジョルジェットは扉を開いた。

第五章

ああ、トレイユル、ぼくたちが同じ人種で、あなたに手伝ってもらってもおかしくないことを思い出してください。

レーモン・ルーセル*29（『無数の太陽』）

ああした夜が続いたあと、幾日かが過ぎていった。ジョルジェットを包み込んでいた神秘が消え去ったわけではなかったが、前よりも薄っぺらなものに感じられた。

時が流れても、空白が生じるばかりだった。

それでも、ときには、自分の眼の前に舞台装置がそびえ立っているように感じられ、わけもなくいたたまれない気持ちになる。すると、ジョルジェットの存在か、せめて彼女の記憶で満たさざるをえないような影が見えてくるのだ。しかし、日が昇るとすぐ、そのいたたまれない気持ちを陽光が溶かしてしまい、計画を実現に移そうとはするものの、漠然とした思いだけになってしまう。幾晩も、セーヌ通りに行き、階段を上り、あの女が開いて入っていったその扉をノックしようという気になった。だが、ジョルジェットを呼び寄せるのは夜であり、日中になると彼女はおれの記憶から、パリの通りから追い払われてしまうのだ。

偶然だけを頼りにするわけにはいかないし、気晴らしをして時の流れに空白をこしらえても、それでは障害を乗り越えたことには少しもならない。ついにある日、いかなる犠牲を払ってでもジョルジェットを、おれが夜のジョルジェットと呼ぶ女を見つけだそうと半ば遊び心で決めた。夕暮れがそうした探索の助けとなってくれた。冬の午後五時だった。もうためらいが出ぬようにとタクシーに飛び乗って、セーヌ通りにやってきた。もちろん、自分のぶしつけさと好奇心を許してもらうちょっとした挨拶の言葉は用意してあった。扉をノックすると、開けたのは男だった。若くて背の高い男とはち合わせになろうとは予想だにしていなかったので、扉を間違えたかと思った。最初は声が出ず、ついで詫びの言葉を口ごもるように言った。すると、女の声で訊ねるのが聞こえた。

「オクターヴ、誰なの?」

オクターヴは顎をしゃくるようにしてその問いかけをそのままおれに投げつけてきたので、急いで答えるしかなかった。

「おじゃまして申し訳ありませんが、ジョルジェットさんに話があるのです」

「それならうちでまちがいないよ」とオクターヴが答えた。

すごんだようなところはその口調に少しもなかったが、それでも横によけておれをあっさりと通してくれたのにはひどく驚かされた。一番わかりやすい関係を想像して、オクターヴはごくありふれた女衒《ぜげん》なのだろうと思っていたのだ。扉を閉める仕草をそばから眺めて、女衒らしいところはまったくないとわかった。風変わりな放浪者といったあのご立派な肩書で飾りたてられるような輩《やから》にも、もちろん見えなかった。

石油ランプの明かりのもとで、オイルクロスが掛けられてやけに清潔そうに見えるテーブルを前にして、ジョルジェットは裁縫をしていた。裁縫籠のそばには製図板、絵の具、水の入った小さなコップ、そしてハサミがいくつか置いてあった。

「絵を見にいらっしゃったのかしら」とジョルジェットが訊ねたが、そんな話し方をするのがおれを騙すためなのか、オクターヴを騙すためなのか判然としなかった。それでそのまま、美術愛好家のふりをした。

ゆっくりと、このうえもなくゆっくりと、ありきたりに、このうえもなくありきたりに、ランプの明かりのもとでジョルジェットは、裁縫仕事を膝に載せ、馬鹿げた褒め言葉をそれに似合いの馬鹿げたオクターヴの絵について披露していた。そして突然、こう質問してきた。

「弟はきれいな絵を描くと思いません?」つまりオクターヴは彼女の弟だったわけで、そのことを確認したおれの声には驚きのニュアンスが混じっていた。

「もちろん、弟ですわ」

そう言って、ジョルジェットは絵の説明をまたはじめた。壁には水彩画が何枚か鋲留《びょうど》めしてあり、描かれているのは、花や羽根や鳥、それに船、それも同じ船、どれもこれも同じ船が水面を滑るように進んでいく風景だった。「弟は絵がうまくて、しかも注文どおりに描けるの。樹も湖も山も描くわ」鎧戸のすきまから射し込んでいた陽光が消えつつあった。それでもまだ空には明るみがちらほらと見えていた。ジョルジェットはいまだ昼に仕える端女《はしため》だった。焦点の定まらない眼はふくらみ、口は起伏を欠き、唇は青ざめていた。手は家畜のようにちょこまかと動き、声には抑揚がなく、冷たい感じがした。

おれは質問をした。ジョルジェットは熱意たっぷりに答えてくれたが、一方、オクターヴはどんどん集中力が切れていき、身動きもしないいまま、影と戯《たわむ》れているかのようだった。

ジョルジェットが語ったところでは、オクターヴは優秀な生徒だったという。夜学に通い、絵画に並々ならぬ関心を示していた。暇な時間はいつも絵を描いていた。正直者のオクターヴは両親の自慢の種だったが、その両親が数週間のうちに相次いで亡くなってしまった。両親が亡くなる以前から、オクターヴは「引きこもり」になっていて、友だちと会うようなこともなくなっていた。誰でも自分の長所を自慢したくなるものだが、彼の場合、厳密さが好きで、いつも物事を究めようとしていた。界隈では、「素行がよい」と言われていた。

オクターヴはもう聞く気をなくしていて、ジョルジェットは耳の聞こえない人間の前で話しているのと変わらなかった。若き日のオクターヴの姿を描いてみせることで、彼女は姉弟に共通の青春時代をタペストリーに仕立ててあげていたのだ。彼女はひとりうなずいていた。

そのあいだにも日は暮れていき、暗闇が部屋のなかにも入ってきて、ランプを覆い尽くしていった。料理の匂いが階段伝いに昇ってきた。そして、徐々に物音がひとつずつ消えてゆくにつれ、ジョルジェットの話し方もより穏やかになっていった。歌を口ずさむような声だった。「食べていかねばならなかった」と彼女は話を続けた。「働いてみたらとオクターヴに言ったのよ。彼はひどく疲れていたわね。誰も雇ってくれようとはしなかった。パリの街のことはよくわかっている、弟もわたしもパリではただ生活しているだけなのよ。わたしのように、ありとあらゆる通りを知っていて、そこを歩く人たちを知っていると、すべてはしごく単純。でも誰もが、そんなそぶりは見せずに、なにかを探しているのよ」どんどん夜が近づき、夜を感じられるようになってきた。そしてジョルジェット自身も、おれに近づいてきていた。オクターヴは自分の爪をずっと注意深く眺めていた。影と不動のうちに身を隠していた。おれがジョルジェットに質問をしていると、オクターヴが視線を上げて置時計を眺め、じっと見つめ、それから腕時計を出し、置時計と見較べるのが眼に映った。眉をしかめ、腕時計をテーブルに置き、両手で頭を抱え、ひたすら文字盤を見つめていた。

オクターヴのとった振る舞いを見て、その振る舞いで沈黙が求められていて、その沈黙は毎日繰り返されてきたのだと気づくと、やっと一気に話せるようになってジョルジェットが歓んでいるのだとわかった。だが、夜が深まるにつれ、彼女の話は本筋からそれていった。最初は弟の話をしていたが、やがて少しずつ弟の話は減っていき、パリを讃えるものになった。おれは目の前で彼女が変わっていくのを見ていた。唇が赤くなり、頰が色づき、眼は不思議な光を帯びて輝いていた。ジョルジェットにもようやくおれが誰だかわかってきたことが、少しずつ感じとれた。裁縫仕事を置いて、近くの鐘が鳴らす時を告げる響きに彼女は耳を傾けた。

カフェ・コンセール[*30]で歌ってでもいるかのように、ほぼ同じ言葉を繰り返しながら、パリに対する愛情や愛着を彼女は語っていた。雀が飛びまわるのを見ているような、菓子職人や電信技師が流行歌を口笛で吹くのを聞いているような、そんな気分にさせられた。ジョルジェットを見ていておれが思い出したのは、オルレアン門の前で、アコーデオンとギターの伴奏に合わせ、できたてほやほやの新曲を歌っていた小柄な女のことだった。ミュージシャンをそのファンが取り囲み、そうした取り巻きは、十スー、つまり五十サンチームで歌詞を買って曲を覚えようとする生徒のようなものだった。その若い女は叫ぶようにして、聴衆を飛び越え、空のほうへ、木々のほうへ歌を投げ放ち、それに耳を傾けていると、残響ばかりが聞こえてくるようにおれには思えたものだ。だんだん部屋の雰囲気に耐えられなくなってきた。黙りこくったオクターヴの存在と、自分の意思とはほとんど無関係に街からの呼びかけをすでに受けとめはじめていた女のこの変貌によって、いかにも見えみえではあったまわりくどい時間の使い方が単調なものになってしまっていたのだ。そうした変化、そうした呼びかけと沈黙を取り囲むようにして、気まずさがぐるぐるとまわっていた。

逃げ出すのを悟られないよう、また近いうちに来ると約束して、おれは急いで部屋から出た。たんなる口約束ではなく、おれは実行し、二日後の夜の一〇時頃に、半ば開いていた扉を押した。

ジョルジェットは外出したばかりのところだった。彼女がスカーフのように身につけていた甘くて、それでいて苦みを感じさせる香水が、まだ部屋のなかに漂っていた。オクターヴは置時計をじっと見つめていた。おれが最初に来たときから、この男はこの場所から動かず、同じことをやっていたかのようだ。

おれは自分の存在に気づかれないまま、心ゆくまでオクターヴを観察できた。二十歳ぐらいの大柄の青年で、痩せて骨ばっていたが、腕は太く、足は長かった。顔以上に手に眼がいった。生気のない手で、青白くて細長く、石膏で固めたかのように、ひとかたまりになって動く。顔の表情はこわばり、悲しそうでも、かといって楽しそうでもなく、微笑むときでさえどこまでも無頓着な感じだった。唯一眼につく特徴は執拗さだが、意志の強さも特徴として表われていた。その眼、唇、顎を見ると、オクターヴは一度決めたことを最後までやりとおすのだろうとわかった。

その晩、おれはオクターヴとじっくりと話ができ、彼もだんだんと緊張を解いていった。時間が経つにつれて、オクターヴは饒舌になった。午前二時頃には、こいつは話すのが嬉しくてしようがないのだということまでわかってきた。

オクターヴにはありとあらゆる種類のこだわりがあった。なかでも好きなのが、実験をしてみることだった。どうなるのか知るために、なんでも試してみずにはいられないのだ。それで、朝にジョルジェットが帰ってくると、スープにカフェオレを入れ、混ぜると味がどうなるのか知ろうとしたりする。ちょっと前だが、夜に外出し、いわゆる「モンマルトル」地区に行って女と寝てみたこともある。彼が言うには、初めてだったのだ。まったくどうということはなかった。女は特別なことをしてあげようと言ってきた。最初、彼は嫌な気分になったが、どういったことになるのか確認すべきだと考えを改めた。また、朝だというのに、横になって煙草を吸うとどんな気分になるかを知るために、ベッドに寝てみたこともある。「どうなる」のか試そうと、一時間立ちっぱなしでいたこともある。

不意に話をやめると、彼は筆の毛が何本あるか数えはじめた。

それからはいくらおれが質問しても、溺れて水に呑み込まれてしまった人間と同じで、もう話そうとはしなくなった。

骨折り損だ。オクターヴは旅立ってしまったのだ、それもおれがついていけないような領域へと。彼は、地平線を広げ、部屋の壁を遠くに押しやり、日光が作り出す輪郭を消し去り、周囲の事物を遁走させているかのように見えた。最初は、長々と打ち明け話をしたために疲れたのにちがいないと考え、おれは彼に背を向け、窓と鎧戸を半開きにして、あたりの景色を眺めることにした。なんの変哲もない林立する煙突と波のようにうねるトタン屋根、そしてその上に鐘楼やドーム、さらにはひときわ高く傲慢そうな煙突が姿を見せていた。とりわけ印象深かったのは、まっ暗闇だろうと思っていたのに、赤い空、それも血の色というより、炎の色の赤い空を眼にしたことだ。燃える光輪、未知の赤い、北極にでもありそうな曙に街全体が取り囲まれている感じだった。

この奇妙な、ほとんど液体のような赤色のなかに物音が吸い込まれていた。そうしたなか、漠としたざわめきからいくつかの物音が突如として浮き上がっていき、泡さながらにはじけた。

遠くのほうからは、円柱を描くように上に立ち昇る大声しか聞こえてこない。いつのまにかおれは窓に肘をついていて、するとすぐそばの窓が、たまたまといった具合に照らし出されて浮かび上がった。やけに大きな窓に見えた。隣の寝室で男が石油ランプに火を灯《とも》したところだった。ひとりきりなので、ひとから見られるなどとは思っていないのだ。コートと上着を脱ぎ、帽子はかぶったままでワイシャツ一枚になり、大きな財布を開き、紙幣を数えだした。ときどき、戯《たわむ》れてでもいるかのように、静かに手を叩き、それから、マントルピースの上のグラスを取りにいって軽くひと口飲んだ。そのちょっとした計算が済むと、新聞を広げてその上にかがみ込み、鉛筆で線を引いた。

夢想から抜け出したオクターヴがそばにやってきて、その男を見ると、この晩初めての微笑みを浮かべた。

「ノミ屋だよ……」

「…………」

「友人なんだ」彼は言い足した。

オクターヴが口笛を長く鳴らすと、男が近づいてきて窓を開け、叫んだ。

「やあオクターヴ。日曜日、ヴァンセンヌ[*31]に来るかい？」

オクターヴは肩をすくめて、迷っていることを示した。そのうえで鎧戸と窓を閉め、ハンチングをかぶり、ランプを吹き消したので、おれたちは階段を降りることになったのだが、たっぷり時間をかけることになり、それはオクターヴが途中の扉の前で立ち止まっては考え込む様子を示したためだ。彼はふたたび階段を降りはじめるが、さらに重い足取りで、いやいや歩いているふうだった。街をこわがっているのではないか、夜に生じる虚空に、あるいは真夜中過ぎに吹くもの悲しい風におびえているのではないかとおれは疑った。だが彼が恐れていたのはそうしたものではないらしく、というのもオクターヴは、しっかりと自分の勇気を奮い起こす姿勢をはじめておれに見せ、内面で展開する光景から距離をおき、なんとしてもそれから逃げようとしていたからだ。六階の狭い部屋から出てきてしまったことを彼は恥じていた。

ひと気のない通りをオクターヴは眼を閉じて駆けだした。ただただ寒さが感じられるばかりのなか、こわばり、街の静寂さにもまして沈黙に徹し、なにが来ても受けて立つといわんばかりのこの男のせいで嫌な後味が残り、おれは不安な気持ちを引きずって歩いた。まもなく彼は、深夜営業禁止にあらがうかのようにそのあたりでまだ一軒だけ開いている小さなカフェに入った。二人の客が、飲むのはそっちのけで話し込んでいた。二人のうちの、色あせたソフト帽をかぶったほうは、さきほど狭い寝室で紙幣を数え、オクターヴに声をかけてきた男だった。それは、学士院のアーケードの下でおれが出会った、低い声で話すあの男でもあった。最初に眼についたのは、皺くちゃの服とおなじくらいやつれたその顔だが、ブロンドの奇妙な口ひげも、ひしゃげた鼻も、視線を感じさせない青い瞳もあのときと同じだ。男はオクターヴに手を差し出したが、その動作にはこれっぽかりの親愛の情も込められておらず、ひどく乱暴に握手したので、相手を支配し、掌握する身振りになっていた。事実オクターヴは、このあと、彼にあごで使われた。オクターヴの視線は男から離れず、命令あるいは解放を待っているかのようだった。もうひとりは見覚えのない、あるいは会ったのに思い出せない男で、背が低くて顎ひげをたくわえた、お調子者と言ってもいいやつだった。顎ひげで囲まれた口を開き、眼を細めて笑ってばかりいた。おれたちが合流したかたちになったこの二人が、おれを警戒し、どうしておれがここにいるのかその理由を探っているのは明らかだった。

ここに姿のない人間がおれたちを突然集まらせたのだ。おれたちのなかの誰がジョルジェットの名前を出したのかもう覚えてはいない。だがそれで一挙に雰囲気がなごんだのは事実だった。

「ジョルジェットはおれたちのために沈黙を守るべきだな」とソフト帽の男が言った。「あの女には話すべきことなんてなにもないさ。あれはそんなことはすべて飛び越えたところにいる女だからな」

「おまえの意見などいらねえよ」と顎ひげが言った。「あの女にもひと言あってしかるべきだ」

オクターヴは頷いていたが、そうした話には加わりたくない様子だった。

「二つに一つだ」ソフト帽の男が続けた。「あの女がおれたちにつくか、それとも敵対するか。ヴォルプがらみの事件が起きたときに、おれはあの女の近くにいた。黙りこくっていたな、もっともおれもそうだったが。おれたちは手を出さなかったんだし、そのあともあの女はそうしてればよかったんだ。それなのになにもかもばらしちまうなんて、いったいなにを考えていやがるんだ。ヴォルプは好きなことをやらかす権限がある。おれたちより力があるんだ……」

トランプの札のように男がおれたちの前に出してみせた言葉のひとつひとつが、突如として、しかも思いがけず、おれが立ち会ったあの説明がつかない場面、説明できそうもない場面を呼び覚ました。またしても偶然のせいで忘却が追い払われ、夢だとおれが思いたがっていたものを現実に引き戻した。オクターヴの友人であり隣人でもある男が投げつけた言葉が繰り返し頭のなかを通り抜け、あるひとつの光景を一度ならず描いてみせ、おれが良識と意思で空白のままにしていた場所をそっくり照らし出した。

色あせていた記憶におれはふたたび向き合うことになり、その記憶は、回帰してきた衝撃でふたたびくっきりとしてきた。その記憶と一緒に謎も引きずりだされてきた。

おれは一種の憤激にとらえられた。説明を求めたいという欲求、わけがわからないと叫んでしまいたい欲求に身が焦がされる思いでいると、顎ひげの小男が立ち上がり、なにをしでかすのかと思っているうちに、隣のテーブルにあった水差しをつかみ、おれたちが坐っていた大理石テーブルで打ち割った。みながそのとばっちりをくらったが、おれはしかるべき注意を払っていた。

「あいかわらずだな」とソフト帽の男が言った。

オクターヴはうんざりだという顔をした。

顎ひげがとった行動は、このときのおれには当然に思えたが、その直接の結果として、おれの憤怒を吹き飛ばした。

「そう、あいかわらずさ」と顎ひげが言った。「ジョルジェットはやりたいことをやっていいんだよ。そのヴォルプの話はおれにはさっぱりわからん。そんな大袈裟な演出をしてどんな意味があったっていうんだ。やつは警官にでもなった気なのか？　遊び半分なのか？　強要されたから女は自白したんだろう。それでどうなる？　ジョルジェットが疑念を抱くのは当然だし、おれだって疑心暗鬼さ、そもそもおまえだってそうだろう」

「違うさ」

「違わないね。その証拠に、おまえはジョルジェットと話そうとしなかった。あの女に自分の考えを言わせないように仕向けるのはオクターヴの役目ってことにしたいんだろう」

そこにいない女と争わねばならない男を見ていると、笑いがこみあげてきても不思議ではない。男は実際、スロットマシーンをじっと見つめるかのように、ほうぼうから襲いかかってくる思考のただなかでふわふわと浮かび、なにやらよくわからぬ永遠の運動を探し求めていたのだ。

仲間どうしの二人の話にそのとき耳をかたむけていたのは、どう考えてもおれしかいなくて、そのおれは、質問をしたい気持ちともっと知るためには黙っていようという気持ちに引き裂かれていた。

そのとき、カフェの主人が、おまえに電話だと言って、ソフト帽を呼び寄せた。

「いったいどうなってるんだ」返事を期待しておれは顎ひげの小男に向かって言ってみた。

「どうもないさ」顎ひげは笑みを浮かべて言った。

「ヴァンセンヌだな」とオクターヴが、戻ってきたソフト帽の男にぶっきらぼうに言った。

そしてオクターヴは立ち上がり、おれも彼のあとに続いた。

船員がよくするようにポケットに手をつっこんだまま、オクターヴは河岸を通ってノートルダム寺院のほうに向かった。おれたちは、シテ島を取り囲む分流に沿って歩いていったが、そこでは、死者のように横たわる大聖堂の陰で水が淀《よど》んでいた。

オクターヴは岸辺まで降り、あいかわらず無言のままで壁ぎわに坐った。おれたちのそばに、風から身を守りつつ横になって眠っているやつが何人かいた。

水がまどろんでいた。オクターヴは見守っていた。静寂のあとを引き継ぐように夜明けが訪れたが、そのせいでおれは、耳鳴りがしてきて、あのときの叫び、あのときの出来事にまたしてもひどく心を揺さぶられ、オクターヴから遠くはなれたところに逃げ出したのだ。

第六章

おれは怪奇が単調さに堕するのを恐れていた。ジョルジェットとオクターヴが動きまわっていた領域をおれは駆け抜けてみたが、それもすでに歩き慣れた小道ばかりの庭園になっていた。ほかの謎の場合もそうだが、今回の謎も四の五の言わずに受け入れてはいたものの、もうそれについてなにも知りたいとは思わなくなっていた。謎が好きになったり、歓びを感じたりするのは、謎に正面からぶつかるときだけだ。

おれは、この数日間のことはどれもこれも忘れて、ひとりの女の瞳の輝きのもとで過ごした数夜をなかったことにするつもりになっていた。心が決まると、このいらいらさせる靄《もや》を散らし、彼女の行動について抱いていた疑問に答えを出すもっともたしかな方法は、群衆のなかに戻っていき、ジョルジェットをきわめて平凡な娼婦だとみなすこと、要するに、ホテルの狭い一室の奥で彼女と一時間過ごすことだと考えた。

ある夜、おれはしかるべき場所に陣取り、おれにとってはたんなるオクターヴの姉になった女が日課どおりに通るのを待った。

待つほどもなく、青白い顔で決然とした、それこそおれに負けないくらい決然としたジョルジェットが、あの鳥のような足取りでやってくるのが見えた。いつものように、ルーヴル宮の近くで声をかけた。彼女はおれが誰だかわからないふりをして、それ用の建物におれをすぐさま連れ込んだ。おれたちを迎え入れる用意は万端整っている様子で、目立たないように接客するのにも感心させられた。もちろん、先払いを要求されたが、おれはそれで余計に気持ちが高ぶるというよりはむしろおもしろがる気分で、いとわず払った。それでいておれは、ジョルジェットがその仕事をこなす姿を早く見たい、彼女の裸を早く見たいと、待ちきれぬ気持ちになっていた。

薄紫色の古ぼけた、いかにも貧相な部屋でさし向かいになると、おれはすぐさまオクターヴのことを考えてしまった。どうしても彼のことを思い出してしまうのは、そのとき、ジョルジェットのまなざしが弟とうりふたつになっていたからだ。彼女は眼を開けたまま眠っているかのようだった。こちらに発する質問や服を脱ぐときの仕草の的確さに接して、彼女がおれに見せた暮らしぶりが本物のものか疑わしくなった。彼女は服をたたみ、椅子の上に置いたが、その曲芸師並みのすばやさに面食らってしまった。

それに続くすべての動作において、彼女は同様の妙技、同様の超然とした態度を示した。

それから彼女は立ち去り、残されたおれは茫然としつつも安心した。それこそ拍手でも送りたい気分だった。

凍《い》てついた通りを歩いて帰りながら、おれがあの女のために用意した罠はいかにも素朴で、その罠から逃れるのはあまりにも容易だったのだとわかってきた。自分の唇を彼女の唇に重ね、彼女の眼のほうへ視線を向け、あの女を両腕で抱きしめていたというのに、彼女の存在は別の場所、たぶん別の部屋にあり、ただその影がおれの問いに答え、おれの呼びかけに応じていたのだ。

絶望したわけではなかったが、ああした条件のもとで試みた実験が無駄だったことは残念ながら認めざるをえなかった。影を追い払ったり消し去ったりすることなどどうしたってできやしない。

その晩のおれは、偶然などあてにしていなかった。確信だけで充分だった。またしてもおれは、自分の知らないところで下された決定を軽視するという誤りを犯していたのだ。この時間でも開いている煙草屋を探してサン゠トノレ通りを歩いていると、レシェル通りとの曲がり角にオクターヴが突然現われ、その姿はおれの眼に巨大なものに映った。オクターヴはおれには気づかず、そのまま歩いていった。あとをつけるかどうか一瞬迷ったが、好奇心がまさり、なるべく音をたてないようにしてすぐあとを歩いていった。彼は彼で、やはりなにか実験を試みているようだったが、それはおれの場合よりも計画的だった。

オクターヴは申し分のない規則正しさで足音を響かせていき、夜の散策をしながら低い声で歩数を勘定しているといった具合だった。オペラ座までたどり着くと、彼は立ち止まり、国立音楽舞踊アカデミー[*32]の階段に腰を下ろした。眼をつぶり、足元には忠犬もかくやのベレー帽が置かれていた。疲れているうえに眠くて仕方がないといった様子だったが、こうして坐ったのはひと休みにすぎないことがその態度からわかった。眠りについているオペラ座からかなりのすきま風が吹き出てきて彼の周囲を流れていったが、気にするそぶりは見せなかった。この場所には充分すぎるほどの数の街灯が立っていて、汚くくすんだ光を投げかけ、そのせいで寒々として見えた。ときおり通りがかる人もいたが、群舞像の近くで身じろぎしないオクターヴに眼をやろうともしなかった。まったくの無関心だった。オクターヴは夜に慣れきっていた。とうとう彼は立ち上がり、また規則正しい歩みをはじめた。ヨーロッパ橋[*33]まで来てようやく歩みを止め、サン＝ラザール駅に背を向けて、集合住宅の壁を抉《えぐ》った切り込みや、壁にもまして陰鬱な太い帯が埃のせいでついた数枚のポスターを眺めた。そのうちの一枚は破れていて、輝きを放つ鉄道のレールの上方に、死人の大きな手のように垂れ下がっていた。ときおり電気ランプが灯《とも》ったが、犬の死体さながらにもの悲しい赤い点にすぎなかった。引き込み線に停まっている貨車は、まるで巨大な墓石のように見えた。

　オクターヴはまた歩きだした。魅力的でメランコリックな流行《はや》り歌のリフレインのような歩みだった。きらめくレールから離れるのを恐れるかのように、線路に沿って歩いていった。徐々にパリから外に出つつあった。地図において極地に隣接する大陸がそうであるように、通り過ぎていく界隈はパリの色合いを失いつつあった。個性がなく押し黙った窓のついた、薄いグレーの高層住宅沿いを歩いてゆく。陽の光の当たらない森のなかの小道どうしのように、通りがつまらなさそうに交錯していた。おれたちはプレール広場*34に出たが、その広場では一台のタクシーが無闇にクラクションを鳴らしてぐるぐるまわっていた。蟻の巣を思い出させた。広場の中央では、その地域なりの存在価値がある小さな駅の真向かいで、風に押されたり引き戻されたりして、新聞紙が漂うようにみずからと戯《たわむ》れていた。

おれたちはまもなくパリの城門を越え、工場地帯に入っていった。通り沿いにはむき出しの汚い壁が長々と続き、夜はなおも暗さを増しつつあった。大通りとの曲がり角のところで突然、ポスターがびりっと破れた。遠くでは、光り輝くカフェがさんざめいていた。

自分たちの歩みに引きずられるように進むうち、おれたちは過ぎていく時間の意識を失い、道のりがあまりに単調なので、どれだけの時間を費やしたのかも忘れてしまっていた。

パリが投影されたかのようなルヴァロワ＝ペレ*35をあとにして、おれたちは郊外に入っていったわけだが、その郊外は、おれが覚えているかぎりでは、いかにもありふれたエミール・ゾラ通りを横切ったあとにおれたちの前に姿を見せたのだ。

都市を攻撃しようとしているかのような巨大で油まみれのあの病毒を、おれは夜の闇のなかで眼に留めた。屋根が低くてまちまちの家が沼に浮かぶ泡《あぶく》に見える。野良犬から生まれでたような郊外は、売春婦が梅毒を撒き散らすように、膿疱をあたり一面に広げていた。

夜は木々にしがみついていたが、空き地では待ち伏せの態勢になり、どこまでも続く狭くて暗い通りでは横たわって、魔の世界の出口にいるかのように、おれたちを見張っていた。少しでも物音を出せば破局となるし、少しでも息づかいを悟られるととんでもない恐怖が巻き起こる。おれたちはいつ果てるとも知れぬ泥のなかを歩いた。一歩一歩、夜の厚みのなかへと入っていき、抜け出せない迷路にはまり込んでいった。おれはときどき振り向いて、たどってきた道を見返したが、ついてくるのは夜だけだった。ひと気のない家に小さな光が見えるのに出くわしても、おれたちが通るのを恐れるかのように、たちまちその光は消えた。

突如、ひんやりとした空気がおれたちを迎え入れ、夜はさらに美しく、さらに広がり、さらに夜そのものになっていった。おれたちはセーヌ川のほとりにたどり着いていた。

疲れたそぶりを見せず、オクターヴは橋を渡り、おれはうんざりしながらも粘り強くあとに続いた。橋の上で、風が音をたてはじめた。オクターヴはいきなり左に曲がり、ひと気のない河岸を歩いた。街灯が投げかける光にときおり翻弄されつつ、影が彼のまわりで駆けまわっていた。倉庫のような建物まで来てようやく足を止めると、肩で扉を押した。おれが建物に近づくと、缶を投げ棄てるような音が聞こえた。おれは待ち伏せたが、誰を待っているのかわからず、期待していたが、なにを期待しているのかわからなかった。ほどなくして、オクターヴは眠ってしまったのだろうと思えてきて、ついに我慢できなくなった。

おれは引き返すことにしたが、余力は残っていなかった。橋の近くにカフェがあり、そのテラスに置かれていたベンチに坐って疲れをいやしたくなった。ほかにできそうなことは思い浮かばず、腰を下ろした。夜明けが近づいていて、セーヌ川の岸辺で腐りかけている瀕死の人間さながら、おれはこの哀れな郊外の目覚めに立ち会うことになった。

夜が遠ざかっていくや、ありとあらゆるものが動きはじめた。長く尾を引く光が地面からほとばしり、ついで、空にまで達し、雲を一掃した。太陽があたりを照らしつつ、ゆっくりと昇っていった。

頭のなかは空っぽでも眼だけは鋭く光らせて、おれは夜明けに起きる一連のことをなにひとつ見逃すまいとしていた。想像のなかでオクターヴの追跡をまだ続けていたが、やつはどんどん遠ざかってしまい、おれのなかで小さくなっていった。ときおり彼の顔が浮かぶのだが、顔つきが変わっていき、いつのまにかやつの姉貴がおれの前に立っていた。貞淑でもあり、不貞でもあるあの女。昼のジョルジェットかと思えば夜のジョルジェットだったりする、光と影のように正反対の二人の女が、あの青白くやわらかい身体、黒い服をまとったあの影に棲みついていることがわかってから、あの女はもはや別人になったとおれは思っていた。水が光を集めるように、あの女は謎を引き寄せる。あの女のまわりで、なにやら得体の知れぬ、気をそそる冷たい炎が踊っていた。ジョルジェットには、不可視のものに特有の魅力があった。

サン＝ジェルマン＝デ＝プレ広場での最初の出会い以来、おれが立ち会った、控えめに言っても奇怪なと呼ぶしかない出来事のことごとくにあの女が絡んでいた。不可解にもあし て次々に謎が生じてきた事態の証人であるとともに、あの女はその原因なのだ。あの不可解さの鍵を握っているのは彼女だ、とおれは思ったが、それでいてジョルジェットは、自分には単純きわまりなく思えることがおれには理解できないままだとは知らないのだ。おれには偶然が作用していたが、あの女は違った。それにおれには、どうして彼女は確実さ、明晰さ、真実に執着するのかがわからないままだった。恐れも後悔もなしに謎を横断しつつ、自分自身は不可視となって、ジョルジェットは繰り返し通り過ぎていくのだ。

しかも、弟なる人物までもが急にかかわってきた。オクターヴはゲームの進行を混乱させておもしろがっているわけではないが、ジョルジェットのせいでオクターヴの行動も受け入れがたくなっているようにおれには思えたのだ。

おれのすぐ近くで、やつはたぶん眠っているのだが、おれには、ありふれた現実を変えてしまうという以外にあの倉庫の存在理由があるとは思えなかった。

ごく当然の成り行きで、すべてが怪奇に変じた。そしてその朝、おれにとっての敵は、おれを休ませようとしない偶然だった。

偶然は、その欺瞞を隠そうとしない点で、少なくとも誠実だ、とおれは思った。それどころか、偶然はおのれの欺瞞を白日のもとにさらけだし、夜のなかで爆発させる。偶然は、ときどきとんでもなく意表を衝いて世界を驚かせて悦に入っているが、それは、その移り気、意地の悪さ、突飛さを人間どもが忘れてしまうのを恐れ、自分の力を思い出させようとしているかのようだ。偶然が愛想よくしてみせたりしても、それは好意のしるしではなく、裏切りだ。偶然がおれたちを驚かせるのは、おれたちを掌握するためで、その手からおれたちが受け取るものはどれもこれも、たとえそれが贈り物だとしても、おれたちが永遠にその虜囚になり、悪意に充ちた堪えがたい力が不愉快なことにまた復活しようと、それに従うというあかしに対する見返りにすぎないのだ。

知らずしらずのうちに有名な文章の言い換えをしながら、おれは首を垂れ、敗北をいまにも受け入れ、突如としておれを引きずりまわしだしたこの偶然ともう争ったりはしないと認めそうになっていた。

おれが完全にへりくだってしまわないようにしてくれていたのは、パリに対する愛情であり、そのパリが、遠くのほうでゆっくりと暗い影の上に立ち上がり、太陽の動きを追っているのが見えたのだ。不意に風が立ち、それが大いなる目覚めの合図となった。

自動車が突進してきて、おれの顔にそのスピードと爆音を叩きつけた。鎧戸を開く音がして、おれが休憩をとっていたカフェがようやく開いた。

路面電車の始発が姿を見せると、おれは立ち上がり、両足でかろうじて身体を支えた。やっとの思いで乗車したそのとき、全速力で駆けてきて、運転者にちょっと待ってくれと合図する男が見えた。その走りっぷりに感心してしまった。彼ひとりのせいで待たされている路面電車に飛び乗ってきたのはオクターヴだった。

彼は二等席に腰を落ち着け、手の指をゆっくりと動かし、それをじっと眺めだした。

つかのま、おれはやつに襲いかかり、平手打ちをくらわせ、殴りつけたい気分になった。この男の冷静さにおれはぞっとした。あまりにも落ち着いていて、あまりにも平静で、自分のしていることにあまりにも夢中になっているように見えたので、おれは自分の疲労だとか苛立ちだとか放心状態だとかを侮辱された気分になった。

姉が説明していたオクターヴの奇妙な習慣、実験に対する偏愛のことを思い出し、この男には良識が欠けているのではないかとまたしても疑いだした。

終点で彼は快活に路面電車から飛び降り、時計屋の前で立ち止まった。そこから動かなくなってしまい、腕時計や置時計を次から次に時間をかけて眺めだした。おれはもう堪えられなくなり、あとをつけるのをやめた。妙な楽観主義から、新聞に飛びつき、そこに説明を見出そうとした。だがおれが新聞で読んだのは、おれが目撃したのと似ている出来事で、似てはいるが同一ではなく、あまりに精彩を欠き、あまりに地味だったので、嫌な気分になって新聞を投げ棄てた。

第七章

おれは忘却など恐れない。ゆっくりと春が近づく。空は若返ったかのようで、雲が子どものようにはしゃいでいる。

ある日、ロンシャン競馬場[*36]の門がまもなく開かれると知らされた。それは、連中のことを、その名を口にするのを恐れていた者たちのことを、おれがもう考えなくなっていた時期のことだった。やつらは立ち去った、とおれは期待込めて思っていたし、すべてが忘却のなかに消えていきつつあった。パリは光であふれ、夜はどんどん短くなっていった。

例年のように馬が駆けるのを観にいき、広々とした場所で覚える陶酔感を今年も味わうつもりでいた。常連の顔に再会する一方で、それ以外の人間の不安そうな様子もまた眼にするにちがいなかった。それは毎年祝う儀式のようなものだった。ある午後のひとときだけ顔を合わせる友人たち、ロンシャン競馬場の友人たちは、誰も彼も偶然を愛していた。いまかいまかと偶然の訪れを待ち望み、偶然をあてにしていた。ひとりひとりの顔には微笑みが浮かんでいた。

おれはスタンドのまわりをゆっくりと歩き、レース場の円形花壇の周囲で、人びとや思い出に再会し、こいつもあいつもまだ生きていたんだとわかり、ひどく驚いた。群衆、そう呼ばれる人びとはあいも変わらずで、陽気でうるさく、情にもろく残酷だった。それもまたパリの一断片だ。

レースがはじまり、おれはすってしまい、まだ序の口ながら「運を変える」ことにして、芝生立見席のほうに行けばひょっとして勝ち馬を当てられるかもしれないと考えた。

窓口の近くには年配の客が多く、いつまで経っても希望は棄てきれないものなのだと感心した。

商売人たちはみんな持ち場に就いていたので、どんなものを売っているのかひやかしに眺めにいった。「予想」を売っているオクターヴの姿を眼に留めたときのおれの驚きは並大抵ではなかった。客を惹きつけるためになんだかよくわからぬ口上を叫んでいたが、そのかけ声があまりに単調なので、聞いていると、呼び込みというよりはむしろ一本調子の歌を思わせた。視線を空に向け、オクターヴは偶然に頼って商いをする男になっていた。負けて怒り狂い、悪意のかたまりになった客から、希望と引き換えに渡した金を返せと迫られていた。

だがオクターヴはいっさい耳を貸さなかった。

おれが近づくと、あいつはすぐにおれに気づいた。そして小さな紙切れを差し出してきたので、おれは金を払った。するとろくに礼も言わずに、さっきの口上をまたはじめる。だがおれのほうはそれで用済みにはしてやらず、いくつか質問をした。やつは答えたが、いかにも渋々という感じだった。さほど離れてない場所では、オクターヴの隣人で、ソフト帽をかぶった例の仲間が、せっかちな客に当たり馬券を買い取ってやるともちかけていた。だが二人ともあまり熱意を示していなかったので、この騒々しく声をはりあげる仕事が隠れ蓑にすぎないとすぐにわかった。客らしき相手への目配せで、おれがまだ捨てきれずにいた疑念も霧散した。オクターヴとその仲間は正真正銘のノミ屋だったわけだ。隠れ蓑にしている役割を二人が演じるのをおれは感心して眺め、夢想にふけりがちな男に見えたオクターヴの偽善に驚いてもいた。驚きというのはどうやら伝染するらしく、おれが仰天しているのを見て、それに驚き、微笑みながらおれを眺めている男がいるのにおれは気づいた。おれと眼が合うと、その男は近づいてきて単刀直入に質問した。「ウィリアムを知っているのかね」とオクターヴを指差しながら言ったのだ。その名前にやはり驚かされつつ、おれは答えた。

「もちろんだよ」

「変わったやつだよな」

こうして知り合ったその男は、オクターヴについてあれこれ考えてはおもしろがり、あれやこれやの逸話をおれに話したくてうずうずしていた。おしゃべりで、話し相手の上着のボタンをつかんで離さず、合間に「なあ」とか「さあね」とか「まさかね」とか、その類いの言いまわしをはさむような男だった。

「絶好調のときのあいつを見ておくべきだな」と男は言った。「普段は寡黙なやつなんだが、気分が乗ってくると、もう誰もかなわなくなる。かくいうおれも、あいつが予備役軍人のときに知り合いになったんだ。ある日、実験をしてみたいとあいつは伍長に申し出て、食事のときに、皿を地面に投げつけてどんな音が出るか試してみたんだ。仲間があいつを黙らせようと、げんこつを何発かくらわせた。結局、『いいさ、あいつがなにをしようがおれにはどうでもいいことだ』ってなったね。馬鹿なやつが、おもしろがって、自分の小便を飲んでみたら水よりうまかったとあいつに言ったんだ。そうしたらあいつは床に小便をしはじめて、味をたしかめようと床板をなめたんだよ」

男は、自分がウィリアムと呼ぶ相手がおこなった実験の逸話をまくしたてていたが、おれは、百スー賭けにいくと言い訳してその場を離れた。自分が心底おもしろがれるもの、要するにどう見ても糞尿譚でしかないものばかりを、この男はオクターヴのおこないや振る舞いから抜き出してくるにちがいなかったからだ。

軍隊仲間の話から浮かび上がってくるウィリアムすなわちオクターヴは、おれが最初に自宅を訪問したときに姉貴が紹介した男に一致するように思えた。実験に対するあの偏執、顔の表情がかたまってしまうあのぼんやりした様子、わが道をどこまでも歩いていこうとするあの頑固さ、これらは、パリに特有のあの一種の野次馬ならではの奇抜な人物像をはっきりと示していた。つまりは、血走った目つきをし、両手をポケットにつっこんで通りをぶらぶら歩いているのらくら連中のひとりだということだ。

オクターヴは、人びとの関心事や、押し合いへしあいの脇を通って、淡々と歩いていた。それでいて、「いったいやつはどこへ行くんだ」と思わず言ってみたくさせる男だった。あいつの目的がおれにはどうしてもわからなかった。一緒にいても、街灯が立っているのと大差ないのだ。

最新レースの結果が掲示されると、待ってましたとばかりにオクターヴは窓口に近寄り、列に並んでいる連中に対して、勝ち馬券の払い戻しをしてやろうと声をかけた。だが無駄だった。

おれはこの男から眼を離してしまい、彼の姿はすぐに人ごみのなかに消えた。

その日、帰宅途中に、オルセー駅の前で別の出会いがあった。おれにとって忘れがたいあの夜におれについてきた例の船乗りが、旅行客の周囲をぶらつきながら、あの馬鹿でかいバッグをひっさげて、なにかを待っていたのだ。罠にかかった動物のように駅のなかを行ったり来たりするまばらな旅行者の様子を彼は不安げに窺っている。

トロカデロ宮の水族館での密談でもずいぶんと出ていた話題、あのおしゃべりなというか、正直に言ってしまえば、おしゃべりすぎるあの若い男がバラバラ殺人事件について語っていた解説を思い出した。あのさすらいの船乗りは、つまりは警察が行方を捜している、追い詰められたありきたりの殺人者にすぎなかったのだ。

自分でどうしてそんな気になったかはわからないが、おれも彼の周囲をぐるぐるまわり、声をかけようとした。あいつなら、どうして偶然がこんなにも堂々と姿を見せるようになったのか、それを理解する手助けになってくれるかもしれない。

あの男と最初に会った場所で再会してみると、こうした偶然の一致にははかりしれない重要性があるように思えた。場所や背景が記憶と想像力に深い影響をあたえることはわかっていたので、その夜、謎を解く鍵を見出せるのではないかと期待したのだ。

おれはパリを、夜を、風をあてにしていた。そこにいるとときとして目的や理由とは関係なく期待を抱けてしまうオルセー駅をあてにしていた。双子のようにそっくりの二つの大時計は一時を指していたが、セーヌ川の上を、ギャロップで過ぎる馬の群れのように、火や光のきらめきがいまだに通っていった。この時間になると、空は黒く不穏な様相を呈していた。春はまだ支配者たりえず、夜はその影響力を免れていたのだ。

静寂が刻々と広がっていき、最後まで残っていた職員が立ち去りつつあった駅に向かって、攻めかかってきた。船乗りだけが残っていて、手荷物預かり所から切符売場まで、あたりを窺いながら歩いていた。ひづめで地面をこする頑固な馬さながらに頭を低くさげている。

無一文で、煙草か酒でも探しているのだろうとおれは思った。取るに足らない乞食が、でかすぎるずだ袋を駅の舗石の上で引きずっている。殺人者が抱く、自分の犯罪を語り、残虐さを誇示したくなる奇妙な欲求が芽生えているのではないかとおれは思ってみた。喜んで聞いてくれる人間を探しているのかもしれないわけで、おれはあの男の精神のあり方、心理学でいう気分というやつはそうなのだろうと確信し、近づいていった。

もちろん船乗りは、数日前に気前よく煙草をくれた男のことなど覚えていなかった。やつは無邪気におれを見つめたが、どう見ても旅行者のようには見えず、そぞろ歩きの穏やかな通行人が目の前に現われて、おそらく驚いていたのだ。

「火はあるかな」と、火の消えた煙草を見せながらおれは言った。

「火も煙草もないね」

おれは彼に煙草を一本やった。

やがておれたちは、駅を出て、煙草を吸ってる通行人か、まだ開いているカフェを探すことにした。

「どこかビストロを知らないかね」会話をとぎらせないためにおれは訊いた。

男はぶつぶつとつぶやくように、知らないと言った。

「探してみよう」

おれの思惑もあって、学士院の方角に歩いていったのだが、道すがら、何度も船乗りに話しかけた。だが無駄だった。答えるというより、ろくに口も開かずに、うなるような声を出したり、首を振ったりするだけだった。街灯の横を通り過ぎ、その明かりで男の顔が照らされると、おれは急いで男を観察し、なにを考えているのか探ろうとした。なによりも自信なさげで、戸惑っているような様子だった。半ば閉じられた眼には、憂いの光があった。それでいて、火の点《つ》いていない煙草を嬉しそうに口にくわえているので、こいつに本当に心配事があるのかどうかおれは自信が持てなかった。街灯から街灯へと移動するうち、この男がいらだち、不安になっているのは、金がないせいだと考えて間違いなさそうだとしまいにはわかった。

男はおれから離れずについてきたが、ひとつにはほかになにもすることがなかったためで、やはりなにかしらいいことがあるのではと期待していたからでもあった。

学士院に近づき、その影が見えてきたとき、おれは一か八かの賭けに出た。

「ジョルジェットはご存じかな」

男はいかにも当然といった感じで答える。

「褐色の髪の小柄な女かい」

ひどく漠然とした特徴の挙げ方だったが、答えたときの口調からして、疑いの余地はなかった。船乗りはジョルジェットのことをよく知っている。

ポン・デ・ザールの階段のところでひと休みしようと誘った。おれたちは学士院とそのレース状の影を眺めた。あそこで裏切られたのだとこの男は知っているのだろうか。そもそも、その裏切りに遭ったのは本当にこの男なのだろうか。

船乗りはバッグを置き、じっくりとなにかを眺めるのが習い性になっている人間といった風情で、膝に両肘をつき、両手を顎にあてがっていた。階段と鉄柵を注意深く眺めているように見える。共和国像から、にこやかに見守る石のライオンへと、男の視線は移っていった。[*37]
火がしっかりと点いていないガス灯から、ガスの吹き出る音が大きく響き、風が吹くときだけ、その音は聞こえなくなった。船乗りは瞑想にふけっていたわけではなく、この場所に夜がもたらす変貌を観察していたのだ。おれは運命の示す符丁を彼と一緒に読み取ってみたかったが、彼にうまくかわされてしまった。この男は、自分の周囲のありとあらゆるものを、ずいぶんと遠巻きに、いささかも恐れることなく眺めていた。自分の眼の前で起きた悲喜劇的な場面を、めまいにも似た一種の陶酔感とともにおれが思い出しているあいだも、彼のほうは、何日もの昼と夜がおれたちをセーヌ川のあの岸辺から、彼の命が危険にさらされたあの暗い広場から引き離してしまったかのように、冷静なままでいた。いまとなっては、鞄をかかえた女が芝居がかった演出のせいで密告した殺人者、つまり罪深き船乗りは、日の光から逃れるようにおれのそばで腰を下ろしているこの男だということを、おれはもはや一瞬たりとも疑えなくなっていた。
あの夜、車など通りそうもない時間にもかかわらず広場を横切ったのと同じ型のタクシーが一台、この場所の習いなのか、猛スピードで走り抜けた。こうした細かな符合に後押しされておれは心を決めた。

「数ヶ月前、おれは若い女のお供をして歩いていて、あそこの通りの角に見える歩道のところでしばし立ち止まったんだよ」おれは隣にいる男に煙草を差し出しながら言った。「おれたちが立ち止まってしばらくして、大型車が停まり、すると車から飛び降りた男のまわりに、ただごとではない数の人間が四方八方からやってくるのが見えた。

叫び声が何度か聞こえ、ひとりの女が両手を組み合わせたまままいきなり跪《ひざまず》いた。その女は涙ながらに話しだし、しまいには地面にぐったり倒れ込んだ。その不気味な人物たちはすぐにその場からいなくなり、その場面の説明がおれにもつくようになったのは、翌日、新聞を読んでからのことでね。新聞には、ポン＝ヌフの近くでバラバラ死体が見つかった殺人事件について、ある女が犯人は自分の愛人の船乗りだと密告した、と書いてあった。あんたがその船乗りかい？」

おれはぶっきらぼうに訊ねた。

「あんた、警察かい？」船乗りはおれに訊き返した。

違う、ときっぱりと答えると、彼はおれのことを穏やかに、そして注意深く眺めた。

「そう、おれだよ」

そして黙った。おれはどのように話を続ければいいのかわからず、彼が自分の犯罪を語ってしまいたい欲求を抑えきれなくなるまで待った。

長いこと待ち、ようやく船乗りが口を開いた。あいかわらず、遠くを眺めやるような様子で、学士院の階段のほうを見つめていた。

「あの女はそうするしかなかったんだ」彼はついに、大きな声ではありつつも、まるでひとりごとのように言った。

「彼女はなぜ自供したんだ?」

「車に乗っていたのはヴォルプさ。あいつはジャーナリストなのにアマチュア警官きどりになって、自分が非常に優秀だと思い込んでいる。警察は無能で、自分ならどんな刑事よりも早く殺人者を見つけだせると、どうやら証明したいんだな。マリーがうろうろしているのを見てなにかあると疑い、罠をかけておびき寄せたわけだ。あの女はちょっと恐がりのところがあってね、ヴォルプに見せられたものはなにもかも本当で、自分はギロチンにかけられると思ったわけさ……。

それでもヴォルプは新聞におれの名前を出そうとまではしなかった。そこまででやめておいた。殺人鬼を割り出したことで満足していたしね。これをネタに本を書くらしい。馬鹿なやつさ」

そうした説明がおれにはよく飲み込めず、ヴォルプなる奇妙な人物は、いささか特殊なディレッタントかなにかのようにおれには思えた。ヴォルプの噂はうっすら聞いたことがあったが、火事愛好家と呼ばれる人たちのグループ、つまり警察署で勤務する人間に高額の対価を払う代わりに、火事が起これば即座に知らせてもらえる輩《やから》のひとりということだけは知っていた。連中はすぐさま火災現場に駆けつけ、火事という見世物を堪能するのだ。

このヴォルプという男は、何軒かある実に特殊な歓楽施設の常連で、さほど高額ではない謝礼を払って、なにやら奇妙な場面を見せてもらって愉しんでいるという話もおれは聞いていた。

ヴォルプは、パリにはよくいる、知る人ぞ知る伝説の男で、決して話題にはのぼらないにもかかわらず、その評判はしっかりととどろいているのだ。多くの場合、伝説は無価値なものを覆い隠すが、現実の色あせた反映にすぎないこともときにはある。

船乗りはいろいろと理屈を並べ立てていたが、その論理はほとんどおれには理解できなかった。文章の切れ端のようなものをいくつかつかむことはできたが、実のところおれは、それまでに聞いていたいくらか筋の通った話で学士院での奇妙な出来事の説明をつけようとしていたのだ。

パリが謎に充ちた得体の知れない街だということ、パリのなかで動きまわっている人間は隠れたり、追われたり、堕落したりしていることが多いのはよくわかっていたものの、おれのようなおひとよしが絶えず脅威と受けとめている処罰をどれもこれも本当に免れることが可能だとは思っていなかった。おれには夜というものがわかっていなかったようで、突如、長々とおこなった孤独な散歩のことを思い出して、その散歩の最中に他人に勘づかれぬままきわめて非合法的なおこないをすることも、その気になればできただろうと思った。そのなによりもの証拠に、船乗りとおれがポン・デ・ザールの階段に坐って奇妙なそぶりを見せていたのにもかかわらず誰も気にしていない様子で、おれはそのことに驚いていたのだ。

なにもかもが静寂そのもので、沈黙が絶対的な主人となっていた。おれたちの会話を邪魔するような通行人はひとりもいなかった。パリのなかではほかにもっとやることがいくらでもあったし、そちらのほうが、少なくともうわべは、おれたちにかかずりあうよりも求められていることだった。

おれは耳を傾け、少しでも理解できそうな言葉がないかと待ち受けて、船乗りに話をさせていたが、彼はただ自分ひとりだけのために考えを組み立て続けていて、可否を秤《はか》りにかけ、例のマリーを批判したり、自分自身を批判したりしていた。

船乗りはそのマリーという女についてはごく簡単な話しかしなかったが、心から愛しているとわかる口ぶりだった。神経質だがやさしい女だと言っていた。彼はけっして隠語に属する単語や言いまわしを使って説明しようとはしなかった。通常の言葉づかいから逸《そ》れるときがあっても、いかにも自然で意図せずやっていたので、ほかの言い方を知らないか忘れてしまったのだろうとおれにはすぐにわかった。

彼がなかなか晴らしてくれない霧をとおしてではあったが、おれは彼がそのマリーに深い愛情を抱いているものの、一種の嫉妬心に苦しめられているのだと見当がついてきた。マリーは身体を売って生活し、船乗りがいないときは別の男の庇護を受けていた。

船乗りはそうした状況に終止符を打とうと心を決め、そのもうひとりの男を殺したのだ。

「なるほどな。だがどうしてわざわざ死体をバラバラにしたんだ」とおれは訊いた。

「最初から考えていたわけじゃないさ」と彼は言った。「死体をどう始末していいかわからず、セーヌ川に投げ込もうと思ったんだ。

そしたらオクターヴが、まずバラバラにしておくべきだと言ったんだよ」

この名前を聞いて、おれはびくっとしたが、船乗りは話を続けた。

「……なんともやっかいな話さ。おれはその考えに取り憑かれてしまっていたんだ。復讐にはそのほうがいいかもしれないってね。あのゲス野郎め……。おれはいったん遠ざかってから戻ってきて、やつのまわりをぐるりとまわった。あいつは動かない眼でまだ見つめていた。おれは衝動を抑えきれなくなった。事が終わったとき、おれは玉のような汗をかいていてね。すべてを布でくるんで、あそこに棄てたんだ」

彼は片手をノートルダム寺院の方角に伸ばした。

「その後、死体は橋の近くで見つかった。どうしてそうなったのかわからんがね」

彼は黙しがちになり、口ごもった。そこでおれは尋ねた。

「それでオクターヴは?」

「あいかわらずで、独特の考え方をしているよ」と彼は言った。「変わったやつさ。この前会ったよ。いったいどうしちまったんだろうね。じっとしていられなくなっちまってた。しよっちゅう、昼夜を問わず、うろつきまわっている。ジョルジェットがついていこうとするが、あいつはジョルジェットが追いつけない速さで行っちまう。それに客引きの仕事もしている。しまいにはなにかとんでもないことをしでかすさ」

「それにしても、あんたはどうやって捕まらないでいられたのかい？」

「まずは誰もがおれのことを怖がっている。誰もおれのことは売らない。それにどいつもこいつも馬鹿だからな。おれには住まいがない、もう六ヶ月ほど自由気ままにしている、おれがどうなったかなんてわからないってわけさ。おれのことは知られていない。おれは夜しか出歩かないしな」

　こんどこそは完全に黙った。用心のためなのか疲れたせいなのか、おれにはわからない。船乗りはその後もしばらくのあいだ、橋の階段に坐り、果てのない夢想にふけり、これからのことを考えていた。

　別れる前に、打ち明け話をしたことを彼が悔やまぬよう、少し金をやったほうがいいだろうと思った。船乗りは、しごくあっさりと金を受け取り、愛想よく言った。

「ありがとな」

第八章

これ以上ないほど落ち着きはらった殺人者と会話をしたあとでは、おれが以前に謎と呼んだものの糸のからみを解くのは容易に思われた。それどころか、解決の鍵を手に入れるために使った、あまりに単純であまりに作為的でもあるやり方を思い出すと、失望感のようなものが浮かび上がってくるのを禁じえなかった。一味のなかでいまだに堂々として見えるのはあのヴォルプという男だ。彼に関する情報をおれは集めようとした。彼に会うのが待ち遠しくてたまらなかった。

最初に思いついたのは、ジョルジェットに詳細を訊くことだったが、彼女はなにも知らないかそれに等しい程度だろうとおれはすぐに気づいたし、いずれにせよ、おれの興味を引いたり、おれが奇妙に感じたりしていることなど、彼女にとっては人生におけるあまたのエピソードのひとつにすぎないわけで、ああした類いの話を少しでも覚えていたり、注意を留めていたりしたのなら、彼女はいくらでもおれに語ってくれていただろう、と悟った。

あの女は、おれが訊ねてもこんなふうに答えただろう。

「それがどうだっていうの？　ここはパリなのよ」

しごくごもっともだ。おれはパリのことがわかっているつもりだったが、パリでのセックスやら謎やらのことはわかっていなかったのであり、それは、知られていなかったが見出されることになったパリ、息づかいや所作をともなったパリ、パリとそのしなやかでひそやかな夜、パリとその襞、パリとそのいくつもの顔だ。

ヴォルプに会わなければいけないと思っていたら、実際、会うことになった。もちろんヴォルプというのは本名ではなかった。あまりにいろいろな名前を名乗っているので、これといった名前があるのかどうかも知られていなかった。たとえば、ルイ・デュボワが本名で、別名……、別名……、別名……、別名……、等々、といった具合に。彼の場合は便宜上、複数の名前を必要としていたが、それは、あらゆる職業が彼に実入りをもたらすからだった。

ヴォルプは概して軽蔑されていたが、自分を取り巻くその軽蔑の感情を利用するだけの強さが彼にはあった。彼はある新聞を牛耳っていて、ノミ屋の一団の頭目であり、証券取引所で不正取引をしていて、ミュージックホール[*38]を経営し、娼婦たちと親しくすると同時に恐れられる存在で、ヌイイに小さめの邸宅がありながら、シャラントノー[*39]に家具付きの部屋も持っていて、自動車も一台あり、夜は自分と似たり寄ったりの女衒《ぜげん》たちをつれて練り歩いている、といったことをおれは調べ上げた。

ヴォルプの仕事はこれだけと言い切ることは不可能で、なによりも彼は、できるだけ短時間でできるだけ多くの金を稼ごうとしていたのだ。

まもなく、ロワイヤル通り[*40]のカフェのテラスに坐っている太って丸まるとした体格の人物がそうだとひとから言われたのだが、それは眼の下にたるみがあり、唇が内側に垂れ下がり、毛深く赤らんだ大きな手に指輪をはめている男だった。それなりに優雅な身なりをしていたにもかかわらず、ささいな細部になにか下品さのようなものがにじみ出ていた。彼は堂々としていた。まなざしは率直でありながら偽善的でもあったが、力強いものであることには変わりがなかった。太いゲジゲジ眉の下で、その瞳が突然動きを止め、視線がいきなり突き刺さるので、どんなことをしてもその視線を払いのけることはできない。矢のようだと思わずにはいられない。おれはさほど離れてないところに坐り、なにやらパルプ関係の事業について語る彼の話に耳を傾けた。相手と親しげに話していたが、どうやらこの男は気軽になれなれしい話し方になり、喉にひっかかるような馬鹿にした感じの笑い方をして、身振りもやけに簡潔になるようだ。

彼は急に帽子を脱いであおぎはじめ、禿げてとがった頭がむきだしになった。その頭こそ彼の力がもっともよく見て取れる場所だった。うなじにはかなりの威圧感があり、容易におどしたりなどできない男だとわかる。

彼は突然立ち上がり、タクシーを呼びとめた。

「サン＝ラザール駅まで頼むよ、大急ぎでな」と彼は運転手に命じた。扉が音を立てて閉められた。ヴォルプはクッションの上に身体を投げだした。

その後、数日間、おれは彼を見つけきれずにいた。ヴォルプが力を保てているのは、ひとつには、習慣を持たないからだ。彼は動き続けていて、自分に自信を持っている。

会ってみたいと望むおれの気持ちはもしかすると自分で思っていた以上に強かったのかもしれない。わずか数日後に、この奇抜な人物を紹介してもらえたからで、パリとその無慈悲な夜そのものであるかのようにおれの眼には急に見えてきていた連中の運命に対し、ヴォルプが現にどのような影響を及ぼしているかが、偶然の助けもあって、少しずつわかってきた。

ヴォルプは愛想よく接してくれて、すぐさまいろいろな話をおれにして、どうでもいいようなあれやこれやの話題を虫のように投げ散らかした。おれは、話は聞かずに、好奇心の強い人間に特有の執拗さとぶしつけさで、彼のことを見つめていた。

近くから観察すると、ヴォルプはいっそう醜い男だった。口の周囲の厚い皮膚にふぞろいな皺ができていて、締まりのない唇は薄紫色だ。軟体動物の顔なのだ。ヴォルプの物腰のなかには、なにかしら機械的なところがあり、ひとを騙す習慣がシステム化されているのがはっきりとわかった。それに騙されてしまうようなら話は別だが、彼の愛想のよさや「よき仲間」ふうのふるまいには、言葉で言い表わせないほど苛立たせるものがある。

その晩、彼は小柄で太った男を伴っていたが、まるで顎ひげを着込んだようで、茂みのように毛ばかりが目立つその男は、消えかけた煙草をしゃぶるように吸っていた。両手をうしろで組み、腹を突き出した彼のシルエットは、辞書を置いて横から見た形を思わせた。

おれたちは、長居はしなかったものの、奉公人が大勢集まるダンスホールで顔を合わせていた。毎週開かれるこのユーモラスな舞踏会には、檻のなかの猿を見物するようなおもしろ味がある。ほろ酔い気分になっている料理人に従僕が恭《うやうや》しくお辞儀したりするのだ。好奇心からこの集まりに来ていたにすぎないヴォルプもこうした猿真似をおもしろがっていた。

お供の歩く辞書男は、いろいろと例を出しながら、奉公人の変わった習慣をおれたちに語った。子守役の女中が番号札と引き換えに年端のいかぬ子どもを預けられるクロークがあるなどと、微に入り細を穿《うが》って説明してくれた。こうするとあきれてしまうほど安全なので、ずいぶん昔からクロークをそんなふうに使っているというのだ。そして彼は、子どものすり替えにも言及し、それは思われているよりもはるかに多いと述べた。ときおり、手本と仰いでいるのが明らかなレチフ・ド・ラ・ブルトンヌ*41から考察を拝借してきて、自分の話に箔《はく》をつけたりもした。ヴォルプはこの男に好きなだけ話をさせていた。

顔を会わせるたび、それはこの小柄な老人にとって講演をする機会のようなものになった。大通りで、自分がひとりになる必要をこのうえもない下品さで伝えてヴォルプが遠ざかった際、辞書男は、おれの袖を引き、おおむね次のような話をした。

「あの公衆便所というのは本当にひどく汚いですな」というのが第一声だった。「とはいえ、これまで発明されたどんなものよりも便利ではある。中世末期には、手桶を抱えた男が、『急を要する』人たちを救うため、通りをまわっていたのはご存じですか」といかにも抜け目なさそうな様子で彼は言った。「そうした男は幅広のマントを携帯していて、それを急ごしらえの憚《はばか》りとして使い、屈んだ客はそこから顔だけを出していたんです。用がすむと、手桶の中味は近くの小川に投げ棄てられました。

十七世紀、この簡素な憚りにとって代わったのは、四輪の台車に乗せられた孔の開いた椅子です。要するに、移動式休息所、といったところです。

警察の命令で、『経営者』は、客を『乗せ』たらその場にとどまることを禁じられていました。そこで、ゆきあたりばったりに、というよりも、わたしが思うに、客の求めるがままに歩かねばならなかった。そのあいだは移動し続ける、というわけです。台車を引くときに歩いていたのか、速足だったのか、それとも駆け足だったのか、歴史に残ってませんが、当時の通りの地面がどんな具合だったかを想像してもごらんなさい。ルイ十三世の御代において、パリは半分だけしか舗石が敷かれていなかった。地面はでこぼこで、軟弱なうえ、ぬかるんでいて、水たまりだとか廃材や塵の山だとかがあっちにもこっちにもあったのです。

汚物がかさばってくると、決められた場所に積み上げられるので、そうしたごみ捨て場にはしまいにはちょっとした山ができました。そうしてサン＝ロッシュの丘ができ、そこに穴を開けて通したのがあのしゃれたオペラ並木通りというわけです。

十八世紀には、おもに河岸沿いに休息所が配置されました――見張りもいないし手入れもされませんでしたが――、そして壁で囲うようになって、いまの公衆便所の原型のようなものができたわけです」

ちょっとした演説を終え、自己満足にたっぷりふけりつつ、小柄な老人はポケットを探り、べとついた煙草を一本取り出すと、すぐに火を点《つ》けた。

ヴォルプは、仕事にいそしむ作業員を見守るように、彼のことを見ていた。ヴォルプのまなざしには寛大さが見てとれたが、それは、自分が利用できそうな一連の話を老人が提供してくれたからだ。ヴォルプを見ていると、自分に近づいてくる人間を誰彼かまわずみごとに利用できるのだとすぐにわかった。会話を脱線させたままにするようなことはけっしてせず、その主導権を握ろうとつねに注意を払っていた。自分ではじめた単調な会話にあきると、すぐに話を打ち切り、別の用事にとりかかったりするのだ。

「じゃあ失敬するよ」彼はおしゃべりな老人に言った。「近いうちにまたブルー・カフェで」

ヴォルプは、小柄な老人と握手し、おれの腕をつかんでさっと老人に背を向け、老人の口に出かかったおしゃべりを宙ぶらりんにさせた。

彼は遠慮もほどほどにおれに質問してきた。「無神経に口出しする」のをこのヴォルプという男はけっして恐れたりしない。目的に向かって一直進すると評されるような人間のひとりなのだ。だからヴォルプに関しては、精力的で権威的な人間にふさわしいできあいの表現をいくらでも繰り出せるだろう。

「なるほど、あのオクターヴのお知り合いですか」

おれが内心で考えをめぐらせていたことに、最初のひと言で触れてみせたこの男の大胆さには感心させられた。

悪知恵を競い合う気になって答えたのはおれの間違いだった。

「そうです、オクターヴはもちろん、ジョルジェットも、それに船乗りだって知り合いですよ」

ヴォルプは、相手が自分と同じ武器をふりかざして闘おうとするのは好きではない。彼は、明快かつ的確な質問をしておれにしゃべらせ、彼自身の「知り合い」たちとおれが会ったときのことを少しずつ聞きだそうとしたが、それは自分が把握しているようなことを言わせたいのではなく、細部に拘泥していたからだった。実際にそうかどうかはともかく彼が自分の手下とみなしている連中について、その人間関係をおそらく掌握したがっていたのだ。

「わかってますとも」と彼は満足げに言った。「あとで彼らに会いにいきましょう」

そしてヴォルプは、沈黙は金とばかりに、田舎で草を噛みつつ悠々と道をゆくひとさながらに、口笛を吹きながら歩いてゆく。やけに豪華に飾り立てたステッキをくるくるまわしていた。

ヴォルプは、いつぞやの晩にオクターヴがノミ屋の友人に会いに行ったあの小さなカフェに行く約束になっていた。店では、三、四人の男が話し合っているのを、遠くを見るような眼でオクターヴが眺めていた。

ヴォルプは、望みうる尊大さを最大限に発揮して、すばやく握手した。なぜだかはわからないが、彼は誰も彼も自分より劣っているとみなしているらしく、そうした連中とかかわりあいになってやることで、格別の恩恵をほどこした気になっている。

ヴォルプは時間を無駄にせず、すぐさま話し合いをはじめたが、その要点はなんなのか、おれにはつかめなかった。どうも大事な賭けが問題になっているらしく、賭け金や予備の金のことを話しているように思われた。

名前やあだ名が蠅のように飛びまわった。

突然、見覚えのある二人の男が入ってきた。モンパルナスにあるカフェの常連だった。毎晩、この二人がル・ドーム*42のテラス席で派手な身振りを披露し、その界隈では有名な女たちの行き来を窺っているのが、目撃されていた。ときおり、二人のうちのどちらかが大音響を立てて喧嘩し、すぐに拳《こぶし》を使うはめになったりした。

より断固とした様子をしているほうがヴェルボという名の男で、そのほてって真っ赤になった顔で容易に見分けがついた。挑むような笑みを浮かべてカフェに入ってくると、すぐにヴォルプに話しかけた。

「あんたを探していたんだよ」と彼は言った。

ヴォルプは男を真正面から見据えた。

「今日は、なにか大事な話でもあるのかね?」

まじめそうに、それでいて皮肉っぽく、今日という言葉に力を込めた。

「ごまかそうとしても無駄だ」ヴェルボは有無を言わせない口調だ。「ジョルジェットのことはほっとけと頼みにきたんだ。この指示に従わないなら、おれを相手にすることになるぜ」

「いいかね、ヴェルボ」と相手をいらだたせる冷静な調子でヴォルプは答えた。「前にも言ったが、おまえの指図は受けない」

ヴェルボは唇を噛み、拳を握りしめ、ヴォルプに顔を近づけて叫んだ。

「いいか、最後にもう一度言うぞ、ジョルジェットをそっとしておけ、もう二度とおかしなことをやらせたりするな。あの女はモンパルナスでもほかの場所でも、ちゃんと金を稼げるんだ」

ヴェルボは、抗弁しようとしたばっかりに、譲歩したかたちになっていた。このとき、ほかの連中も話に入り込んできて、それぞれの考えを述べだした。

ヴォルプの耳には入っていなかった。こんなことはどれもこれも自分には関係ないとでも言わんばかりだ。

オクターヴは、あいかわらず沈黙を守っていたが、ときおり驚きを隠せない様子でヴェルボを見つめた。ヴェルボはおれたちと同じテーブルに坐り、おれのすぐそばにいた。ときおり、おれを味方に引き入れようとして、こんな状況は許されるものではないし、このように自由が制限されるのは許しがたいとおれに向かって言い放った。ジョルジェットが服従させられているのはまちがいないと彼は主張していた。

おれは、毎日のように夜のただなかに道を切り開いて進んでいくジョルジェットの姿を思い浮かべた。

身なりがだいぶ粗末で、ステッキを武器代わりに手にした二人の若者がヴェルボの援軍となった。この二人は、まるで命令に従うかのように、決然とした足取りで入ってきたのだった。

「さて、わかってもらえましたかね？」と二人はヴォルプに言った。

だがヴォルプは、あいかわらず黙《だんま》りを決め込んでいるオクターヴのほうに話しかけはじめた。

ヴォルプを取り巻いていたのは非難する声ばかりだったのに、客ははっきりと二分されていることにおれは気づいた。一方は、ヴェルボとその友人たちからなる一派で、もう一方はオクターヴの仲間からなる一派だった。オクターヴの仲間たちは、ヴォルプと同じ物の見方をしているわけではなかったが、知らず知らずのうちに彼を支える格好になっていた。とはいえ、誰もが明け方まで議論してもかまわない気分になっていた。

第九章

いかなる言語にも名前のない、なにかわけのわからぬもの。

テルトゥリアヌス[*43]

議論の真っ最中に、オクターヴは無頓着な様子で席を離れ、出ていってしまった。その動きをヴォルプは見逃さず、おれに合図をして知らせ、笑みまで添えた。

ヴォルプは彼の流儀で一同に突然別れを告げ、オクターヴを追いかけたが、オクターヴのほうはあいかわらず無頓着な様子で河岸沿いを歩いていた。サン＝ミシェル広場[*44]まで来て、突然曲がり、市電八番路線の線路沿いに東駅の方角に向かうのがおれたちに見えた。

オクターヴは、魅力的な重々しさと几帳面さを存分に示しつつ歩き続け、おれたちのことなどまったく気にしていなかった。

それでもおれは、オクターヴが尾行に気づいているかどうかをヴォルプに訊ねてみた。

「まだ彼のことがわかっていませんね。あの男にはそんなことはどうでもいいのです。界隈の人間が総出で追いかけても、彼はただ歩き続けるだけなのです。あなたにはわからないでしょうが、オクターヴは実験にいそしんでいるんです。どんな実験かはわかりませんがね。そもそも、わたしの知りたいのはそこなのです。いま彼の心を奪っているのは、火です。数ヶ月前は水に強い関心を抱いていましたし、そのあとはご婦人がたでしたね。ときとして昼も夜も女性のあとをつけ、観察していましたが、けっして声をかけたりはしなかった。それがどんな結果をもたらすのか知りたがっていました。

もしいまあなたがあいつに声をかけ、火の話をすれば、あいつはおそらく立ち止まるでしょうが、あなたのことを軽蔑のまなざしで見るでしょう。あいつにはあいつなりの信念があります。関心の領域を変えるまでは、自分の信念のなかに閉じこもったままですよ」

おれはヴォルプの弱みを嗅ぎつけた。こいつはどこまでも虚栄心の強い男だ。おれを驚かせるのが愉しくて、オクターヴについてとめどなくしゃべってくる。一挙に重い荷物を降ろすのだとばかりに、もっと話したくてたまらない様子だった。

オクターヴは夜の奥へと入り込んでいき、そのあとを、背の高い街灯が呼びかけるようにあげる炎とヴォルプのひとり語りのつぶやきが追いかけた。

ひと気のない大通りでは、まだ女が何人かうろついていて、下を向いて行き来しつつ、夜の終わりに最後のひと仕事が飛び込んでくるのを待ち受けていた。沈黙のなかに呑み込まれた数々の家を固くこわばらせた眠りが、空のほうへと昇っていき、それにつれて空は色あせていった。そよ吹く風もない。

ヴォルプがしゃべるのをやめると、眠りのなかにあるパリのつぶやきがおれの耳に入ってきた。その巨大な身体が病魔に冒《おか》されたかのように、パリはこちらへあちらへと寝返りを打ち、取り憑こうとする熱から逃れようとしていた。だが、消えそこなった炎のように、静寂が突如としておのずから甦ってくる。

おれたちは東駅に近づいていた。あいかわらず路面電車のレールをたどりながら、オクターヴは右の脇道に入り、官公庁の建物をぐるりと囲む塀に沿って進んだ。唐突にすばやい動きとなり、ひと気のない線路脇の工事現場へと入り込む。石炭の山の前で立ち止まると、その周囲をぐるりとまわり、地質学者もかくやの情熱で、積まれた石炭を調べた。ぎこちなく、それでいて投げやりでもあるオクターヴの動作には見覚えがあり、最初に尾行したときにたまたま目にしたのと同じだった。

ヴォルプは陰に隠れてオクターヴの様子を窺っていた。とんでもない風が駅から吹き抜けてきて、石炭の粉塵を巻き上げた。遠くのほうでは、駅のコンコースがお祭り騒ぎのようになっている。オクターヴは、石炭置き場の周囲を二、三度まわってから、機関車が準備万端で待機している倉庫のほうへ、用心深く向かっていった。ややためらいが見られ、こうしてうろついているのを見つかりたくない様子だった。

しかし、機関車の火を眼にとめると、不安を振り払い、赤い輪のほうへと飛び跳ねていった。

最初に出くわした機関車によじのぼると、後ろ手にしたまま、じっくり見たいといったふうに動かないでいた。しかしながら、物音が聞こえると、すばやく飛び降り、夜の闇のなかへと入り込んだ。しばらく歩き、通過する列車を見るために足を止めたが、列車の明かりが火色の長い螺旋模様となっていた。ガスタンクが群れをなして建っている場所まで、彼はさらに歩いていった。そこには大きな黒いタンクが十個ほどあり、まるで巨大な蛇の餌かなにかのように見えた。オクターヴは丹念にタンクのひとつひとつの周囲をまわり、ときおり、石でその側壁を叩いた。そんな彼をおれたちはこっそりと見ていたが、ヴォルプが肩をそびやかせ、黙っているようにとおれに合図した。突然オクターヴが、火や煙を吐き出している機関車のほうに足早に駆けだした。轢《ひ》かれるのではないかと心配したが、闘牛士並みにさっと避《よ》けてみせ、機関車はため息のような音を立てながら通り過ぎていった。

オクターヴは、建物を支えている巨大な壁の前で、また立ち止まった。壁は、煙と埃で黒くなり、貼られたポスターが引き裂かれていかにも汚く、悲惨な状態だったが、一番上のほうに窓がついていて、まだ明かりが灯《とも》っていた。夜のなかで開く片目を見ているような気分になる。オクターヴはバラストから石をひとつ拾いだし、勢いをつけ、窓の方角に思いきり投げつけた。しかし窓には当たらず、石は彼の足元に落ちてきた。何度やってもなかなかうまくいかないでいたが、不意に、ガラスが割れる音が聞こえ、罵詈雑言が返ってきて壁に反響した。すでにオクターヴは遠くに逃げていた。

　オクターヴはなにを探しているのかとヴォルプに訊ねると、それ以上なにも話すなと彼はおれに合図をしたが、それは、オクターヴがこちらに近づいてきていたからだった。彼はおれたちが隠れている場所のすぐそばを通り、歩道橋のほうに向かった。信号機まで続く階段を上がり、自分を照らす角灯をしばらく眺め、そして階段から飛び降りると通りに立った。おれたちも遅れまじと同じ道をたどった。オクターヴは、新聞の呼び売りがするように、おれたちの前をジグザグに走った。

　なかなかその速さについていけずに、ヴォルプは息を切らせていたが、追跡をあきらめはしなかった。

　ヴォルプはタクシーに乗り込み、疲れ知らずにますます速く走るオクターヴのあとを追うよう命じた。シャトレ広場[*45]で、スピードを上げてオクターヴを追い越すよう運転手に頼み、その後、おれたちはタクシーから降りてオクターヴのほうに引き返した。

　眼の前にいるヴォルプに気づくと、オクターヴは急に足を止め、友人らしい挨拶をした。

　おれでもそうしただろうし、そうしたいと思っていたのだが、ヴォルプはオクターヴを問いただしたりせず、言葉もかけずにただ彼のすぐあとについて歩いていっただけだった。オクターヴは家路についていて、おれたちは彼の住まいの入口まで一緒に行った。夜明けは近く、夜の終わりを告げる車の走行音が聞こえてきていた。

門の敷居のところで、オクターヴはヴォルプの腕をつかみ、口を閉ざすべきときが来たことをわからせた。彼はおれにはわからないなにかを待っていて、一心に耳を傾け、眼を大きく見開いていた。朝の陽の光になってきていて、なにもかもが薄紫色に見えた。寒気が忍び寄ってくると、オクターヴはおれたちに小声で「まもなくだ」と言い、自宅に入った。ヴォルプは、事態を理解しようと、気づかわしげな様子をしていた。彼はオクターヴが入っていった正門から眼を離さなかった。店が開きはじめた。

　本能的におれは黙り、ヴォルプが考えるのを邪魔しないようにした。

人影がおれたちに近づいてきた。食料品を抱えて、昼の世界のジョルジェットが急ぎ足で歩いていた。ヴォルプに気づくと、恐怖におびえる馬さながらに後ずさった。ヴォルプは彼女を見て微動だにせず、ジョルジェットは挨拶もしないままおれたちの前を素通りしていった。おれは話しかけたかったが、ヴォルプがそっけない仕草でおれの動きを止めた。

パリの街にすっかり腰を落ち着けた陽光が、乾いた寒さをもたらし、なにかの終わりを告げていた。あいかわらず身じろぎもしないヴォルプは、誰かを待っているかのようだったが、牛乳屋の馬車が駆け足で蹄鉄の音を響かせながら姿を見せると、彼は希望も忍耐もすっかりなくしてしまった。

ヴォルプはおれをサン゠ジェルマン大通りに連れていってカフェを探し、寒さにもかかわらず、テラス席の小さなテーブルに坐った。大理石に肘をついて、彼はがつがつと食べた。

大きな眼は閉じられていた。

たっぷりの朝食をとり終えると、ヴォルプはおれに煙草を求めた。

おれに話してしまいたいのを我慢して、彼は口のなかで舌を七回ほど回転させていたが、ついに抑えがたい欲求の言いなりになった。

「弟の計画のことをジョルジェットは知っていますかね」とおれは訊ねた。

「ジョルジェットですか？　あなたはあの女のことをわかった気になっているかもしれない。だがあの女のことはけっして理解できませんよ、だってあなたは、あいつもできあいの考えや意図を持った女にすぎないとどうしても思ってしまうでしょうからね。

ジョルジェットは、あなたやわたしが彼女はこういう女だと思っている枠の外で生きているのです。ただ通り過ぎてゆき、ひとの言うことを聞くだけの女などとは到底考えられませんね。

ジョルジェットはひとりの女です。

わたしに言えるのはそれだけです。彼女は生きている、そういうことです。

あなたがわたしに同行して出会った連中のあいだであの女がどんな役割を演じているか、ご存じないでしょう。崇拝の対象、あるいはマスコットのような役割だとでも言えますかな」

急にヴォルプは重々しい調子になった。

「なにかの理由で、万が一にもあの女が姿を消してしまうようなことがあったら、どんな混乱に陥るやら……」

ヴォルプに唯一酔い心地をもたらすのは、朝の冷気だけだった。

「どうですかな、ジョルジェットが遠ざかると、夜明けが近づくのに気づきましたかな。あの女が永遠にいなくなってしまうと、どうも、そうなってもたまげたりはしませんが、どうも、夜がもうなくなってしまうような気がするんですよ」

ヴォルプは立ち上がり、ここからは自分ひとりで行くので、ついてくるには及ばないと示した。

パン籠に残った最後のクロワッサンを食べながらおれは、ヴォルプがおれに言ったこと、なかでも意味不明ながら有無を言わせぬあの断言、ジョルジェットはひとりの女だ、という断言のことを考えていた。

連中はそれで謎を説明したつもりになっている。あの断言ですべての説明に代えようとしている。おれは疑いの笑みを漏らしたが、そうはいっても、おれもその説明で満足するしかなかった。

おれは、日が昇るのに合わせて、ゆっくりとまた歩きはじめた。太陽が上がり、おれを出迎えているのに、そのつど驚きを感じたりせずに謎のただなかで生きていられるのが不思議だった。きわめて奇妙な状況にも人は慣れてしまうのだとおれは認め、いわゆるおひと好しになるのはいやだと言っている連中、なにもかも理解したいと言いながら、自分たちをそっくり包み込んでいる日々の謎を見分けることすらできないでいる連中のことを思って微笑んだ。

太陽の光を受けながらこうして朝の街を歩いているあいだ、自分の眼の前で偶然がふくらんでいくのがおれには見えた。偶然は、無数にいる人間と同じ外観をしているものの、力強く、それでいてとても身近な人物としておれの前に姿を現わした。それは、おれのほうに歩いてくるあの穏やかな通行人かもしれないし、酔って疲れたタクシーの運転手かもしれないし、ヴォルプでもオクターヴでもあり、もしかするとおれ自身の一部でもあったかもしれない。偶然はさらに大きくなり続け、パリは、おれの街は、偶然が好んで住みつく場所なのだという結論をまもなくおれは出した。普遍的な偶然というものがあると信じるのにやぶさかではなかったが、パリでは、ほかのいかなる場所よりも容易に偶然を眼にすることができ、ほとんど指でさわってしまえるほどだとおれは思うようになっていた。偶然とは、時間に備わった手のようなものなのだ、とおれは考えたのだ。

朝の騒音と春の強い香りがおれの周囲を旋回していて、おれの明晰さにお墨付きを与えているかのようだった。だがこうした音やこうした香りは、それ以外のたくさんのものと同じく、偶然によってもてあそばれていた。なぜなら、偶然は絶えず作用し続け、ゲームの主導権を握るからだ。偶然と闘おうとする者がいること、さらに偶然の存在を否定する者がいることはもちろん知っているが、偶然しかあてにしない者だっているのだ。そのほかにも、ただ単純に、おそらくは無意識のまま、偶然が出す命令を受け入れる者もいるが、その日の朝、おれはそうした人間のようになりたかったし、そうした人間がもっとおれの近くにいて、もっと力を持ってくれればと願っていた。

おれはコンコルド橋で立ち止まり、セーヌ川の湾曲部に親しみを感じ、眺め入った。水面にはさまざまな物の屑、木片や無数の塵が浮かんでいて、それぞれの運命に向かって流されてゆく。いくつかは、たがいにぴったりとくっつき合い、川の湾曲部に退避した格好になっていた。それが流れのせいで持ち上げられたかと思えば、皮肉にもまた水中に押し戻され、ときにはかけらのようなものがそこから引きずり出され、川の真ん中に放り出された。

おれの視線はこちらの河岸からあちらの河岸へと移動していった。おれの意識は、流れを遡るかと思えば、流れに身を任せもした。おれは、理由や動機を探ろうとしたかと思えば、自分の無知、自分の素朴さを喜んで受け入れたりもした。

遠くのほうで、ノートルダム寺院の尖塔と尖塔のあいだに、春が姿を見せてくるのをおれは眼にした。そして風が起こり、その途方もない風は、おれがこれまでの人生で見た一番大きな旗さながらに揺れ動いたのだった。

第十章

数ヶ月間、それが不幸であろうが、愛であろうが、偶然であろうが、なにか明確な徴《しるし》のもとで生きるといったことがあるものだ。

ヴォルプとの邂逅のあとの数日間、おれはこの人物の足跡を見出し、その手管を知ろうとした。ヴォルプというのは、パリでは結局のところどちらかといえばよくいるタイプの男、合法か非合法かは状況によるが、最小限の時間で最大限の金を稼ぎたいと思い、実際に稼げるようになるタイプの男だと、おれも知らないわけではなかった。有名無名を問わず、躍進中の企業でトップの座について、申し分のない能力を発揮している者が多数いることは認めざるをえまい。そうした能力のなかでももっとも驚かされるのは、自分に従おうとしない者に対して著しい支配力を発揮できるというものだ。服従を毛嫌いし、永遠に続く反抗そのものの人生を歩むような輩《やから》を支配する人間のひとりがヴォルプだ。

そういうわけで、ためらいを抱かず、しかも傑出した先導能力がありさえすれば、大きな力を持てるような特殊な社会を、ヴォルプはそっくりそのまま牛耳っていた。あの人は他人《ひと》をチェス盤の駒のように動かす、などと言えば紋切り型になる。しかし、自分の関係する社会のさまざまな構成員を使うヴォルプのやり口のことを考えると、この使い古されたイメージがいまなお新鮮なものに見えてくるのだ。

ヴォルプは、噂では、もとはボルドーで港湾労働者だったらしいが、その体力を街のカフェ・コンセールで生かそうと考えた。その堂々たる風貌が、カフェ・コンセールの常連だったある女の注意を引き、二人は運命共同体となった。その女はボルドーでいわゆる特殊な店を二、三経営していて、それがかなりの収入源になっていた。ヴォルプ好みの表現で言うなら、着実に利殖し、そうなってはじめて、彼はパリに来て密売買に手を染めたのだ。

いったいどれだけの数の仕事をこなしたのか、正確なところはおれにはわからなかった。売春、競馬、賭け事、そしてミュージック・ホールやそれに類するものにも彼は関心を持ち、かなりの金を儲けた。いつでもなにかを買い取る準備ができていて、買ったものをなるべく早く、なるべくいい値段で売った。ある日は絵画を売り、翌日は綿花、そしておそらくは女を売ったりもしていたのだ。いくつかの新聞社の多額の株を保有していて、そうした新聞社に熱心に助言をしてやっていたが、一方で、新聞社は彼にとって盾の役割にもなっていた。ヴォルプを見ていて驚かされるのは、自分に属するものをいつもとことん使い尽くすその並外れた才能だった。すぐに成果が出る中小企業を好んでいて、こそくなやりくりで財をなしているとと言われることもあった。こうした人種がみなそうであるように、ヴォルプにもかなりの悪癖があった。だが彼はなによりも支配したがっていた。

おれの眼には活力に充ちて見えていた社会において、ヴォルプは押しも押されもせぬ支配者だった。そしてその権力を維持するためなら、なんだってやりかねない。あの夜、学士院の前でほどこして見せた奇妙な演出も、彼の十八番《おはこ》の芸当のひとつにすぎなかった。大掛かりな見世物に仕立てたあの交換取引で、彼は自分の影響力を取り戻したのだ。言うことを聞かず、知っていることを教えようともせず、反抗するような女を、いかなる方法を使っても従わせることができないとなると、それは、仲間たちに示しのつかない厄介な実例となってしまっただろう。自分に対してなにか隠し事をするなど、認めるわけにはいかぬのだ。実際、彼はそれを認めなかった。

おそらくヴォルプは、警察に密告しろと船乗りの愛人を直接脅したりはできなかったのであり、そんなことをしたら、裏切り者、あるいは尊敬に値しない男という烙印を即刻押されたはずで、それで疑心暗鬼の状態にさせたのだ。そのように力のあるところを示したり、暗示をたくみに見せつければ、あの女に対していつまでも影響力を発揮できるわけで、結局のところあの船乗りの愛人は、メロドラマを見て涙を流し、好感の持てる人物が映画で首を絞められると叫び声をあげてしまう類いの女なのだ。

こんなことは一から十までヴォルプにはお見通しで、おれがその場にいあわせた例の茶番劇をなんのためらいもなくお膳立てした。たぶん、ひと足先にその情景を思い浮かべて笑い興じたり、珍妙と思ったりしたのだろう。とにかく、カードから助言を受けるしかなく、クイーンや場に積んだスペードは不吉だと強く信じるような質《たち》の女たちのことを、彼は誰よりもよく心得ていた。ヴォルプ自身もカードを引いたり、人にカードを引かせたりしていた。この男は、いまのところはなに不自由もなく暮らしているが、未来については深刻な不安を感じていたのだ。彼は、たとえ未来が自分の力に余るとしても、両腕に抱きしめたいと思っていたのであり、明日がひどい霧に覆われていることなど認めるわけにはいかなかった。見方によっては、ヴォルプというのはギャンブラーで、この手の人間がみなそうであるように、彼も迷信深く、前兆に敏感で、未来をこよなく愛していた。

ヴォルプは自分のことがよくわかっていて、自分自身の弱点に気づきやすいので、それを簡単に他人のなかにも見つけだし、利用できたのだ。船乗りが果たした役割を知ったとき、彼はもちろん船乗りを密告しようとはせず、逆に船乗りを取り込んだのだし、その日以来、守ってやるようになった。

殺人者の名前を前から知っていた者、ヴォルプからそれを知らされた者のうち、ただのひとりも、密告しようなどとは夢にも思わなかったようだ。まずはかの名高き騎士道精神ゆえに、そして共通の敵に対する嫌悪感ゆえに、なによりも、自分はあの殺人者を守ってやると繰り返し表明していたヴォルプに対する恐怖心ゆえに。

裏で糸を操り、ああした連中の秘密を握っていたヴォルプは、指図する権限を得ていた。実際そうしたのだ。一方でひとりひとりに生活手段を保障してやっていた。懇願され、けっして拒絶しない彼の姿をおれは頻繁に目撃した。背を丸め、左手を上着の内ポケットにすべり込ませ、財布を出すとすばやく開き、紙幣をさっと抜き出した。借金の理由を尋ねることは絶対にしなかったし、返済を催促することも絶対になかった。指図を受けている者の多くは、心からの忠誠を彼に誓っていたが、それはなによりも彼のことを恐れ、賛美していたからであり、それに、あらがっても無駄だとわかっていたからでもあった。それでも、なかには明らかにヴォルプのことを憎んでいる者もいた。オクターヴの友人のソフト帽の男は、特に敵意をむき出しにしていた。かみつく機会を窺う犬さながらに、ヴォルプの周囲をぐるぐるまわっていたのだ。落伍者がみなそうであるように、そもそも気むずかしい男だった。かつてはホテルを経営していたが、どうやら競馬で身を持ち崩したようだ。そして賭ける側からノミ屋に転身した。それでいて周囲の人間に我慢がならず、とりわけオクターヴのことは嫌っていて、友人だと思いながらも、ことさらに無分別な言葉を投げかけて動揺させていた。ジョルジェットの弟に聞かせるために、ぞっとさせるような話を作り出したり、信じられないような企みを捏造したりしていた。実際、こうした連中においておしなべて印象的なのは、尋常ならざることを好む妙ちきりんな傾向だ。なんとも突飛きわまりない危険に自分がさらされているのだと思わずにはいられない。知らない人間は誰も彼も敵だと見なす。

ソフト帽の男は、貧しい想像力を補うようなすばらしい素材をもたらしてくれる存在だった。トロカデロ宮の水族館といった奇妙な会合場所を見つけだして実際に使わせたのは彼だった。そして誰もがいかにも風変わりな場所で集まるのをおもしろがっていた。それにおれは、奇妙なものに対するこうした好みは本能的なものだということが徐々にわかってきた。彼らはいわば訓練をしているのであって、神経を鎮めたり、習慣的なことを馬鹿にしたり、あらゆる状況において注意を研《と》ぎすます機会をできるだけ頻繁に持とうとしているのだ。そしてヴォルプ自身も、幻想的なものを求めていた。

想像力の貢献のおかげで彼らの人生が「思いがけないものにつねに充ちている」ことにおれは驚き、感嘆していた。なにか行動を起こすときには身を隠さねばならず、それを好んでもいるこの連中は、そうした隠蔽工作をしないではいられないのだ。でっちあげたり、騙したり、間違った手がかりやあらゆる種類のアリバイを用意したりするのだ。

彼らに連れ添い、彼らを食べさせている女たちは、たいがいはそうした想像力の埒外にいた。世間で大目に見られたり認可されたりした職業を持ち、本心を隠すようなことなど少しもしなかった。下される命令、さらには乱暴な扱いにさえ喜んで従っていた。与えられた人生を幸せそうに受け入れていた。

ジョルジェットだけが例外的な場を占めていた。彼女はヴォルプの庇護を受けていたが、それでも愛人ではなかった。そうした庇護だけでは、誰もがジョルジェットに認めているあの優位性をもたらすには充分ではない。事実、彼女は討論に参加し、しっかりと自分の意見を持ち、自立していて、言ってみれば男並みに扱われていた。女たちは彼女を自分たちの仲間と見ていなかった。というのもジョルジェットは誰から見ても謎そのものだったからだ。彼女の生活はあまりにはっきりと二分されていたので、幻惑させられてしまうほどだった。昼のジョルジェットと夜のジョルジェット。

だが結局のところ、彼女がそのように人びとを幻惑するのは、誰よりも遠くにいて、誰も彼女をとらえることができないからだった。彼女がどこの出身なのか知る者はなく、なぜ彼女がこのグループに加わっているのか説明できる者もいなかった。彼女はしきたりを受け入れ、ヴォルプの権威に逆らわなかったが、それは彼女自身がそう望んだからだ。彼女がいないときに、よく彼女の態度が話題になり、あの女がなにを考え、なにを望んでいるのかが謎だと不満の声が出る一方で、その自由闊達さをおもしろがっていた。

ジョルジェットには、誰もが惑わされずにはいられないような魅力が備わっていた。夕方に彼女がモンパルナスに行き、ヴェルボをはじめとする何人かが周囲に集まっているようなときも、彼女のそうした優位性は揺るがなかった。この連中は、自分のまわりにいる女たちに対して軽蔑と皮肉の感情しか持ち合わせていないのに、ジョルジェットの超然とした様子やわがままは受け入れていた。彼女にいてもらいたいと願っていたのだ。

ジョルジェットは美人だったかもしれないが、美しさを競い合える女ならほかにもいた。

最初の印象よりもっと黒いその瞳が物や人に無邪気にそそがれ、その無邪気さゆえに奇異なまなざしとなっていた。彼女が口を開くと、奇蹟を巻き起こした。彼女の声はやわらかだったが少しハスキーで、煙のようにまわり込みながら立ち昇り、ほのめかすように話し、つぶやきとなるのだが、彼女の唇が動きだすと、突如として周囲が静かになった。

ジョルジェットがなにか決定的なことを言うのを聞いた記憶はおれにはないが、彼女が話していると、誰もが彼女の言うことを信じ、ついていこうという気にすぐなった。

心底愛されているわけではなくても、彼女は愛されていたし、いくらか恐れられてもいたが、なによりも、彼女がいてもいなくても、同じように不安を引き起こした。彼女のほうは、本当に誰も必要としていなかった。

どうして彼女があれほど心を配りつつ慎重に弟のオクターヴを見守っているのかが、しばしば疑問としてあがった。そして無数の理由が考えだされたが、どれひとつとして検証に堪えうるものではなかった。

オクターヴの周囲にも同じような霧が立ち込めていた。彼もひとりだけ別で、姉の場合とほとんど同じ配慮をともなった扱いを受けた。二人とも謎めいていて、その謎ゆえに、そうとは言明されなくとも、多少なりと賛美の対象となっていた。

ヴォルプの一団は共通の感情をいくつも分かち合い、きわめて同質的で、チーム精神が行き渡っていた。誰も彼も、罰など受けずに生きていくこと以外の目標を持っていなかった。

なにか面倒事が起きると、それを追い払うために謎を追いかけ、亡霊を創り出した。

連中のもとから離れているとき、おれは彼らをときとして冒険なき冒険家と名づけていた。

彼らはよく危険な仕事についていたが、いずれにしても職人であることでは変わりがなく、同じようなこだわりを持ち、同じような職業習癖があった。

同業者の集団がいろいろあるなかで、彼らは独特の位置を占めていて、言ってみれば別格だったが、できるかぎり同じ土俵にとどまるようにしていた。もしかすると世間をあっと驚かせるような盗みを働いたり、大きな犯罪に手を染めたりもできたのだろうが、そうなると彼らは世界中で有名なあのパリ防衛軍[*46]にだって参加できただろう。

彼らは自分たちの住む街に順応し、タクシーの運転手や街灯の点灯夫と同様にパリの一部となっていた。いくら異例の状況を思いつき、実際に作り出したりしても、住人ならではの偏執や習慣を持ったパリっ子であることに変わりはなかった。ひとりひとりがパリの反映であり、リフレインに出てくる言葉のような存在だった。

彼らはみずから喜んでこの街につなぎとめられ、そして惑わされもした。ジョルジェットを愛するようにパリを愛し、どちらの場合も同じような驚きと従順さをともなって愛していた。世界一周だってしようと思えばできたかもしれないが、その場合でも、同じような癖や習慣や愛情や憎悪が入り混じったままで、いつまでも変わらずにいただろう。

ある日、あるカフェ、彼らがこよなく愛するカフェのひとつで、蓄音機から洩れてくるリフレインに特別の注意を払いつつ耳を傾ける彼らの姿を見かけたことがある。それはいかにも聞き古された歌だった。

パリ、それはブロンド女
パリ、世界にまたとない街

馬鹿げた言葉が彼らの前を流れていったが、誰もがぽかんと口を開け、嬉しげに、自信にあふれた様子で耳を傾けていたのだ。

第十一章

慰みをもたらすあの秘めやかな声に導かれた日々は、道を示すために偶然が選びとった日々だ。

手ぶらのまま、おれは時間と空間がどのように通り過ぎてゆくのかを探りにでかけた。言葉が陽気な相棒さながらに眼の前に飛び出してきて、忘却のカーニヴァルのために耳の周囲を経めぐった。

おれは自分が望んでやったわけでもない調査、絶え間なく湧きあがる好奇心に嫌気がさしていた。永遠に続く光景に疲れ、どうでもいいような呼ばれ方をするあれやこれやのことを考えていた。おれは陶然としたまま逃げ出したのだ。

逆らわないでいると取り憑いてくるあのやかましい存在たちにおれは場を譲ってやったのだ。その日は少なくとも三人が騒いでいた。粗野な輩《やから》であれば、頌歌か、さもなければカフェ・コンセールで耳にするようなリフレインを進んで歌ったところだろうが、連中の一番の愉しみは言葉のやりとりで、ひとりが質問をして、それに対して珍妙きわまりない答え方をひねりだすのだ。おれは移動式劇場のようなものになってしまい、そこで連中が、しつこくつきまとう夢の姉妹篇のような即興劇を自分たちだけで演じる。おれはどこだかわからない場所に連れていかれ、時間も場所も感情もまぜこぜになった。

どのようにしてかはわからないが、おれはパリを見おろすベルヴュ*47の高台にたどり着いていた。

三人組は、突如として開けた眺望を眼にすると、もう喜びを抑えられなくなった。もしかすると鐘が鳴るかもしれない、もしかすると祝いのかがり火が焚《た》かれるかもしれない、というわけだ。正直、おれはそれを否定する気になれなかった。

もう連中を黙らせたりせず、耳を傾けようとおれは思った。

「パリは太陽のように広がっていく」とやつらは言っていた。「太陽は油の染みのようなものので、今世紀最大の火事さながらに、周囲のものを呑み込んでいくのさ。だって、歌いながら炎を身にまとおうとするわけで、世界中の鐘も季節によってはそうなりかねない」

パリを言い表わそうとして連中は好き放題叫んでいるが、そのパリからおれは、太陽がいっぱいに映り込んだ水たまりに眼を惹きつけられてしまうのと同じで、もう眼をそらせられないのだ。パリは鏡のようであり、オルガンのようであり、木のようであり、こちらがひどく無造作に望んだものにすらなってしまう。間抜けぞろいの三人は熱に浮かされたように夢中になり、おれが記憶のはしからはしまで駆け抜けないと思い出さないありとあらゆる形、ありとあらゆる物をたっぷりと持ち出して、街のシルエットや影に喩《たと》えていた。

　こうして膨れあがった視野のなかで、思い出が泡のように浮かび、かの壮麗な光のもとではじけていった。それだけでなく、おれの眼の前には、この年に体験したあれやこれやの出来事、いろいろな顔やさまざまな日々がひとつながりになって流れていった。見向きもされなくなった島々を探し出そうとするかのように、おれはこの長く続く地図の上に自分がかつて出会った、あるいは出会ったと思われる場所や人を探した。まずは場所がなんとかわかりそうなカフェ・ブルー、そして学士院、トロカデロ……。

　こうしたことがあれもこれも、そしてそれ以外のもろもろまでもが、おれの頭のなかでぐるぐるとまわり、方向性を見出せなくなっていた。

　この時間と空間のパノラマを目の当たりにして、おれはただならぬ倦怠感にとらわれた。おれのことも他人のこともどうでもよくなった。要するに、大きめの舞台装置と機械仕掛けの人物たちがおれに人生の幻影をもたらしていただけではないのか。このように距離をおき、さらに時を遡ってみると、オクターヴもジョルジェットもヴォルプも船乗りも、絵の具を塗られた木製人形にすぎなく見えた。もしかすると、いま鏡のなかを覗き込んだら、おれもそうした人物のひとりにすぎないとわかるのかもしれない。しかしながら、そうした状況にあってても、おれはもう一度あの独特の雰囲気に浸り込む必要を感じていた。

失ったと感じていたパリを取り戻すのだ。

おれは、あの粗野な連中をひとり、またひとりとあとに残して踵《きびす》を返し、ためらいや右往左往とは無縁で、ぶれを知らぬあの男たちのもとへと戻っていった。

おれが彼らに惹きつけられる理由だけでなく、おれが彼らから切り離されて屈辱を味わうことになった理由まで、はっきりとしてきた。いくつもの出会いが無駄ではなかったのは確かだし、その強さも弱さもおれにとっては驚きの的となった連中に、また会いたいといつのまにか願うようになっていたのも本当だった。

オクターヴのジグザグの歩行は病人の気まぐれのように、ジョルジェットのたどる歩みはいかにもその筋の玄人《くろうと》のように、ヴォルプの奔走はあまりに欲得ずくのように見えてもおかしくはなかった。とはいえ、そうした説明はおれにはあまりに単純すぎると思われた。彼らの生き方のなかには説明しがたい魅力があり、おれはそれを自由と呼ぶのだ。ひとりひとりの活動をいとも簡単に動機づけできるといっても、結局のところ、論理的な積み上げがちょっとしたことで崩れてしまうかもしれないのであれば、どうでもいいではないか。

そうしたわけで、おれのほうはなにか言い訳が必要なのだと思っていた。おれがそのように思いを巡らせているあいだも、やつらのほうはただ生きるだけで満足していた。今日、もしかしたらジョルジェットは、自分でも求めようとしていなかったものに出会うかもしれない、ヴォルプあるいはオクターヴは、自分の体験を疑うようになるかもしれないのだ。

おれとは違い、やつらは間違っていなかったのだ。

夜になり、ほとんど逆らいがたいものとなった習慣の命じるまま、やつらのうちの誰かに会うと、やつらのことが前とは違って見えた。おれをやつらに近づける感情を愛とはおそらく呼べないが、おれがやつらと別れ、やつらに嫌気を感じるようになりたいと望んだとしても、なにか大惨事でも起きないかぎり叶わぬことだと思った。

嵐の終わりを見越すように、おれはそうした破局を予感していた。すべてには終わりがあり、避けがたいものがいつの日かやってくると思わなければならないと、やつら自身もわかっていた。むしろそうなるのを熱烈に望んでいたのだ。

おそらくそれだからこそ、やつらは未来のことをあんなにも知りたがっていたのだ。

ちょっとした暇があるとやつらがよくやっていたのは、自分でカードを引いたり、誰かにカードを引いてもらったりすることだった。船乗りの愛人は、仲間内で一番か弱い存在だったが、カード占いに関しては名人だった。無意識のうちに発揮するその巧みな能力のなかで最大のものは、悲劇的な出来事を予言することだった。彼女は、連中の誰もが多少なりと望んでいたことをしごくあっさりと言ってのけてしまうのだ。そうした欲求を認め、吉兆として示してくれと、誰もが彼女に迫り、たいてい同じようなことしか言わないにもかかわらず、彼女の取るに足らない言葉のおかげで、俗事が思いもかけぬ輝きに充ちてくるのだ。

自分の欲求をあばいてみせる使い古された言葉をやつらは何時間でも聞いていた。疑いが生じてきて、「みごとすぎやしないか」とつぶやくようになって初めて、彼らは満足するのだ。

そしてマリーがその垢まみれのカードをバッグにしまってから、やつらはあれこれ言いだす。示された未来をとおして現在を追認しようとするのだ。

その夜、おれがやってきたとき、マリーはオクターヴのためにカードを引いてやっていた。まもなく大きなことを成し遂げるだろうと彼女はオクターヴに告げた。

弱々しく眠ったようなこの女が秘めている力は、もし本人が望めば、比類なきものになったかもしれないが、彼女自身はそのことに気づいていなかった。この女ひとりで、もしかすると、ヴォルプを打ち負かすことだってできたかもしれないのだが、それはヴォルプもカードがもたらす託宣に夢中になっていたからだ。本気で対抗するつもりなどマリーにはないと知っていたにもかかわらず、彼女がそうしたそぶりを見せると、即刻、しかも徹底的に叩きつぶすことを彼はためらわなかった。どうしてヴォルプがなんとしてもそのありったけの力を示そうとしたのか、どうしてあんなにもむきになってああしたお膳立てをして、ひどく時代遅れと言わざるをえないあの悲劇を演出したのかが、おれには前よりわかるようになってきた。

マリーはいまも連中の一員としてとどまり、自分の力を保持していながら使わず、未来に対して情熱をそそぐ者たちすべてにとっての召使いのような存在になっていた。時間が経てば経つほど、彼女は道具となっていき、ただ話すだけの声、話し手と呼ばれるものになっていった。

彼女の周囲に絶望が寄り集まっていたのだ。

マリーの話に耳を傾けて以来、オクターヴは自分の運命がもはや動かしようのないものになったと思い込み、そのときから、なにものをも恐れないといった様子を見せだした。これからは自分自身の人生に信頼を寄せるというのだ。

やがてヴォルプもやってきた。彼はオクターヴの顔に奇妙な表情が浮かんでいることに気づいた。周囲の人間は黙っていた。ヴォルプはオクターヴに近づき、尋ねた。

「ジョルジェットはどこだ?」

オクターヴは肩をそびやかせて答えた。「わかっているくせに」そんな答え方をしたのは、彼がもはや誰も恐れてはいなかったからであり、まったく別の状況だったら、話題にのぼった女の名前が弟に強い印象を残したかもしれないが、今回は彼に対して効き目がない様子だったのだ。

よくわからないなにか、よく知らない誰かを待たねばならなかった。匂いのない寂しい夜。自分で「瘴気」と名づけたものにおれは飽きて、うんざりしていたし、もう誰もそんなものをまともに取り合おうともしなかった。だから船乗りが入ってきたとき、永遠に同じことが繰り返されるような気がして、おれは既視感《デジャ=ヴュ》に浸った。

ところがオクターヴは、船乗りの姿を目にとめると、彼のほうに向かっていき、外に出ようと誘った。船乗りは、なにも持っていない自分の両手、隅に置かれた自分のバッグをじっと見つめてから、なにも言わずにオクターヴについていった。ヴォルプは二人から眼を離さなかった。

「やつらを尾行しろ」ヴォルプはソフト帽の男に言った。

声をかけられたほうは、叩かれた犬のように起き上がり、窓ガラス越しにしばらく眺めて時を見はからった。そして外に出た。

ヴォルプは、自分が来る前になにが起きたのか、詳細に報告させた。よく笑う男、顎ひげを入念に手入れする例の男が、おれが見たのと同じことをことごとく彼に話してきかせた。つまり、マリーがオクターヴの未来を占い、その前途は好転すると告げた件だ。ヴォルプの分厚い唇が垂れ下がっていた。顎ひげの話を聞いているあいだ、彼は片眼をつぶっていた。

マリーは、ヴォルプの怒りを恐れて身を隠していた。こうなっては、なにも起こりはしないだろう、あんなに騒いだり不安に思ったりしたのもすべて無駄になるだろうとおれには思えた。

パリの城壁の外へと歩いていき、この一味と距離を置いたときのことを思い出した。好奇心を満足させたときに感じた嫌悪感が甦ってきた。時計は針を進める動きを止めない。

おれもなるべくすばやく外へ出た。通りが廃道のように見えた。通行人は誰もおらず、夜を乱すような音、もう何週間も前からおれがその行方をたどっている波動を引き起こすような音は、一切聞こえてこなかった。街全体が完全な無関心のなかに固め込まれてしまったかのようだった。街灯とその羽飾りのような光はたんなるガスの火口だったし、建物の正門は容赦なく閉められていた。あるはずだとおれが思っていた高貴さは、その界隈全体から消えていた。

しかも間の悪いことに、自宅にたどり着く直前、女と腕を組んだ例のジャックに出くわしたのだ。

おれに気づくと、やつは不意に立ちどまり、両手を高く上げながら叫んだ。「どうしてたんだい？　このところ見かけなかったな」

ジャックは女を紹介し、おれをナイトクラブに連れていくと、自分がいましていることを話し、最近の思いを打ち明けた。

そうすることで彼は、おれがしばらくのあいだそこで生きるのをやめていた世界の雰囲気を造り出してくれたのだ。彼のことを、無意識のうちに、さっきまで一緒にいた男とおれは較べていた。彼の連れている女を品定めしつつ、ヴォルプの命令に従う女たちのことを思い出していた。

同じような嫌悪感、同じような倦怠感がおれに襲いかかってきた。

ジャックにとっても、ヴォルプとその女たちにとっても、パリは不可解な役割を演じていた。パリという枠組みを好み、彼らは幻想を抱いて生きているのだとおれには思えた。

ベルヴュからの眺望を眼にしたとき、おれの眼の前でパリが大きくなるのが見えた。セーヌ川の岸辺のあの広大な染みが、地球全体がそうするように、執拗に、それでいて諦めきったように、いま一度自転していたのだ。地球と同じで、パリも冷えていき、単なる概念になってしまった。これから何年間、パリはあの幻想をもたらす力を保てるのだろうか？　これから何年間、時間を支配できるのだろうか？　おれには答えが出せなかった。甘ったるく降る夜の雨を眺めながら、誰もがまだ欺《あざむ》かれたがっていて、自分の奇抜な愛がいつまで続いてもかまわないと思っているのだとおれは感じていた。

「パリ、それは……」と歌うあの曲をオーケストラが演奏していた気がする。

おれの周囲で人びとが踊っていた。

ローマを眼にして、完璧な落ち着きぶりで次のようにおれに言った男のことを突如として思い出した。

「ひとつの文明が消えると、十の文明が見つかる」

ジャックはまだ話していた。眼を閉じると、眠気やそれと似たり寄ったりの無関心がおれに近づいてきた。

もう暇《いとま》を告げる時だった。

第十二章

熱っぽく議論を吹っかけているからには、オクターヴがそのカフェにひとりでいるというわけではあるまい。見たところ椅子に向かって話しかけていたが、その身振りからすると、自分の前に誰かが見えていたのだ。

虚空と会話する彼を目の当たりにしても、誰も驚いた様子を示さなかった。おれはといえば、彼が急に立ち上がり、カフェから出たとき、眼には見えない相手に別れも告げないまま立ち去るのを見て、むしろ意外だと感じた。

オクターヴはおれのことをじっと見て、めずらしく、ついてくるようにおれに促した。そうした誘いにおれは異議を唱えず、優に十五分ほど、黙って一緒に歩いた。オクターヴは行き先をちゃんと心得ている様子だった。

それどころか急いでいるふうでさえあった。

ルーヴル宮の前の河岸で彼は立ち止まり、じっと眺めはじめた。

「ひどい風だな」
「ああ、ひどい風だ」とおれは応えた。実際、西部からやってきた嵐がパリを吹き抜けていた。嵐は通りがかりにあらゆるものを引っつかみ、どんな些細なものの前も素通りしなかった。どこからやってきてどのように寄せ集められたのかわからない紙くずが街を駆けめぐっていた。木々は震え、ついで、絶望し正気をうしなったかのように傾いた。暗い場所から鋭い音が聞こえてきて、屋根の上からは一種の轟音が立ちのぼった。あちらこちらで窓ガラスが割れ、金属的で陽気な音を投げつけた。狂ったように吹きつけて猛威をふるい、さまざまな物を奪い去った。セーヌ川は、しばし白く波立ったかと思うと、次の瞬間には渦を巻いていた。

風は建物をめった打ちにして、埃と砂を巻き上げた。通りを侵略し、抵抗しようと立ちはだかるものをことごとく追い払った。大気のそうした大掛かりな動きに、オクターヴは喜んで身をゆだねていた。

そして風は、どこまでも続くかのように、抗しがたい流れとなって吹きはじめた。

オクターヴは、小さな子どもがするように指を一本なめて空中に立ててから、嵐に逆らって歩きだした。できるだけ速く行こうとして、風に負けないように大きな動作で動き、頭をさげていた――おれはなんとか彼について行こうとしたが、息切れがしていた。

突然、オクターヴがおれの片腕をつかみ、こちらに身をかがめて叫んだ。

「雨は降らないよな？　どうだね、降るかい？」

おれは首を振って、降らないと思うという回答を示した。

おれたちは長い時間、風に吹かれつつ夜の街を歩いたが、ひとつ子ひとり出会わなかった。どこに向かっているのかおれにはわからなかったが、活力にみなぎったオクターヴに逆らえず、とにかく歩いてはいたものの、あいかわらず強まるばかりで、さらに速度を上げて吹き抜けるこのすさまじい風にあらがうのがやっとだった。

そうした歩みがいつ果てるとも知れず続き、おれは永遠に終わらないのではないかと感じていた。二人とも風に呑み込まれていた。

いくつもの橋を渡り、おれたちがたどり着いたのは倉庫だったが、そこがオクターヴの倉庫だということをおれはすぐに思い出した。この場所をめざしていたのだ。オクターヴはおれに鍵を握らせ、扉が開くとその鍵を奪い返した。うるさい犬に向かってやるかのように、向こうへ行けと手で追い払う。おれが動かずに見つめていると、やつはおれに襲いかかるふりをしておどかした。腕まで振りまわしている。風に打ちのめされ、いつまでも続く風音に疲れ果て、おれは動くことができないでいた。オクターヴはおれに近づいて頼んだ。

「煙草をくれ」

おれは酔っ払いのような調子でポケットを探り、箱ごと渡してやった。やつは一本取り出して、残りは返した。そしておれに命じた。

「マッチだ」

マッチ箱を差し出すと受け取り、それからおれを乱暴に押して追い返そうとした。さらに風もおれに吹きつけ、つかみかかるようにして歩かせようとする。抵抗する力などおれにはなく、足に力が入らないまま、なるがままにした。

たどってきた道のりを、伝書鳩さながらに逆さまにまた歩きだし、橋を渡るために角を曲がったところで、おれは首をかしげた。オクターヴの姿が消えていたのだ。

橋を渡りつつ、おれは助けを求めたい気分になっていた。夜は荒廃しきっていた。そこに、尾を引く稲妻のごとくに、一条の光が突如として立ち上がった。振り返って眺めると、いましがた請われるままオクターヴを置いて立ち去ったその場所に、河岸から湧きおこる大きな炎が見えた。

炎は風でおれのいるほうにあおられていた。オクターヴの倉庫を焼き尽くし、その周辺にも炎の舌先が伸びようとしていた。倉庫を源にして流れ出したかのようで、染みさながらに広がってゆく。炎は走り、跳ね、夜に闘いを挑んでいた。ついで、その場でくるくるまわって勢いを増し、火の球体となった。そうして生まれる光のなかには狂ったような歓びがあった。ほんの一瞬だが、炎の変身が見えた。架空の動物になったかと思えば、夕暮れの雲となり、赤いレースにも、傷口にもなってみせた。そして盛大な輪舞《ロンド》がはじまった、細く伸びて先が鉤形に曲がった手が踊ってみせる輪舞が。最後に、いったん見えなくなってから、後脚で立つ馬さながらにさらに上のほうに姿を現わした。

もうたくさんだ。おれは叫び、たぶん助けを呼ぼうとしたのだが、おれのなかでなにかが引き裂けたかのように派手な笑いがはじけだし、そのとき雨が、大粒のねばつく雨が突如として降りだした。大量の雨水が地面に当たって砕けた。そしてゆっくりと風が後退し、よろめき、ついには静まった。

おれは身を守れる場所に駆け込んだ、路面電車を待つ客が寒さをよける小屋だ。起きていられず、床に横になった。雨が壮大な歌を奏でていた。

排水溝から水があふれて車道を覆い、歩道までひたした。

しばらくのあいだ、大粒の雨が降るのを眺めていたが、やがて眼をつぶり、おれは完全に眠りに落ちた。

朝になってやってきた客が微笑みながらおれを揺さぶって起こした。おれのことを酔っ払いだと思ったようだが、まったくの勘違いというわけでもなかった。恥じ入りつつ身を起こし、掌《てのひら》で服を払った。

「あんた危なかったな。まあ、おれたちみんなそうだったわけだがね」と彼が言った。「昨晩、セーヌ川のこのすぐ近くの対岸で火事があったんだ。こちら岸の家に火が移らなかったのは奇蹟だよ、木は焦げているんだからね。火の粉はセーヌ川を渡ったにちがいない。雨のおかげで救われたんだ」

男が話しているあいだに、おれの意識は徐々にはっきりしてきた。火事現場のほうに歩いていき、炎で焼き尽くされて黒くなっただだっぴろい地面を眼にした。木造の家屋や日曜に開く小さなレストランが燃えて、わずかな灰だけが残されていた。

オクターヴの壮大な計画と彼の運命を思いやった。やがてヴォルプが言うだろう。「やつは企てに失敗した」と。

すでに野次馬が「災害」現場の周辺に押し寄せてきていて、いろいろと言いたい放題していた。

「ルヴァロワがそっくり燃えてもおかしくなかった」

「いやいや、風で炎はヌイイのほうに押し流されたさ[*48]」

「となると……」

誰もが、押しなべて不幸を好むがゆえに、破局を想像してみようとするが、結局はどうということのない小さな火事だったということで話は落ち着いてしまう。

オクターヴが最後に試みた実験は成功しなかった。灰のなかを捜索していた警官が戻ってきてこう言った。

「死者がいるはずだ、倉庫のあたりで肉の焦げた臭いがするからな」

情報が流れ、歪められていった。おれにはもうすることはなにもなかったし、耳にしておかなければいけないこともなかったが、それでもなぜかその場を離れられないでいた。

オクターヴがどうなったかできれば知りたかったのだろうと思う。やつは「実験」の場にいたいと望み、おそらくその犠牲になることさえ望んだのだろうと推測できたが、確証がほしかった。

消防士による捜索に長時間立ち会ったのち、日が暮れてからカフェに入ると、オクターヴがパリに火を放とうとしたことを誰もが知っていた。ヴォルプはこの企みを事前に嗅ぎつけ、どんな準備をしているか見るためオクターヴの家まで行ったのだ。ヴォルプはジョルジェットを見つけられず、その後は自分で探したり、人を使って探させたりしていた。

だが見つからなかった。

ジョルジェットは姿を消してしまっていた。

毎晩、サン゠ジェルマン゠ロクセロワ教会のあたりをぐるぐるまわったり、パレ゠ロワイヤルのなかをさまよったりしていたのに、彼女はもう来なくなっていた。

ヴォルプみずからがジョルジェットを待ち伏せし、ソフト帽の男が常連客に話を聞いた。ジョルジェットがどうなったか知っているものはいなかった。前の晩はまだ、いつもの習慣どおりに行動する姿が目撃されていたのにもかかわらず。

第十三章

　雨は何日も降り続けた。パリはヴェールで覆われ、ときおり冷たい風が吹き抜けるものの、街路には暑さが蔓延していた。

　水で膨れあがった街に三色旗が競うように掲げられていた。悲しい知らせが流れていた。そうした知らせが湿った空気のなかで蝶さながらに浮かんでいるのが眼に見えるかのようだった。唯一の逃げ場は、またしても夜だった。

　夜が近づくと、水の支配力やその機械的な移動から解放されるという期待が高まる。いまさら安らぎを望んでいるわけでもなく、別のもの、歓びにも似たなにか、つまり情報が請われていたのだ。

　その情報をおれは待ち受けていたわけだが、オクターヴの死の詳細についてなにか新しいことがわからないか、おれの眼にはもうぼろきれのようにしか映らなくなっていたジョルジェットの行方をなんとかつかめないかと思っていたのだ。夜にまさる力を持っていると長いあいだおれが信じ込んでいたあの女を、明日への不安と貧困がついに打ち負かしたのかもしれない。

警察はオクターヴの遺骸を見つけられないでいたが、納屋の黒焦げになった残骸の向こうの倉庫にあるのだろうとおれは思っていた。かなりの臭いが道端にまで漂ってきていたが、近隣の工場がどれもこれも煙や騒音や排泄物を吐き出していたので、気づかれないままだった。

オクターヴは腐敗しはて、何週間も経つと、彼の上に砂のごとく忘却が降り積もった。死体はそこにあるはずなのだから、ジョルジェットはどこかひっそりとした片隅で時が過ぎるのをじっと待っているのだろうとおれは考えてみた。まっとうな職業に就いたふりをして、日々が静かに流れゆき、不安のあとに穏やかな生活が待っていることを思って、あの女はおそらく冷笑を浮かべているのだ。だがジョルジェットは逃げ道を探ったせいで打ちのめされてもいる。いつもの習慣なしではあいつは生きられないだろうと少なくともおれには思えた。あの女はもうおしまいだ。昼がジョルジェットを呑み込んでしまったのだ。

かつてジョルジェットがあの驚くべき流儀で経めぐっていた街路に、通り過ぎた跡が残って燐光を放っているように見えたが、おれはもちろんそれを思い出と名づけた。サン＝トノレ通りやプレートル＝サン＝ジェルマン＝ロクセロワ通りで人影が眼に入ると、あの女の姿だと思わずにはいられなかった。ときに、暗く、寂しげで、照明も充分でない小さなホテルに二人連れが入っていくのに出くわすと、扉を押し開けているのはあの女にほかならないように見えた。

ジョルジェットはもう夜そのものだとは言いがたかったが、その影あるいは影の記憶は、反映がまた反映を呼ぶように増殖していった。

いくら歩きまわってみても、突如として感動が眼の前に立ち上ってくるのをおれはもう二度と見ることができなかった。女たちがその場でぐるぐるとまわったり、鳥の群れのように集団で右や左に移動していた。だがただのひとりも通りを照らし出したり、路地を暗くしたりすることはできないでいた。

ジョルジェットは、自分が毎日のように通っていた街路からひと晩ごとに少しずつ離れていった。そして彼女についての記憶は、その記憶そのものをきっぱり否定するかのように、突如としてはじけた。消え去る者の痕跡は時間が経っても擦りきれず、時はただおれたちの視界からそれを隠してみせるだけだ。だから匂いだけは残ったり、あるいはまた、消え去った者の存在全体を暗示する特別で繊細な空気感が漂ったりする。

おれはパリのなかを徘徊した。

そして、かつてジョルジェットの周囲に集まっていた連中、身体の一部を切断されてしまったのに依然として自分の一部と信じ込んでいる人間さながらに、あの女のことを探し続けている連中全員のことを思った。かつて……。この語に含まれた皮肉が息の詰まるような重たさでのしかかってくるように感じられた。おれが知り合いになったやつらは、差し迫った状況でその瞬間を生きることしか望んでいなかった。行使できるあらゆる手段を用いて、時間を廃棄しようと努めてきたのだ。あいかわらず教条主義的なヴェルボはそんなことはないと言いかねなかったが、ヴォルプならば、自分の欲求はすぐさまかなえられなければならないのだから、辛抱などとは縁がないとみずから白状しただろう。

そしていまや、誰もが未来を待ち受け、過去を思い出していた。

取り乱してしまうのは、いなくなった人間を惜しむばかりか、あまりにも身近に謎があることで焦燥感にかられてしまうからだ。ジョルジェットの事件に関する真実を突きとめることができれば、重荷を降ろせただろう。もの悲しい気分に落ち込んでいく者もいれば、忘れようとする者もいたかもしれないが、ヴォルプは誰か代わりの人間を探したはずだ。だが誰もなにも知らないままで、騙された気分でいて、自分自身に騙され、おたがいに騙し合っていたし、要するに自分自身がいまだこうだと信じている自分の姿に騙されていたのだ。

ジョルジェットについてヴォルプが言っていたこと、やつの予言が思い出される。「万が一にもあの女が姿を消してしまうようなことがあったら……」ヴォルプには審美眼がそなわっているだけでなく、未来に対するある種の感覚があり、そのせいで、彼の主張のいくつかは悲劇的な様相をときとして帯びてくるのだ。

やつらがジョルジェットの行方を追っているあいだに、仲間うちでカフェ・ブルーと呼ばれていたあのカフェにごくたまにしか顔を出さなくなっていた船乗りが、またしても新聞紙面を賑わすことになった。以前からそうした奇癖の徴候はたしかにあったが、ほとんど説明のつかぬ感情にかられたあの男は、大手の日刊紙に手紙を書くという奇妙な考えを抱き、新聞社はかなりの留保付きではあるが、その手紙を紙面に載せた。ヴォルプの怒りはおさまらず、それを挑発とみなした。この事件で彼の果たす役割がはっきりしなくなり、なかなか説明のつかないものになってしまったのだ。

「目立ちたがり屋め。告白しないと気がすまないのだな」とヴォルプはおおかたの意見に与《くみ》して言った。

ある晩、例によって大きなバッグを引きずるようにして船乗りがカフェ・ブルーに入ってきたとき、ヴェルボが友人たちとテーブルに着いていた。ヴェルボは船乗りの犯罪のことをまだ知らず、自分が間抜けと名づけた男がそこにいるのに驚いていた。

船乗りはヴェルボに向かって素っ気なくこう言った。「さっき、ジョルジェットを見かけたぜ」

ヴェルボは飛び上がらんばかりになり、詳しく話せと求めた。そうこうしているところにヴォルプがやってきたわけだ。その晩、おれはヴォルプに付き添っていた。おれも情報を得たいと思っていたからだ。

根掘り葉掘りみなから聞かれた船乗りは、いつものように駅の周辺をうろついていて、旅行鞄を手にしたジョルジェットがコンコースに入っていくのを見たように思うと言っておきながら、それが東駅のコンコースか北駅のコンコースか思い出せないでいた。

質問攻めにあって、船乗りはどうにも自分の記憶に自信が持てなくなってきたものの、旅行者の群れのなかに姿を消したのはやはりジョルジェットだと思うと言い放ち、それ以上のことは一切請け合えないとも言い張った。

逆上したヴェルボは、ジョルジェットの身づくろいがどうだったか細かく聞きだしたがり、そうした細部に知らず知らずひどくこだわっているようだった。ジョルジェットはヴェールをかぶっていたかいなかったか、というわけだ。

理路整然としていることに変わりはなかったヴェルボが、それぞれ分担してパリの各地区を監視してはどうかと提案してきたのは、その晩のことだった。オクターヴの友人のソフト帽の男がそれに賛成し、その提案どおりにやってみることになった。ヴォルプだけは、それで結果を出せるかどうかを疑っていた。

くじ引きでパリの各地区の担当を決めた。おれはモンソー公園*49の周辺を監視する役目になった。

ジョルジェットはパリを離れてしまっているだろうと思っていたので、そのように網を張っても無駄だろうとおれは確信していた。だがおれがそうした反対意見を述べても、一笑に付されただけだった。

やつらの考えでは、パリを離れることなどジョルジェットにはできないというのだ。

日暮れどきにおれはモンソー公園の柵のあたりをうろうろしていた。このあたりの通りは、店もなく、人の歓声も起きず、灰色のままで、夜にならないと目覚めなかった。流行遅れの建物の横長の窓から恋歌や笑い声が漏れてきて、年金生活者や門番の娘たちが音階をドの音から繰り返しなぞっていたりする。朝になれば、三十年前の大胆な美少女たちがキュロットスカートをはいて繰りだし、自転車でマイヨ門[*50]に向かうのが十中八九見られるだろうという期待も生じる。美少女たちはモンソー公園を横切り、誉れ高い彫像の数々に通りがかりの挨拶を送るだろう。改良された噴水の近くのアンブロワーズ・トマ[*51]は、笑みを浮かべながらも、懇願する婦人や泉の奏でる歌に説得されようとはせず、ますます神経質になっていくギ・ド・モーパッサン[*52]のことを、遠くから物思いに沈んだ様子で観察している。あんなにもしゃれた服を着ているあの婦人は、円柱と廃墟が冷やかすように自身の姿を映し出している池に、絶望のあまり身を投げることになるかもしれない。

この公園のなかではなにもかもが灰色で、池はアルミニウムでできているかのようで、砂の敷かれた並木道には埃がたまり、木々は緑青で覆われているように見える。馬車はどれもこれも雀をこわがらせまいと歩くような速さで通り、乳母は眼を閉じる。

柵で囲まれたこうした冗談めいたもののまわりをおれはめぐり、通りすがりに希望の幻をことごとくとらえていた。頻繁に目にする不可解な存在に恐れをなして、おれが通ると女たちが避《よ》けるというのもしょっちゅうのことだった。一八九〇年にいまのような街並みができたこの界隈では、娼婦も流行遅れの振る舞いをしていた。気を引くために逃げてみせ、時間つぶしに小唄を口ずさみ、ちょっとしたことですぐに泣きだすのだ。

おれは時間を無駄にしていた。おれに見分けられる場所や存在は罠にすぎず、詮索しても益のない非難を招くだけだった。寒さと倦怠が棲みついているこうした通り、こうした公園、こうした大通りをジョルジェットは知りえなかっただろうし、知ってはいけなかったのだ。

ときおり、夜が終わる頃、おれは情報がないか訊きにいったが、無駄に行ったり来たりしたという話を聞かされるだけだった。ヴェルボはあいかわらずこれをしろ、あれをしろと言っていた。それでいて夜間に歩きまわるのが誰よりも早く嫌になったのもヴェルボだった。モンパルナス駅の周辺を見張る役目だったが、近くの通りであまり食指を動かされない事件が起きたのがわかっただけだった。

ソフト帽の男はパンテオンを監視していたが、時間を無駄にはせず、女たちに尋問していた。しかし彼からまともな情報が届くことは一度もなかった。

連中のひとりであるブランという男は、船乗りがなにか知っていて、一味を裏切るのではないかと疑い、ずっと尾行していた。その尾行の顚末を語って聞かせるのだが、聞かされるほうは苛立つばかりだ。船乗りはパリ中をジグザグに徘徊し、ある晩はモンルージュのホテルで眠り、またある晩はグルネルに泊まるといった具合で[*53]、同じところにけっして二晩続けて留まらないようにずいぶん気を使っていたというのだ。

それに、あいつはおれたちと一緒になるのを嫌がっているふうではなく、ヴォルプに金を借りに来るのを何度もおれは目撃していた。

そのように放浪生活を送るのを明らかに愉しんでいて、自首しようなどとはもう思っていないのだ。なにも語らずにそこにただいられると、まわりの連中の大半はいらいらした。

煙草を一本吸い終わると、ぼんやりとした様子で微笑むのだが、自分が周囲の人間を怒らせているのを確認してひどくおもしろがっているかのようだった。ある日、やつはカフェの近くで昔の愛人、殺人の動機になった愛人に出くわした。もうその女には会いたくないといったそぶりをみせていたが、かといって避けてもいなかった。女を連れてカフェに入り、なかなかやってこないヴォルプを二人で待っていた。

ときおり、船乗りは低い声でマリーに話しかけていたが、マリーのほうは、自分がどういった企みの犠牲にされたのかがだんだんわかってきて、気がふさぐようになってきた。最初は抵抗しようとしたのに、結局抵抗しきれなかったせいで、誰から見ても駄目な女になってしまったと感じていたのだ。

ヴォルプが店に入ってくると、マリーは船乗りの背後に身を隠したが、船乗りのほうはあいかわらず冷淡なままだった。ヴォルプに無心をし、いつものように紙幣を渡されると、マリーを連れて無造作に出ていった。

ブランが監視するなか、船乗りとマリーがパリから離れ、おそらくもう戻ってはこないということを、おれたちは翌日になって知った。この逃避行のことをおしゃべり野郎から聞かされて、ヴォルプはただ肩をそびやかしただけだった。捜索は終わっていなかったが、当初は競うように熱心に監視していたにもかかわらず、幾晩かが経つと、飽きてきたのが明らかに見てとれるようになってきた。最初は決意の塊に見えたヴェルボが誰よりも嫌気を起こし、飽きてしまっているようだった。ヴェルボがやる気をなくすのを見て、ヴォルプは満足げに微笑んでいた。

まもなくヴェルボは我慢ができなくなり、ある晩、翌日に集会を開くことを提案したのだが、彼が言うには、その集会で最終的な決定を下す必要があるというのだ。

ヴォルプは反対せず、ナシオン[*54]界隈のカフェで集まることが決まった。

第十四章

ヴォルプはカフェのテラスでおれを待っていた。

店に入る前にガラス越しになかを見ろとヴォルプはおれに促した。

「連中のことは全員それなりに知っているさ」とおれは言った。

「あんたはあいつらのことがよくわかっていないよ」とヴォルプは答えた。

それでも、お気に入りのテーブルについている、いかにも陰謀家めいた挙動を示す数名の客が誰か、おれにはわかっていた。ヴェルボ、あいかわらず垢ぬけた格好をしているブラン、それに道化づら《ビュ・ド・クルン》というあだ名で呼ばれている寡黙な男がテーブルの端にいた。

「そうさ、わしにはお見通しなんだよ」とヴォルプは悪意に充ちた笑いとともに言った。

「今晩、やつらはなにかを決めざるをえなくなる。それがなんだか連中もわかっていないが、出口が見いだせなくなっているんだ。やつらはさんざん話すだろうな、そしてあとは仕上げをご覧《ろう》じろ、というわけさ。

やつらはあんたを待っているよ。あんたは観客だから、あんたを驚かせるという歓びを諦めきれないのだろうな」

「おれはヴェルボがどういうやつかわかっている、やつだけじゃなくて……」

「あんたは連中のことがわかってないさ」といつもどおりぶっきらぼうにヴォルプがさえぎった。「わしはわかっている。ヴェルボがまだ薬屋の店員で、配当金を配りに来ていたころからやつを知っているよ。笑みをたやさない愛想のいいやつで、親切にふるまい、いつも文無しだが、口達者なのさ。そうとも、やつはしゃべりまくり、みごとに吠えたてる。そしてブレ、つまり道化づらと呼ばれているやつだが、あいつはパン屋の息子でね。いつだってすかんぴんさ。手癖が悪いので知られているよ。母親がなんでも好きなようにやらせていたんだが、ある日、引き出しの中身をくすねているところを店主である父親に見つかり、文字どおり追い出された。父親は少し冷淡なところがあったんで、母親ももうあいつには会わないようにしている。

ブランはというと、いかにもだが、以前は教師だったのさ。なんでも知っている気になっていて、しかもそれが大まじめだ。やつがその小ぶりの口ひげをひねって、『いいかね……』とはじめたら、いくらまわりがさえぎろうとしても無駄で、もうとめる手立てなどないね」

ヴォルプは仇でも討っているかのようだったが、なんの仇なのかおれにはわからない。

「あの若者たち」と呼んでいる連中を目の前にして、自分が思っていることを洗いざらい言うことができて、彼は嬉しそうだった。攻撃的な様子になっていた。

　ところが、待っている様子をカフェのガラス越しに眺めつつ、おれたちはすでに、連中にまとわりつく不安を感じとっていたのであり、それほどその不安の感染力は強かった。この不安はいわばでっちあげられたものだということがおれにはわかっていたが、そんなことは本当にどうでもよかった。

　おれたちがカフェのなかに入ると、すぐさま議論がはじまった。ジョルジェットについて、その夕べ、その晩に、なにを語ればいいのか。ひとりの人間の生ではなく、普遍的な生が問題になっていた。議論は熱を帯び、低調になったりした。誰もが自分の意見を述べ、言葉が飛びあがるかと思えば、いきなり舞い降りた。結論は出なかった。ヴォルプが笑みを浮かべて見守るなか、時間はまたたくまに過ぎていった。こんなことは一から十まで馬鹿げていてくだらない。夜のパリに棲みつく影たち、あのこらえ性のない影たちがありふれた合図を待ち受けていたが無駄だった。影たちは、時計のように無気力に回転するささやかな光のなかに隠れていた。

　午前三時に響くはずのギャロップの音、憂鬱を引き連れた馬が響かせる駆け足の音が聞こえてこなかった。そして、夜にしては明るすぎる空のなかへ、昼から残っていた雲の最後の名残りが消えていった。「うつろな時間だな」とひとりが言った。隣にいたやつが、「そんな時間はむしろ願いさげだね」と応じ、そう話した男が正しいと示すかのように扉がばたと音を立てたが、それは間違いなく悪い兆しだった。

ブランが立ち上がり、話しはじめた。「なあ、この事態について考えをめぐらそうぜ、この状況、夜が軽はずみにもやってくれた裏切りのことを考えようぜ……」

ブランはさらに続けようとしたが、仲間のひとりが黙るようにと身振りで制した。そのときになって初めて、夜明けの騒音が聞こえてきた。がちゃがちゃという金属の音、なにかを打つかすかな音、汽笛、車輪の軋《きし》み。

その晩が終わったところだった。

潮どきだった。

ひとつずつ、瞳の輝きが消えていった。睡魔があからさまに姿を見せておれたちの上を通り過ぎ、ふたたび戻ってきた沈黙のなかにさらに重々しい沈黙が腰をすえた。おれたちは世界の最後を待つかのように、朝の光を待っていた。絶望が用心深く近づいてきていた。

絶望というやつは、たいてい白装束をまとっている。その顔は、女に見えたり、老人に見えたりする。身振りだけでなく、足取りもゆったりとしている。けっして怒ったりしないということはわかっている。優しさを出し惜しみはしないが、近づいてくるとすぐに、乾いた香りが広がり、そして染み込んでくる、酒でかき消そうとするのがお定まりの香りだ。絶望は恐怖の敵であり、そのお好みの僕《しもべ》は勇気で、愛人となるのは大胆さだ。

あたりのカフェを巡礼するこの連中は、絶望の存在を盾にとり、胸を張れるというわけではなかった。腕を組み、たがいを見ていただけだ。霧の色に明け染める頃になれば、ようやく決意が固まり、しかもその決意はみごとなまでに予期せぬものになるとわかっているのだ。見るからに誰もが勇気をくじかれていて、その意志は砂糖のように溶けてしまっていた。両手を身体のわきにだらりと垂らし、煙草の火も消えていて、絶望がテーブルにやってきて腰かけても、追い払おうとはしない。

もはや打つ手なしということが、たぶんおれにもわかっていたのだが、それでも希望は棄てていなかった。

おれは、頭が大きく、唇が膨れているヴェルボに視線を注いだ。やつはひどく顔色が悪く、黒い服に身をつつまれて居心地が悪そうにしていた。話したがっている、なにか言葉を、なんでもいいがとにかく結論を導き出す言葉を発し、テーブルの下で眠ったように動かないでいる大きな両手を振りまわしたいのだと感じられた。

ヴェルボは神経質そうに深々と煙草を吸ったかと思うと、その煙草を口から離し、灰を揺さぶり落した。そうしたお務めを果たすと、彼の手はまた眠りについた。

隣にいたブランは微笑もうとしていたが、なかなか思いどおりにならない両手のカフスになによりも気を取られてしまっていた。ときおり、とにかく体裁を保つため、目の前にこれみよがしに広げた白い紙に短い文を書きつけた。ほかの連中は沈黙したままのこの二人にただひたすら期待をかけていたのだが、当の二人は、自分たちを裁くかのような沈黙が続くより、爆発でも起きてくれればと思っていた。

テーブルの一番奥にいた小柄な道化づらは、隣の男が無造作に自分の前に転がしていた煙草をくすねていた。

時間との闘いが続いた。

青い色をした酒[*55]が手から手へと渡っていった。

勇気を両手でかき集め、ブランが立ち上がって言った。「狂ったやつがどれだけ攻撃的な態度をとるかによって、迷いの性質も変わってくるというものだ。おまえたちを見ていると笑えてくるぜ。まずは誰か最初の石を投げてみろっていうんだ、そしたらおれが投げ返してやる。どんだけ価値があるかをおれ自身で決めたそうした義務に、今日ならなんとか向き合える。さあ、やってみろ、やーっーてーみーろ……」

無益で空虚な言葉が息も絶えだえに通り過ぎていった。

ヴェルボはこうした騒ぎを苦々しく感じていた。おそらく彼だけが、今度もまた見当はずれのことをしていると気づいていたのだ。だが、不安にかられて暇つぶしのゲームが過熱していくのを止めようとはしなかった。彼はまだそこまで恐れを感じていなくて、突如として天井が自分たちの上に落ちてきたとしても、本望だったかもしれない。天井は落ちてこなかったが、誰かがガラス窓を指で叩いた。叩いたのはカフェの店長で、もう閉店時間になるので、すみやかに出ていってほしいとおれたちに告げたのだ。

店長の手短な通告が済むとすぐに、もうこの議論は終わりだと固く心に決めて、それぞれ立ち上がった。すでに何人かが別れの挨拶のために手を差し伸べているときに、ヴェルボが唐突に立った。顔色は青ざめ、遠くから見たら死刑執行人のように見えたかもしれない。

「あの女の言い分をこの耳で聞けていない。こんな事態にはケリをつけねばならない。おまえたち全員、いいか全員だぞ、一時間後におれのうちに集まるんだ、来ないやつはどうしようもないゲス野郎とみなすぞ」

不満の声がいくつか上がったが、あまりにも重々しい沈黙が分別を押しのけてのしかかったこの晩の集まりのあとでは、ヴェルボの言葉や罵りにはあらがいがたい力がこもっていた。

朝の寒さがパリに襲いかかっていて、まだ明かりの灯《とも》っている数台の街灯が夜を引き留めていた。

呼びとめたタクシーがひと気のない街を猛スピードで横切り、おれたちをヴェルサイユ門[*56]まで連れていった。

ヴィクトール大通りの横の小さな通りにあり、すでに老朽化したといっても過言ではないずんぐりとした感じの家がヴェルボの隠れ家になっていた。

仲間が全員揃うとすぐに、一階の通りに面した暗く狭い部屋でまた議論がはじまった。ヴォルプは扉の近くに腰かけ、太い葉巻を吹かしていた。猟犬のように群がるこの一味に立ち向かうために彼はやってきていたのだ。しかしヴォルプはもう以前のヴォルプではなかった。

自分自身を信じられなくなっていた。オクターヴの失踪、それに次ぐジョルジェットの失踪で、ヴォルプがあんなにきつく縛り、その「一族郎党」を率いたり、歯向かう輩《やから》を脅したりするのに役立っていた鎖が切れてしまったのだ。

自分の権力の一部を取り逃してしまったことで弱くなってしまったと自分でも感じていた。虚勢と習慣で前と変わらぬ自分を示そうとしたが、誰の眼から見てもありきたりの男になってしまったと自覚していた。虚栄心があまりに強いヴォルプは、いち市民に戻り、苦虫を嚙みつぶしたような表情をしていた。

ヴェルボはそこまでヴォルプの立場が弱まったことにつけ込み、次々にどんどん細かくなる質問を浴びせかけ、ヴォルプを窮地に追いやろうとしていた。このうわべだけの勝利で、ヴェルボの安直な残酷さが浮き彫りになった。彼は悪意に充ちた眼でヴォルプを見つめ、あたかも、かつて自分に対して影響力を及ぼしていた男についに復讐を果たしつつあるかのようだった。

そうしたなか、不安がすべてに勝っていた。その不安が膨らむのをおれは感じた。誰もが一種の恐慌状態に陥っている。本当に絶望していたのだ、全員が、ただひとりの例外もなく。奇妙ではあるが明白な事態に直面し、誰もがあの失踪事件を露骨な糾弾と見なしていて、自分たちが自分たち自身に向けることになった非難をひとりひとりが恐れていた。おれにはなぜだかわからなかったが、やつらはどいつもこいつも自分の命を危険にさらしていた。

滑稽でもあり悲劇的でもある状況だ。

ジョルジェットに密告されるかもしれないのを恐れてはいたが、実は、自分たちの弱さを直感してしまっていたのだ。集合の呼びかけにただひとりが欠けただけで、物事の運びがもう信じられなくなってしまっていた。

死の現実味を誰もが意識していた。連中が試みた企ては逆に落とし穴になり、いまではいたるところからのしかかってくるあの現実から逃れるために右往左往するありさまだ。その現実には力があり、海のような景色を繰り広げる。みなのなかの誰かひとりが突然笑うか、少なくとも微笑むことができれば、それは遠ざかり、消えてしまうだろう。ところが連中は話すこととしかできず、ひとつひとつの言葉が時を刻む鐘のように響くだけで、ただ時間が過ぎていくことを教えてくれるだけだと感じていた。自分たちの誇りを眼の前で見据えてはいたが、それは地に堕ちていた。

陽の光が近づいていた。空いた空間をまるごと使った大きな窓を通して、屋根や煙突や長い壁や狭い通りや大通りの木々、要するにパリが少しずつ姿を現わしてきた。街がそっくり生まれてきていて、おれたちはそれを迎えに向かっていた、あるいは向かっていると感じていた。

誰かが扉をノックした。

もうたくさんだ。おれたちはすぐに黙った。もう一度ノックがあった。

「入れ」とヴォルプが言った。

するとジョルジェットが入ってきた。そのあとから寒さが、そして朝が入ってきた。

「あんたか」と誰かが言った。

「そうわたし」と彼女が応えた。

そして彼女は微笑んだ。

おれたちの眼の前にパリがいた。

もうほかに、待つべき人間はいなかった。

大きな炎、赤いレース、傷口があるだけだった。近くで、一軒の家から火の手が上がっていたのであり、いくつもの手が輪になって踊っているのがおれには見えた。

おれたちはひと言も発せず耳を傾けた。開け放しにした扉の敷居のところでジョルジェットは待ち受けていた。煙が近づいてきて、同時に消防士たちの喧騒も聞こえてきた。

ヴォルプは事態を見きわめるために駆けだし、おれたちもひとり、またひとりとそのあとに続いた。ヴェルサイユ門から男たち、女たち、動物たちがゆったりとした流れとなってパリのなかに入ってくるのがおれには見えた。

昼と夜がまた輪舞《ロンド》を踊りはじめた。

訳註

＊1　十九世紀末から二十世紀前半にかけては欧米諸国で社会改善運動や道徳立て直し運動が起こると同時に禁酒運動も盛り上がりを見せた。フランスでも十九世紀後半にキリスト教の教職者たちによる禁酒団体が設立され、飲酒の悪影響を示すために、萎縮した脳の標本を展示することがよくあった。

＊2　パリ左岸をほぼ南北に貫くサン゠ミシェル大通りの西側に隣接してリュクサンブール公園があり、そのリュクサンブール公園の北端に、ルーヴル宮を嫌ったマリー・ド・メディシスが、フランソワ・ド・リュクサンブール公爵の館といくつかの庭園を買い取って建設した宮殿がある。現在は元老院の所在地になっている。

＊3　バルビー犬はプードルの祖先とされるが、もともとは、泳ぎが得意なところから、水鳥猟などで猟犬として重宝された。顎ひげ《バルブ》を生やしているように見えることからこの名前が付いている。体格的には、通常、中型犬に属する。

＊4　アーケード街のこと。ガラス製の屋根に覆われた通路の両側に商店が並ぶパリのパサージュは十八世紀末から建設がはじまり、十九世紀には商店街として賑わったが、二十世紀に入ると建物の老朽化などもあり衰退していった。

＊5　フランス学士院のこと。もともとは、十七世紀にマザラン枢機卿の莫大な遺産の一部に基づいて設立された学校で、フランス革命でいったん閉鎖されたが、一七九五年に国民公会が新たに学士院を設立し、一八〇五年にナポレオンによってセーヌ左岸の川岸という現在の場所に移された。アカデミー・フランセーズをはじめ、五つのアカデミーから構成される。

＊6　物品入市税の徴収のため、十八世紀末に新しい市壁が築かれ、入市税徴収所が設置されたが、ト

ローヌ並木通りの徴収所もそのひとつで、パリ東部の端にあり、ヴァンセンヌ門にも近く、建築家ルドゥーの設計した建物があった。

＊7　「ジョルジェット」という名前は、現在ではほとんど使われないが、当時は人気のある名前のひとつだった。統計によると、一九二〇年代半ばは、年に五千人前後の女性の新生児に「ジョルジェット」という名前がつけられていた。

＊8　フランス共和国を象徴するマリアンヌ像のこと。マリアンヌ像は、市庁舎や公立学校をはじめとするフランスの公共建築物に置かれている。ちなみに、ルーヴル美術館にあるドラクロワの有名な絵画《民衆を導く自由の女神》に描かれている女神もマリアンヌである。

＊9　ドイツのランドーで作られた四輪馬車で、幌の前半と後半が別々に開閉し、向き合った座席がある。

＊10　ルイ・レピヌ（一八四六－一九三三）。弁護士、政治家であるが、とりわけ警視総監として知られ、今日で言う捜査本部を創設したことで有名。

＊11　学士院と同じ建物のなかにあり、所蔵図書の一部はマザラン枢機卿の蔵書となっている。

＊12　当時、アフリカの苛酷な気候に対応するため、フランス軍のアルジェリア部隊は腰にフランネルを巻いていた。青いフランネルは、カビリア人を中心に編成された歩兵隊を表わし、それ以外の現地兵で、下士官以下の者は、赤いフランネルと定められていた。レピヌは、一八九七年から翌年まで、アルジェリアの提督となり、現地で起きていた反ユダヤ暴動に対処し、一八九九年にパリでも反ユダヤ暴動が起きると、警視総監に復職した。

＊13　バトームーシュは本来はセーヌ川の観光船。一九〇五年から三六年まで、セーヌ川での水泳競技が毎年開かれていた。またこの当時、セーヌ川に身を投げる自殺者がかなりいた。

＊14　現在のオルセー美術館は、もともと、オルレアンの南西部へ向かう長距離列車のターミナル駅だ

った建物を再利用している。

＊15　現在は国民議会。右岸にあるコンコルド広場にわたるコンコルド橋に面したブルボン宮のなかに会議場がある。

＊16　一九〇〇年のパリ万国博覧会のために建てられたガラス張りの屋根のある石材と鋼材を用いた建物で、現在は美術館として使われている。

＊17　ジャン＝バティスト・ラマルク（一七四四－一八二九）。博物学者であり、「生物学」という用語を現代の意味で初めて使い、脊椎動物と無脊椎動物を区別した。無脊椎動物の分類の体系化をおこない、進化論につながる考え方を提示したとみなされている。

＊18　「モカ」は、紅海に面したコーヒーの積み出し港であったイエメンの港であり、そこから、イエメンやエチオピア産のアラビカ豆から作るコーヒーを指すようになった。

＊19　シャンゼリゼ大通りにある老舗カフェ。創業は一八九九年。

＊20　オーベルニュはフランス中央山地の主要な部分を占める地方。

＊21　赤葡萄から作られる白ワイン。

＊22　セーヌ川をはさんでエッフェル塔と向き合うやや小高い丘の上のトロカデロ広場の手前に、一八七八年の博覧会の際に建てられた、スペインのアラブ様式を彷彿とさせるトロカデロ宮殿、そしてセーヌ川へと続くなだらかな斜面にトロカデロ庭園があった。現在は、一九三七年のパリ万博を機に新しく建てられたシャイヨ宮となっているが、庭園はそのまま残っている。

＊23　パンタン、グルネル、モンマルトル、ポワン＝デュ＝ジュールはパリ市内の地名で、それぞれエッフェル塔から、北東、南東、北北東、南西の方角にある。

＊24　エッフェル塔（la tour Eiffel）はフランス語では女性名詞。

＊25　トロカデロ宮同様、一八七八年の万博の際に開設された。庭園の地下にあり、世界で最初の水族

館として人気を博したが、老朽化にともない、一九八五年に閉館、改修工事がおこなわれ、二〇〇六年に再度開館した。

＊26　フランシス・トムソン（一八五九－一九〇七）。イギリスの詩人。カトリックの医師の息子として生まれたが、医師にも司祭にもなれず、病弱のために阿片に溺れ、放浪生活をしたのちに、才能を認められて詩作に励んだ。「天の猟犬」「神の王国」といった詩で知られる。

＊27　元はリシュリュー枢機卿の宮殿であり、現在は、政府の行政・立法の諮問機関および最高行政裁判所の役割を兼ねる国務院が置かれている。リヴォリ通りをはさみ、ルーヴル宮の北側に隣接する位置にある。このあと、第四章でジョルジェットがこのパレ＝ロワイヤルの中に入っていく。

＊28　二人ずつ二組に分かれておこなうトランプ・ゲーム。

＊29　レーモン・ルーセルについては「オラス・ピルエルの旅」の訳註17を参照のこと。

＊30　食事や飲み物をとりながら歌やショーを楽しめる店。

＊31　パリ南東部の端に広がるヴァンセンヌの森には、一八六三年開設のヴァンセンヌ競馬場があり、繋駕速歩競技や騎馬速歩競技がおこなわれる。

＊32　ルイ十四世によって創設された王立舞踊アカデミーを起源とするパリ国立オペラの別称。

＊33　サン＝ラザール駅近くの跨線橋。モネやカイユボットなど、印象派の画家が絵の題材にしたことで知られている。

＊34　パリ北西部の端にある広場。現在は名称が変わり、「マレシャル・ジュアン広場」となっている。パリ市にあった城門のひとつシャンペレ門に近い。

＊35　オ＝ド＝セーヌ県の町であり、パリ北西部の郊外という位置づけになる。第一次世界大戦時にシトロエン社の工場がこの町に作られた。

＊36　パリ西部ブーローニュの森のなかにある競馬場。一八五七年にナポレオン三世によって開設され、

毎年有名なグランプリが開催される。一九二〇年に創設され、毎年十月の第一日曜日に開かれる凱旋門賞の舞台となる競馬場でもある。

*37 当時は、共和国像を囲むように、寝そべるライオンの石像が四体置かれていた。

*38 パリ西部の高級住宅街。

*39 パリ南東部の郊外であり、セーヌ川の支流であるマルヌ川の南岸に位置する。

*40 セーヌ川右岸のコンコルド広場から北上し、マドレーヌ寺院に至る通り。

*41 レチフ・ド・ラ・ブルトンヌ（一七三四－一八〇六）はフランス十八世紀末の作家。フランス革命勃発前後に夜のパリを歩きまわって集めた見聞に空想を加えて都市生活の裏面を描いた『パリの夜』（一七八八－九四年）が代表作。

*42 モンパルナスにある一八九八年創業のカフェで、一九二〇年代には、キスリング、モディリアーニ、藤田嗣治など、いわゆるエコール・ド・パリの画家たちやそうした画家たちと親交のある作家たちの溜まり場であったことで知られる。

*43 テルトゥリアヌス（一五五頃－二二二頃）は初期キリスト教教父。キリスト教ラテン文学の確立者として知られる。

*44 サン＝ミシェル大通りが河岸にぶつかる位置にある広場。大通りの先のサン＝ミシェル橋を渡り、シテ島を抜けてセーヌ川右岸に移って、そのまま大通りを北上すると東駅に至る。

*45 セーヌ川の右岸河岸近くにあり、左岸のサン＝ミシェル広場とは、あいだにシテ島をはさんで向き合う位置にある。

*46 一八七〇年の普仏戦争の際、総数三十万人に及ぶようなパリ防衛軍が組織された。

*47 パリ東北部の端の地区であり、かつての城壁に築かれていたリラ門に近い。

*48 ここで単に「ルヴァロワ」とのみ言われているのは、第六章に出てきたルヴァロワ＝ペレのこと。

ヌイイは、ルヴァロワ＝ペレから東南の方角に位置するので、北風が吹けば、火事がヌイイまで延焼することになる。

＊49 パリ市内の北西部にある公園。もともとは、オルレアン公爵（のちのフィリップ一世）が作家のカルモンテルに設計させた庭園。時代も土地もまちまちな建物のミニチュア、有名な作家や音楽家の彫像が設置されている。

＊50 かつてパリ市街を囲んでいた城壁に作られた門のひとつ。マイヨ門はパリの西側に位置し、シャンゼリゼ通りが凱旋門を抜け、ラ・グランド・アルメ通りと名前を変えて城壁を通過する場所にあった。

＊51 アンブロワーズ・トマ（一八一一‐一八九六）はフランスのオペラ作曲家。代表作は『ミニョン』（一八六六年）。

＊52 ギ・ド・モーパッサン（一八五〇‐一八九三）はフランスの小説家。代表作は『女の一生』（一八八三年）。モンソー公園にあるモーパッサンの胸像の台座には、肘をついて横坐りになった女性像が添えられている。

＊53 モンルージュは、パリ南部のオルレアン門から出たあたりの郊外の地区。グルネルは、パリ南西部のグルネル大通り周辺の地区。

＊54 パリ東部、ヴァンセンヌの森に近い地区。

＊55 ニガヨモギで香りをつけたアルコール度数の高いリキュールであるアブサントのこと。

＊56 パリ南西部の城壁門のひとつであり、そのヴェルサイユ門があった地区のことも指す。ヴェルサイユ門からパリ市内に入るヴォージラール通りをたどって北東に進むとモンパルナスに至る。

訳者解説　シュルレアリストであり小説家であるということ

谷　昌親

フィリップ・スーポーという名前にそれなりの馴染みのある者が最初に思い浮かべるのは、おそらくは、ひときわ感受性に秀で、旅への憧憬にかられ続けた詩人の姿、そしてとりわけ、一九一九年にアンドレ・ブルトンと共同で自動記述による詩集『磁場』を執筆し、一九二四年にブルトンが発表することになる『シュルレアリスム宣言』に先駆けて、そのブルトンとともにシュルレアリスムを実践していた詩人の姿、ということになるだろうか。しかしスーポーは、シュルレアリスム運動に加わった者のなかでも、最も数多くの小説を書いた人間でもあった。そしてその小説においても彼は非凡な才能をいかんなく発揮している。本書に収めた『オラス・ピルエルの旅』、『ニック・カーターの死』、『パリの最後の夜』も含めて、スーポーが本格的に小説を書くようになるのは一九二〇年代に入ってからだが、そこに至る経緯を確認するために、まずはスーポーの人生の歩みを簡単にたどっておこう。

一、フィリップ・スーポーの前半生

生い立ちと異国への関心

フィリップ・スーポーは一八九七年八月二日に、パリ近郊のシャヴィルで生まれている。兄が二人いて、三年後には妹も生まれる。スーポー家は典型的なブルジョワで、父親のモーリスは医者だったが、祖父は製糖工場経営で財産を築いた実業家であり、当時、祖父母はシャヴィルに建てられた屋敷に住み、夏になるとスーポー家の親族が集まる習わしだった。そうした経緯で、自宅はパリ八区のビャンフザンス通りにあったにもかかわらず、フィリップはシャヴィルで生まれ、以後も多くの時間を、広大な庭に囲まれた屋敷で過ごすことになる。ちなみに、母親セシルの家系もやはりブルジョワであり、彼女の父親、つまりフィリップにとって母方の祖父にあたる人物は、破棄院（日本の最高裁判所にあたる）や国務院（政府の行政・立法の諮問機関だが、最高行政裁判所の役割も担っている）付きの弁護士を務めたという経歴の持ち主だった。

このシャヴィルの屋敷の周囲にあった豊かな自然が幼いフィリップの感受性を育んだと言

えるだろう。後年、自伝的小説『ある白人の物語』のなかで、幼年期を次のように回想している。

わたしの幼年時代に付き添ってくれた大きな庭園が、わたしの心や思い出に影を投げかけていたのはわかっている。あの庭、あの木々、あの芝生、あの花壇を、わたしは夢のなかで駆けめぐる。*1

フィリップは、そうした自然に、シャヴィルばかりでなく、旅をとおして出会うことにもなる。六歳のころ、当時はまだ現在のようなインシュリン注射による治療が開発されていなかったため、糖尿病にかかっていた父モーリスの転地療養が決まり、彼も同行して南仏に滞在し、パリ郊外とは異なる南方の木々や花に心を奪われ、太陽の輝きや空の青さや自然の香りを思う存分愉しんだ。ところが、病状の悪化したモーリスがまもなくパリに戻って亡くなったことで、彼の記憶のなかでは、そうした自然の光景に死のイメージがまといつくことになる。「わたしの心のなかでは、長いあいだ、花々や鳥たちやさまざまな香りの観念に死の観念が結びついていたのだ」*2

のちにスーポーは、旅のテーマをその詩や小説のなかでしばしば扱うことになるが、そこで描かれる旅は、新たな自己を求めるものであると同時に、アイデンティティの一種の危機でもあり、それだけに冒険の旅でもあった。もっともそうした冒険の旅への好みは、いかにもブルジョワ的なパリでの型どおりの生活のつまらなさ、さらには退屈きわまる幽閉状態にすぎなかった学校からの逃亡の夢として生まれたものでもあり、その学校での授業の退屈さを取り返そうとするかのようにのめりこんでいった読書で培われたものでもあった。

八歳のときに少年フィリップはコレージュ・フェネロンに入学したが、これはキリスト教系の学校で、一日中厳格な監視にさらされ、当然ながら礼拝の時間もあった。少年は、授業はなおざりにして、自分の好きな本を読みふける。グリム童話やアンデルセン童話、モーパッサンの短篇小説など、その読書は多岐にわたった。

……読書ができるようになると、すぐにわたしは「魅了」された。なんというすばらしさ。生まれつき定められたのとは違う世界の発見。そのときからわたしは自分のことを異人だと、少なくとも違う人間だと感じるようになったのだ。*3

そうしたさまざまな読書のなかでも、そのころの彼をもっとも引きつけたのは『ロビンソン・クルーソー』だった。ウィリアム・デフォーの小説は、まさに「違う世界の発見」をもたらすとともに、周囲に理解されずに少年時代を過ごしていたフィリップに孤独との付きあい方を教えてくれた。また、フライデーをとおして、自分たち白人とは異なる黒人という存在に出会う契機をあたえてくれた。そうした異世界への関心は、アメリカの冒険小説や漫画を読むことでさらに喚起された。

そのフィリップが実際に異国での暮らしを体験する日がやってくる。一九一二年、コレージュ・フェネロンを卒業し、十五歳の誕生日を目前に控えた七月に、ドイツのライン河沿いの田舎町にホームステイすることになり、家族から離れてバカンスを過ごしたのだ。家でも学校でも敵国とみなされることの多かった土地で彼は暖かく迎えられ、自由を満喫するとともに、ライン河沿いの風景を慈しむようになった。前述の幼少期の南仏滞在を除けば、自宅のほかは、学校かパリ郊外、そして夏休みに家族と行くノルマンディー海岸しか知らなかった彼は、異国を自分の眼で眺め、その感性をより豊かにして帰国した。周囲の人間は、フィリップがもはや子ども時代を終えたと感じたほどだったという。

そうした彼の変化には、ドイツから戻って、まずは母親が避暑のために赴いていたノルマンディー地方のカブールに立ち寄ったことも影響していたかもしれない。そのときやはりこの地に避暑に来ていたマルセル・プルーストにフィリップは会い、親しく話をする機会を得たのだ。一般の避暑客とは対照的に、陽光を避け、夕方になるとホテルのテラスに用意される籐製の肘掛椅子に坐っているこの奇妙な年長の男に惹かれるものを感じ、フィリップは毎晩のようにその話し相手になった。実は、マルセル・プルーストはフィリップの母親セシルとは幼なじみであり、セシルの面影は『失われた時を求めて』にも反映されることになるのだ。その『失われた時を求めて』の第一巻『スワン家の方へ』が出版されるのは二年先のことなので、このときフィリップはプルーストが小説家だとは認識していなかったが、この出会いがのちにスーポーを小説の執筆に導いた部分があったとしてもおかしくはないだろう。

自分が少年時代の終わりにいることを意識しつつパリに戻ったフィリップは、この年の秋からリセ・コンドルセの生徒になるが、偶然とはいえ、このリセ・コンドルセはマルセル・プルーストも学んだ学校であった。コレージュ・フェネロンに較べれば自由な気風の学校ではあったが、ここでもフィリップは授業にはあまり興味が持てず、自分の好みに従って選んだ本を次から次に読んでいた。なかでも、新たにできた友人エマニュエル・ファイの勧めもあって手にしたアンドレ・ジッドの小説、さらにはランボーの『イリュミナシオン』に大きな衝撃を受ける。こうして彼は、旅への情熱を育みつつ、文学青年となっていった。

詩人の誕生

そのように文学作品ばかり読みふけっていたフィリップは二年後のバカロレア試験で、筆記にはなんとか合格したものの、口頭試問で落ちてしまう。見かねた家族は、夏休みに今度はイギリスにホームステイさせることにした。滞在先はフォークストーンというイギリス東部の小さな港町で、フォークストーンに行く前にフィリップはロンドンに立ち寄り、初めて眼にするこの都市に魅了された。

にわかには信じられないようなロンドンの暮らしを眼にしたことで、自分は詩人になったのだと、それが本当にそうなのかはともかく、わたしは思ったものですが、それは、わたしがもともと世界を、それもひとつではなくいくつもの世界、別の世界を見つけだし、そのわたしの発見を自分なりのやり方で、「抒情」とともに、自分の思い出や無意識に感じていたことも含めて、ほかの人に知ってもらいたいと思っていたからです。この街にいるとどうしてさまざまな問題について考えるようになるのか解き明かそうとしました。答えはありませんでした。でも問いはたしかにあった。めくるめく思いがしました。*4

一方でフィリップは、パリでも似たような光景が見られないわけではないこともわかっていた。それでも彼がロンドンに惹かれたのは、慣れ親しんだ場所から離れ、慣習の呪縛から解放されて、「眼が開き、見つめようとする」*5ようになったからだ。このロンドンでの体験が、のちに発表される長詩「ウエストウイゴー」を生みだすことになる。

ある夏におれはロンドンを散策していた
足は燃えるようで瞳に心が宿っていた

黒い壁の近く　赤い壁の近く
ばかでかい警官《ポリスマン》が
疑問符のように突っ立っている巨大なドックの近く
ありとあらゆる記念建造物の上で
鳥のように休息をとっている
太陽と遊ぶことだってできた
旅する鳩
日々の鳩*6

ドイツ滞在のときと同じく、スーポーは異国暮らしを満喫し、英語での生活も楽しんでいた。ところが、第二次世界大戦が勃発し、彼はフランスに呼び戻され、スーポー一家は南仏のサン＝ジャン＝ド＝リュズに疎開した。だが、上の兄二人が動員されたのにともないパリに戻る。フィリップもバカロレアの準備を再開してなんとか合格し、一九一六年にパリ大学の学生となった。

しかし、大学生活に馴染むまもなく、この年の終わりにはついにフィリップも召集された。トゥールに駐留する機甲部隊に配属されたが、ほどなく転属したアンジェの砲兵連隊で、同じ部隊の五十名ほどの兵士ともども、開発されたばかりの腸チフスワクチンの被験者を命じられた。ワクチン接種後数時間で高熱を出したフィリップはまずはクレイユ、そして結局はパリに戻されて入院した。一時は自宅に帰されたが、満足に歩くこともできず、また入院したりで、回復には時間がかかった。

腸チフスの症状がようやく消えたころには、検査で肺に影が見つかった。以後フィリップは、つねに不安定な健康状態と付き合わざるをえなくなる。そして、長い闘病期間のあいだ、病院では傷病兵や戦争の後遺症に苦しむ若者をしばしば眼にし、一方で、パリ市民たちが戦争など関係ないかのように享楽的な生活を続け、資本家たちが戦時景気で漁夫の利を得ているのを目の当たりにして、反戦と反ブルジョワの思いを強くしていく。実際、フィリップの母方の叔父二人はルノー社の創業者であるルノー兄弟だったが、第一次世界大戦中、そのルノー社は砲弾や戦車を製造して莫大な利益を得ていたのであり、もともとブルジョワとしての自分の出自を嫌っていたフィリップは、ますます親族と距離を置くようになっていった。

その一方で、多くの時間を病院で過ごす生活は、彼をさらに文学へと導いてゆく。読書のための時間はふんだんにあり、ランボー、アポリネール、さらにロマン派の作家ミュッセなどの作品を次から次に読んでいった。一方、夢想に耽《ふけ》ることも少なからずあり、そうしたなか、雪の降るある日のこと、自分の頭の中に浮かんだ一文がぐるぐると回り続け、昆虫の羽音のようなうなりをあげだした。それは二日間続き、ついにフィリップは鉛筆を手にとり、紙に書きつけた。「わたしの鉛筆から、汗が流れ出すようにして、止めようもなく文が連なって流れ出してきた。それは詩だった。わたしはそう確信していた」[*7]その詩には「出発」という題が付けられた。駅での別れを描いた詩だったが、戦時という背景もあって読む者にはより劇的な状況として受けとめられた。

　時
　別れ

群衆がぐるぐるとまわり
ひとりの男がせわしなく動いている
わたしの周囲で女たちがあげる
叫び
誰もが急いでいてわたしを突き飛ばす
ほらもう夜になり
わたしは寒気をおぼえる

その言葉だけでなく、わたしは夜の微笑みを持ち去るのだ[*8]

「出発」はピエール・アルベール＝ビロが出していた雑誌『シック』に掲載された。雑誌掲載に至る経緯については、フィリップ自身が病院近くの本屋で『シック』を見つけて自分で原稿を送ったという説と、アポリネールの仲介で『シック』への掲載が決まったという説があるが、ともかく詩人フィリップ・スーポーが誕生したことは確かだった。この「出発」をはじめとして全部で十四篇の詩を収めた『水族館』が出版されるのは一九一七年十月のことだ。

ブルトンとの出会いと『磁場』

たたみかけるように、別の転機がスーポーに訪れていた。一九一七年の春、サン＝ジェルマン大通りとサン＝ギヨーム通りの交差する角の建物の最上階に住んでいたアポリネールを訪問した彼は、「注目すべき詩人フィリップ・スーポーへ」との献辞入りで詩集『アルコール』を贈られただけでなく、カフェ・ド・フロールで毎週火曜日に開いていた友人たちとの集まりに誘われた。このフロールでの会合に参加していたのは、マックス・ジャコブ、ピエール・ルヴェルディ、フランシス・カルコ、ラウル・デュフィなど、スーポーからすればはるか年上の詩人、作家、画家たちで、やや年齢が近いのはブレーズ・サンドラールぐらいだった。ところがある日、スーポーと同じ年恰好で、当時の軍服である青い制服を身にまとった青年が彼の隣に坐った。アポリネールは、このアンドレ・ブルトンという名の青年をスーポーに紹介したうえで、「きみたちは友人にならなくてはならない」と予言的な調子で付け加えた。

　共に第一次世界大戦に動員された二人だが、出会った当時、スーポーは軍の燃料部門委員会の事務局に勤め、ブルトンのほうは軍所属のヴァル・ド・グラース病院で軍医の見習いとなっていて、行動の自由がそれなりにある立場であったため、勤務後、毎晩のように連れ立って夜のパリの街路を歩きながら、戦争に対する嫌悪感について、そして文学、とりわけ詩について語りあった。ブルトンとのそうした散策が、スーポーを夜のパリの街の魅力に目覚めさせた部分もおそらくあっただろう。やがて一九一七年の終わり、ブルトンに連れられていった、アドリエンヌ・モニエの経営するオデオン通り書店でルイ・アラゴンと出会い、この三人で一九一九年三月に雑誌『リテラチュール』を刊行することになる。その『リテラチュール』のなかで自分たちの好きな作家や詩人――そのなかには、すでにレミー・ド・グールモン、ヴァレリー・ラルボー、アンドレ・シモンといった年長の文学者たちからその存在を知らされていたロートレアモンも含まれるのだが、スーポーは、一九一八年春、肺疾患を悪化させてまたしても入院を余儀なくされた際、病院前の書店で、入手が困難であった『マルドロールの歌』を偶然見つけていた――を紹介し、発表の場を与えるなか、彼らはトリスタン・ツァラやそのツァラが書いた「宣言」を掲載することで、ダダの運動にかかわっていくことになる。

だがその一方で、スーポーとブルトンは、自分たちならではの詩の創出をめざすようになってもいた。二人とも、もともと夢には強い関心を抱いていた。特にブルトンは、毎夜のように印象的な夢を見て、しかも目が覚めてからもその夢を覚えていたため、自作の詩に盛り込んでいた。また二人は、当時はまだ専門家にしか知られていなかったフロイトの理論に通じていて、その影響もあって、夢を重視し、夢のはらむ力を詩にそそぎこもうとする。彼らは、詩もさまざまな制約に阻まれ、自由になれていないと感じていた。その制約を夢の力が突き破り、詩に自由をもたらすと考えていたのである。だからこそ、論理的な枠組みから解放してくれる夢の力を詩作に持ち込むことが必要だったのだ。その際、フロイトにもまして参考にしたのが、精神医学者ピエール・ジャネの著作『心理自動現象』（一八八九年）だったが、そのなかでジャネは「自動記述」という新しい治療法を提案していたのである。精神医学関係の軍医見習いとしてこの治療法に実際に立ち会った経験のあったブルトンが、これを詩作の方法として用いることを提案し、スーポーは、それがボードレールの求めた「魂の抒情的な動きに適合できる柔軟さと粗っぽさをそなえ、リズムも韻もない散文」[*9]をもたらし、ランボーが『地獄の季節』で述べたように「いずれはあらゆる感覚に達する詩的言語」を可能にしてくれると考え、この提案を受け入れた。[*10]

当時、スーポーとブルトンは連れ立ってパリの街路を歩きまわっていた。「ショーウインドウ、看板、ポスターなどがわたしたちにめまいを起こさせた」[*11]とスーポーは述べているが、そうした逍遥もまた一種の「心理自動現象」を引き起こしていたということなのかもしれない。ある夜、リュクサンブール公園界隈を例によって二人で歩いていると、二週間ほどかけて共同で作品を書き上げようという話になった。その作品においては、すでにおこなっていた実験のうちから「書き取り」と名づけたものを実践し、その成果に対して、「修正したり、さらには削除することさえみずからに禁じる」ことにした。実際には二週間の期間は必要なく、二人のすさまじいまでの集中力により、少なくともスーポーの証言によれば、わずか六日間で『磁場』が書き上げられたのである。

まずは雑誌『リテラチュール』に掲載され、翌一九二〇年五月に『磁場』は単行本として刊行された。スイスのチューリッヒで一九一六年にダダが産声を上げていたこともあって、『磁場』はそのダダがフランスに飛び火した証とみなされがちである。しかしスーポーとブルトンは、詩的散文「夢判断」(『腐ってゆく魔術師』所収)を書いたアポリネールに敬意を表すべく、戯曲『ティレジアの乳房』の副題にあったシュルレアリスムという呼称をすでにこの時点で自分たちの共作に与えようとしていたのだ。

ダダの時代

その一方で、一九二〇年一月にトリスタン・ツァラがパリにやってきたことで、本格的なダダの時代がはじまっていた。そしてスーポーは、ツァラがチューリッヒで出していた雑誌

『ダダ』に詩作を寄稿するなど、ブルトンより一足早くダダと関係を持っていたのである。

ツァラのパリ到着以降、ブルトン、スーポー、アラゴンをはじめ、『リテラチュール』の同人たちはこのルーマニア出身のダダイストの影響を受けることになる。ツァラは挑発的な集会を次々に開き、スーポーたちもそれに参加していった。ブルトンとスーポーは、戯曲『お願いします』やスケッチ『あなたはわたしを忘れますよ』を共同で執筆し、ダダの宣言集会やフェスティヴァル・ダダにおいて舞台でみずから演じてみせたりもする。しかし、チューリッヒのキャバレー・ヴォルテールでおこなっていたようなミュージックホール的なスペクタクルが繰り返されることにブルトンは次第に耐えられなくなっていった。のちにブルトンは次のように述べている。「外部から見ても内部から見ても、それ〔ダダの雑誌と示威集会〕は紋切り型に陥り、硬直化していました」[*12]

両者ともに強烈な個性の持ち主だっただけに、ツァラの打ちだすダダの運動方針にブルトンがただ従うのは無理があったということだろう。スーポーによれば、「ツァラとブルトンの性格、気質、出自、記憶、野望は違っていた」のであり、「ふたりが敵対すること、何が自分たちを近づけていたかを忘れてしまい、激しく争うようになるのは避けられなかった」[*13]。ツァラとのあいだに距離が生まれてくるなかで、ブルトンはフランシス・ピカビアに接近していった。第一次世界大戦中にアメリカに渡り、マルセル・デュシャンとともにニューヨーク・ダダにおいて重要な役割を演じたピカビアは、まだチューリッヒにいたころのツァラに会いに行き、パリに来て自分の家に寄宿するように勧め、結局、ツァラはその申し出に従うかたちになっただけに、パリのダダにおいても一目置かざるをえない存在になっていた。

ところが、画家であり詩人でもあるこのひとまわり年上の人物にブルトンが惹かれていくのをスーポーは好ましく思っていなかった。一九二〇年五月二十六日にサル・ガヴォーで開かれたフェスティヴァル・ダダにおいて、スーポーは「奇術師」として出し物をおこない、ブルトンと共作した前述の『あなたはわたしを忘れますよ』に出演して「部屋着」の役をみずから演じただけでなく、ツァラの創作「交響楽的ワセリン」に他の仲間たちと出演し、ピカビア考案による漏斗型のダンボールでできた衣装で舞台に立った。奇妙な出で立ちのスーポーたちが現われると、会場は大騒ぎになり、バルコニー席からトマトや卵や肉が投げつけられ、スーポーは顔で牛ロース肉を受けとめるはめになったのだ。サル・ガヴォーから逃げるように自宅に帰ったスーポーは、激しい後悔の念にさいなまれる。「自分にふさわしくない役、道化師の役、それも下手な道化師の役を演じた気分だった。もちろんツァラのことを恨んでいたが、なによりピカビアが恨めしかった。あいつは、トマトや卵やビフテキが投下される前に、女性歌手のマルト・シュナルを連れて逃げ出していたのだ。本当にうんざりだった」[*14]

数日後、会いにやってきたブルトンに、スーポーは、「どんな示威行為にもあいつは肉体的に参加しない」とピカビアに対する嫌悪をぶちまけたが、ブルトンは、ピカビアが執筆した詩や宣言を引き合いに出して擁護しようとした。「一番の親友と思っていた人間が示したこうした称賛が、わたしたちの友情に生じた最初の亀裂だった」[*15]とスーポーは述べている。

こうした軋《きし》みを生じさせながらも、その後、一年近くパリでのダダの運動は続いていくが、一九二一年五月の「バレス裁判」でブルトンとツァラの対立が表面化し、秋にはブルトンが「方針決定と現代精神擁護のための国際会議」、いわゆる「パリ会議」なるものを企画するのだが、その「パリ会議」の組織委員会のメンバーに、作曲家オーリック、画家ドローネ、批評家ジャン・ポーランなど、各界の権威を加えようとしたブルトンの構想にスーポーは真正面から反対した。「なんという選定だ、とわたしは思った。そのような企画には参加できないとわたしはブルトンに告げた。わたしの『中立性』に彼は驚かなかっただろうし、わたしが彼の企画はくだらないといくら言っても、聞く耳は持たなかったはずだ。彼は自己肯定をしたかったのだ。先の見通しを立て、組織し、人を集めたかったのだ。わたしは、彼の行動力に感心していたが、以前のわたしたちの自由、わたしたちの柔軟さがなくなったのが残念だった。ひとそれぞれさ、とわたしは彼に言った。わたしはすでに距離をおきはじめていた」[*16]

徐々にブルトンとの関係にすきま風が吹くようになるなかでも、スーポーはブルトンたちの集まりに顔を出してはいたが、その一方で自分の活動に専念するようになる。「バレス裁判」の翌年一九二二年三月に、彼は長詩『ウエストウイゴー』を出版した。旅人の回想という形式で書かれたこの『ウエストウイゴー』はブルトンたちからは妥協の産物のように見なされ、批判されるのだが、スーポー自身もどうやらそうなることを承知でこの詩集を刊行したようだ。「友人たち、いつもの批評家たちが、ギヨーム・アポリネールやピエール・ルヴエルディやブレーズ・サンドラールの影響をやり玉にあげるのはわかっていた。そうした影響は明白だし、意図的にそうしたのだ。この詩を出版することでわたしは借りを返し、自分が賞賛してきた詩人たちに賛辞を送りたかったのだ。それはまた友人たちに告げる別れでもあった。そして挑戦でもあった[*17]」

年長の詩人たちの影響を明らかに示しつつも、『ウエストウイゴー』はスーポーの詩人としての個性が際立つ詩でもあり、彼にとって新たな出発を徴《しるし》づける詩ともなった。そうしたなかでもスーポーは雑誌『リテラチュール』に対する執着を棄ててはおらず、『ウエストウイゴー』刊行と同じ一九二二年三月からはじまった雑誌の第二期において、当初、編集部の住所として記されていたのはスーポーの自宅だった。しかし、それもやがてブルトンの自宅へと置き換えられる。アラゴンはすでに遠ざかっていたため、『リテラチュール』の編集はブルトンひとりの手に委ねられることになった。そして、少なくともスーポーの言葉を信じるなら、このころブルトンとスーポーの友情はすでに終わりを告げていたのである。

ブルトンたちとのあいだに距離ができはじめたころにスーポーが積極的にかかわるようになったのが編集の仕事だった。彼は、一九一六年に出会ったダンサーでミュージシャンのシュザンヌ・ピラール（通称ミック）と二年後に結婚し、一九二〇年八月には娘のニコルが生まれていた。三人家族となったスーポー一家は一九二一年の夏の終わりにパリ七区のデュケーヌ並木通りに引っ越す。そしてスーポーは書店「リブレリ・シス」を開き、その経営を妻ミックに委ねた。書店の経営はあまりうまくいかなかったが、その年の十二月に「ダダ　マン・レイ展」を開き、アメリカから来てまだまもないマン・レイの作品にパリの人びとが初めて接する機会を提供した。さらに、小冊子を何冊か出版したが、そのなかにはポール・エリュアールの詩とマックス・エルンストのコラージュが掲載された『不死の不幸』もあった。実は、スーポー自身の『ウエストウイゴー』もこのリブレリ・シスが発行元になっている。

しかし、スーポーは書店の経営には不案内で客足は伸びず、妻ミックもこの仕事にあまり関心を抱けないままで、結局、リブレリ・シスは長続きしなかった。さらに、スーポーとミックの関係が危機に瀕する。スーポーは、ミックのダンス教室の生徒であるマリー＝ルイーズ・ル・ボルニュに惹かれるようになったのだ。一九二二年十二月にスーポーはミックと離婚し、やがてマリー＝ルイーズと再婚することになる。パリ・ダダが分裂の危機に瀕するという微妙な時期に、スーポーは感情のもつれに向き合わざるをえなくなっていたのであり、しかも、離婚後もミックと娘を経済的に支えねばならず、ただでさえ経済的に苦しい状況にあった彼は、収入源を確保することになおさら腐心せざるをえなかった。

ちょうどそのころ、雑誌『エクリ・ヌーヴォー』の新しい編集長を探していた発行人のアンドレ・ジェルマンとスーポーは出会い、ジェルマンからその編集長のポストを提示された。二つ返事で引き受けたスーポーは、編集部を一新して尊敬するヴァレリー・ラルボーをその一員に加え、新たな編集委員会のもとで雑誌の名前も『ラ・ルヴュ・ウーロペエンヌ』と改めることと決まった。さらに、発行人としてレオン・ピエール＝カーンが加わる。ピエール＝カーンの妻の弟リュシアン・クラが、父親シモンとともに書店を経営しつつ、文学叢書〈サジテール〉の出版もおこなっていたことから、雑誌の発行もサジテール出版（ただし通称はクラ社）[*18]からとなり、スーポーたちは文学叢書の刊行にも携わることとなった。

一九二三年三月に『ラ・ルヴュ・ウーロペエンヌ』の創刊号が出ただけでなく、〈ラ・ルヴュ・ウーロペエンヌ叢書〉の刊行も始まり、この年だけで十冊ほどが出版される予定だったため、スーポーは編集者として多忙をきわめるようになっていったのである。ちなみに、出版物にはゴーリキなどの外国文学も含まれており、フランスのみにとどまらず、広く世界の文学にスーポーが眼を向けていたことがわかる。

実は、フィリップ・スーポーの初めての長篇小説『善き使徒』も、一九二三年六月に〈ラ・ルヴュ・ウーロペエンヌ叢書〉の一冊としてクラ社から刊行されたのである。スーポー自身は叢書を盛り上げる目的で書いたと述べているが、以降、彼は詩ばかりでなく小説も次々と発表するようになっていく。もともと、経済的に不安定なスーポーを見かねてアンドレ・ジェルマンに紹介したのはブルトンなのだが、いざスーポーが編集者として手腕を発揮しだすと、出版業界に染まってしまったとして、ブルトンやその仲間たちはスーポーを軽蔑しはじめた。それでいて、クラ社はシュルレアリストたちの著作を刊行する出版社となるのだから、皮肉な話である。ブルトンの『シュルレアリスム宣言・溶ける魚』も、デスノスの『自由あるいは愛』も、クラ社が発行元になって出版されている。アラゴンの『パリの農夫』も、ガリマール社から刊行されたとはいえ、もともとは『ラ・ルヴュ・ウーロペエンヌ』誌に掲載された作品だった。そのクラ社で編集者として多忙をきわめるスーポーは、ブルトンたちの集まりに顔を出すことも少なくなった。仲間たちのスーポーに対する態度は批判的になっていくわけだが、そうした批判的態度は、スーポーが小説を書きはじめたことでさらに硬化する。「『善き使徒』の出版、つまり小説が刊行されたことにわが友ブルトンはいらだっていて、この文学ジャンルに対する際立った敵意を初めて示したのだった*19」

小説家スーポー

フィリップ・スーポーの小説『善き使徒』はそれなりに評価された。たとえば、自身も小説家であるフランソワ・モーリヤックは、この小説のうちに第一次世界大戦後の世代の若者の群像劇を見出したのである。スーポーにはその後、小説執筆の依頼が来るようになり、まずは、『善き使徒』の数ヶ月後に、作家コレットが監修していた叢書から小説を出さないかと提案され、『流れのままに』を執筆した。ちなみに、この〈コレット叢書〉からは、『流れのままに』と相前後して、エマニュエル・ボーヴの『ぼくのともだち』も刊行されている。

こうした小説家としてのスーポーの活動に、まだまだ新興勢力でありながらも大手出版社になりつつあったベルナール・グラッセ社が関心を示した。もともとベルナール・グラッセ社は、ポール・モラン、ヴァレリー・ラルボー、ジョゼフ・デルテイユ、エドモン・ジャルーなど、雑誌『ラ・ルヴュ・ウーロペエンヌ』やクラ社を自作の発表の場としている作家の本を数多く手掛ける出版社であった。そのベルナール・グラッセ社が、今後、小説を同社から四作出すという条件で月給を支払う契約をスーポーに持ちかけ、彼はそこに「経済的困窮からの脱出の兆し」[20]を見出し同意した。クラ社から受け取る報酬とあちこちの雑誌などへの寄稿による原稿料だけでは、その日暮らしに近いきわめて不安定な生活だったのだ。

スーポーがベルナール・グラッセ社に渡した最初の原稿は『デュランドー兄弟』というブルジョワ一家の三兄弟を描いた小説だった。上の二人が弁護士と実業家としてブルジョワ生活に浸りきっているのに対し、末っ子のピエールは音楽家であり、そうしたブルジョワ生活に嫌悪感を抱き、地方に行って山岳地帯で隠遁者の生活を送ろうとする。このピエールのうちに、ブルジョワ一家のはみ出し者となったスーポー自身の姿を重ねることができる。スーポーはのちに次のように述べている。「なかなかそこから抜け出せなかったあのブルジョワジーの生活をわたしは恨めしく思わないわけにはいかなかった。だからこそ、復讐のために小説を書こうと考えたのです、わたしの非順応主義を情け容赦なく厳しく批判した家族の戯画を書いてやろうと思ったのです」[*21]『デュランドー兄弟』は一九二四年九月に刊行され、その年のゴンクール賞にノミネートされた。ほかにも、ドリュ・ラ・ロシェル、エマニュエル・ボーヴ、ジョゼフ・デルテイユ、アンリ・ド・モンテルランの小説が候補になっていたが、賞を獲得したのは、ガリマール社から刊行されたティエリー・サンドルの『忍冬《すいかずら》』だった。ゴンクール賞をめぐる騒動にスーポー自身は無関心で、受賞しなくてむしろよかったと考えていたが、文学賞の候補者となったスーポーを見るブルトンらのまなざしは冷たいものとなっていった。

こうして、ブルトンとの仲がさらに危機に瀕するようになった一方で、逆に関係好転の試みもなされた。すでに述べたように、ブルトンの『シュルレアリスム宣言・溶ける魚』はクラ社から刊行されることになるのだが、それは、「アポリネールが与えてくれた精神を取り戻すための運動を創り出さねばならない」と述べたブルトンに対して、スーポーが「友情を示したかったから」[*22]なのである。

ちなみにスーポーによれば、ブルトンの「シュルレアリスム宣言」は、ジャック・リヴィエールが雑誌『NRF』の一九二〇年八月号に掲載した「ダダへの感謝」と題された一文への一種の回答として書かれたものだという。リヴィエールはダダの試みへ理解を示したのであるが、皮肉なことに、そのせいでダダの挑発的な手段と方法を「効果のない、無益なものにしてしまう」*23とブルトンは感じていたのである。スーポーが言うには、このリヴィエールの文章がブルトンを動揺させ、そのため、「ツァラの反対にもかかわらず、ジャック・リヴィエールに対して回答した」。その回答が「シュルレアリスム宣言」に発展したというのである。むろん、リヴィエールの一文が発表されてから「シュルレアリスム宣言」の実際の執筆までにはかなりの時間が経っている以上、それだけが契機なのではなく、すでに見たように、ブルトンがツァラ主導のダダにむしろ反発を感じるようになったからこそではあろう。それはともかく、一九二〇年の時点ですでにシュルレアリスムの構想が存在したという事実から想像されるのは、その前年にスーポーとともにおこなった自動記述の試みが、少なくともこの時点においては、ブルトンとスーポーにとってのシュルレアリスムの中核を担っていたのではないかということだ。

当初、スーポーはシュルレアリスムのさまざまな活動に積極的に参加していた。シュルレアリスムの機関誌である『シュルレアリスム革命』に定期的に寄稿し、グルネル通り十五番地に創設されたシュルレアリスム本部にも顔を出している。さらには、一九二五年七月、クロズリ・デ・リラで開かれた詩人サン゠ポール・ルーを讃える祝宴にシュルレアリストたちが押し寄せた際にも、スーポーはその一員となっていた。シュルレアリストたちは詩人としてのサン゠ポール・ルーを高く評価していたが、その日の参会者には彼らの天敵とも言えるような保守的な人間や愛国主義的な人間が少なからず含まれていた。彼らは、作家であり当時の駐日フランス大使であったポール・クローデルを非難するビラをテーブルの各席の食器の下に滑り込ませた。そして参会者のひとりであるラシルド夫人が「フランス人女性はドイツ人男性と結婚できるはずがない」と宣言するやいなや、ブルトンが立ち上がり、その場にいたドイツ出身の画家マックス・エルンストを引き合いに出し、自分の友人に対する侮辱だと反論した。続いて、シュルレアリストたちが口々に「ドイツ万歳！」と叫ぶや会場は騒然となり、ついには乱闘騒ぎになった。スーポーは、シャンデリアにぶらさがってテーブルの上の皿や瓶を足で蹴り倒した。また、ミシェル・レリスは窓から外にむかって「フランスくたばれ！」と叫び、外にいた群衆に引きずり出されてリンチされかかったところで警官に保護され、警察署に連れていかれた。そのレリスが警察から解放されるや、スーポーは医者である自分の兄のところに連れていってやったのである。

この騒ぎがあった日の朝に、シュルレアリストたちはモロッコのリフ族を武力で制圧しようとするモロッコ戦争に反対する声明に、共産党と連携をとりつつ署名していた。その後も、ポーランドの政治犯の釈放を求める声明、ルーマニアの農民抑圧に反対する声明、ハンガリーでおこなわれている拷問に反対する声明などを彼らは出すが、そのすべてにスーポーは署名している。だが政治的な行動にもともと積極的ではなかったスーポーは、そうした活動をとおしてシュルレアリスムが教条的になっていくのを感じ、おのずとカフェ・シラノでのブルトンたちの集まりからも足が遠のくようになっていった。

しかも彼は、小説家としての活動や編集者としての活動も続けていた。一九二五年には中篇の『オラス・ピルエルの旅』と長篇の『狙え！』を単行本として出し、一九二六年に入ってからも、のちに単行本になる短篇や長篇などを精力的に雑誌に執筆している。一方で、編集者としては、『ラ・ルヴュ・ウーロペエンヌ』に加えて、ロマン・ロランが創設した雑誌『ウーロップ』の編集にも参加し、ジャン・プレヴォ、ジョルジュ・デュアメル、ジュール・ロマンといった錚々たる作家たちからなる編集委員のひとりとなり、クラ社からはトーマス・マンの『ヴェニスに死す』やF・スコット・フィッツジェラルドの『華麗なるギャツビー』を刊行したりする一方、忙しく各地をまわってはさまざまな作家との関係を築いていった。イタリアに行って、当時ソレントにいたマクシム・ゴーリキに会い、ポルトガルのリスボンに赴いてフェルナンド・ペソアに面会した。パリでも、カトリック信仰が篤いことで知られるジョルジュ・ベルナノスとも友好的な関係を持つことに成功している。ちなみに、ポルトガル旅行に関しては、その際に受けた印象などを旅行記として書き、『絵葉書』という小冊子にまとめて出版してもいる。

シュルレアリスムからの除名

そうしたスーポーの活動が、シュルレアリストたちの眼には「ジャーナリズム」に堕したと映るようになる。ちょうどシュルレアリスムが共産党に接近しつつあり、たとえば前述のモロッコでのリフ戦争への対応でも共闘のようなかたちをとっていた時代でもあり、政治的な活動に関するスーポーの消極的な姿勢も当然ながら問題視された。

一九二六年十一月二十三日に開かれたシュルレアリストたちの総会において、各人の姿勢が「革命的見地から擁護可能なものか」どうかが問われ、順にひとりずつの最近の活動などが検討されるなか、スーポーの番になると、批判が殺到した。特に厳しく問い詰めたのはピエール・ナヴィルだった。彼は、スーポーが「自堕落な文学活動」に熱心な一方、シュルレアリストとしての活動は「ごく限られ、ゆきあたりばったり」で、革命的活動は「欠如している」し、特に文学活動については、「反革命的」[*24]だとして厳しく非難した。ナヴィルの考えでは、小説のたぐいは、ブルジョワ文化を破壊するどころかその「強化」[*25]になるというのだ。それに対してスーポーは、文学関係の史料や絵画作品のコレクターであるジャック・ドゥーセのために秘書的な仕事をして経済的な支援を受けていたブルトンを皮肉って、「文学活動をするのが反革命的なら、絵画を売るのも反革命的ではないのか」[*26]と反論したが、歯牙にもかけられなかった。政治的な姿勢に関して、スーポーは「共産党に入ることには賛成だ」[*27]と述べたが、ブルトンは、機会がありしだいスーポーは共産党に入党するかもしれないが、それはごまかしに過ぎず、「彼の活動はもともと反革命的だが、今後も反革命的であり続けるだろう」[*28]と受け合わない。そうしたなかで唯一スーポーを擁護したのはミシェル・レリスで、「もう小説を書かず、もうブルジョワ的な雑誌とかかわりを持たず、共産党に入党する」とスーポーが約束するのであれば、それを認めてやるべきではないかと発言した。スーポーもそうした約束の履行を了承したが、モリーズは、スーポーの活動のいかがわしい性質が仲間に不信感を引き起こしている事実は重大であるとし、「グループのメンバーのひとりにこのような疑いがかかっている事態は看過できない」と述べ、バンジャマン・ペレも「スーポーの説明はどれも疑わしい」と切り捨てた。断罪する発言が相次ぎ、ついに耐え切れなくなったスーポーは、次のように発言した。

みなさんはわたしに対する不信感を抱いているようだが、それは正当化できるような不信感ではなく、個人的なものにすぎない。なぜなら、わたしの書いた小説が反革命的であるとしても、それなりの理由があるからそうなっているのだ。このようにみなさんが疑念を抱いている以上、わたしはシュルレアリスムからの除名を求める。しかし、コミュニストとしてのわたしのことは信頼してもらいたいものだ。[*29]

その後のスーポーの人生で、彼が共産党に入党したことはないので、最後のひと言は一種の捨て台詞か皮肉のたぐいだったのだろう。なにしろスーポーの側では、詩人が政治にかかわるとろくなことはないと考えていたのだ。彼は、ゲーテが詩人エッカーマンに述べた次のような忠告を肝に銘じていた。「詩人が政治をやろうとすると、どこかの党に入ることになり、そうなると詩人としてはもうだめになる。自由な精神や公平な見方には別れを告げて、逆に、偏狭な精神と盲目的な憎しみにみちた頭巾を深々とかぶらなくてはいけなくなるからだ」だからこそスーポーは、友人たちがシュルレアリスムを政党に仕えさせようとしていると見て、「悲しい気持ちはあったが、つらい思いは抱かずにグループから離れたのである」[*30]。いずれにせよ、スーポーはこのようにしてシュルレアリスムからの除名をみずから求めるに至ったのである。

それでも彼は、四日後の十一月二十七日に開かれたシュルレアリストたちの総会にも顔を出しているのだが、このときは、イタリアの雑誌『九〇〇』にスーポーの小説「ニック・カーターの死」が掲載された件が槍玉にあげられた。スーポーは、ムッソリーニに旅費を出してもらってイタリアに旅行し、雑誌『九〇〇』に寄稿したとして、ファシズム政権との癒着を批判されたのである。それに対してスーポーは、自分から寄稿したわけではなく、許可なく自分の原稿が掲載されたという苦しい言い訳をしているが[*31]、スーポーにはファシズム政権に接近する意図はなかったにしても、自分の知らないうちに「ニック・カーターの死」が掲載されたという言い分にはさすがに無理がある。というよりも、「ニック・カーターの死」についての後段で詳しく見る際にまた述べるが、むしろスーポーはみずから進んでこの小説を『九〇〇』に寄稿したはずなのである。いずれにせよ、スーポーがシュルレアリスムと公式に関係を持つのはこの日が最後となった。

スーポーと小説

一般には、フィリップ・スーポーは、ロジェ・ヴィトラックおよびアントナン・アルトーともども、「政治的熱意の欠如」[*32]のせいでシュルレアリスムから除名されたことになっている。しかし、除名に至る経緯をこのように見てくると、政治的な姿勢もさることながら、その文学活動、とりわけ小説の執筆が問題視されたことは明らかだ。スーポー自身は、小説を書いたのは経済的な理由によるところが大きかったことを繰り返し強調している。たとえば、かなり皮肉まじりに述べられた次のような感慨のうちにもそれは見てとれる。

わたしには選択肢はなかった。仲間たち——個人的な資産がない仲間たち——が、小説も書かず、ジャーナリズムにもかかわらず、どう切り抜けているのか疑問だった。どうやって生活費を稼ぎ、家賃を払い、家族を養っているのだろうか。さらなる好奇心をかきたてる仲間もいた。車を持っている連中だ。エリュアールのように、商売をやらなければいけないのだろうか、それも美術品の売買というひどく質《たち》の悪い商売を。[*33]

刊行は翌年になるとはいえ、すでに三冊目の小説『デュランドー兄弟』を書き上げ、小説家として評価されはじめていたにもかかわらず、一九二三年末の時点でスーポーは、「わたしは小説家ではなく、詩人だ[*34]」と断言している。それは、雑誌に発表した「小説の現況」と題された小文においてのことで、「同僚」を称賛する目的で新作小説を読んでみたとして、数人の作家に言及している。いずれもスーポーが注目していた作家であり、そのなかにはアラゴンも含まれているのだが、ドリュ・ラ・ロシェルについての記述のなかで興味深いことを述べている。当時のドリュ・ラ・ロシェルは、雑誌に発表した短篇を除けば、初めての小説となる『身分』を刊行したばかりで、むしろ詩人としての活動が知られていたのだが、そのドリュ・ラ・ロシェルを、「すぐれた詩人であり、同年代の詩人のなかでも最も力がある」と評するスーポーは、次のように続けるのだ。

小説を書くためには詩が邪魔になる。詩は進展を遅らせ、登場人物を曖昧にしてしまい、誤った道に連れていく。小説を書く詩人はいつのまにか寄り道をしてしまうのだ[*35]。

スーポー自身が書く小説にも、たしかに一種の「寄り道」の痕跡が見出せる。だがそうした「寄り道」こそが、彼の小説に独特の味わいをもたらしているとも言えるだろう。

二、作品解題

さて、ここからは本書収録の小説について見ていくことにしよう。

1『オラス・ピルエルの旅』

「オラス・ピルエルのグリーンランドへの旅」から『オラス・ピルエルの旅』へ

『オラス・ピルエルの旅』は、一九二四年秋に第三章までが「オラス・ピルエルのグリーンランドへの旅」というタイトルで雑誌『レ・フイユ・リーブル』の第三七号に掲載されたのち、翌一九二五年、スーポー自身がクラ社で、〈ラ・ルヴュ・ウーロペエンヌ叢書〉とは別にあらたにはじめた〈カイエ・ヌーヴォー叢書〉の一冊として刊行された。ただ、この小説の構想はスーポーがまだ二十歳のころにまで遡り、実は草稿が一九一八年にすでに書かれていた。詩人としてのスーポーの名前が知られだしたころであり、彼自身、原稿料のために小説を書くといった考えはまだ持っていなかったはずだ。もちろん、その時点で発表されなかったというあたりに、スーポーが小説という形式に抱いていた逡巡を見ることも可能だが、一方で、なんの要請もないまま、みずからこの中篇小説を書いているわけで、彼がそこに詩とは異なる表現形式を求めていたと考えてみることもできそうだ。

『オラス・ピルエルの旅』は、一九八三年にラシュナル&リテル社から再刊されているが、その際、版元による簡単な巻頭言が追加されており、そこには次のように記されている。


奇妙な物語である『オラス・ピルエルの旅』は一九一七年（アンドレ・ブルトンとの共著のかたちで『磁場』が書かれる二年前）、フリップ・スーポーがパリで入院しているときに構想された。著者は、一九七五年のベルナール・デルヴァイユとのラジオ（フランス・キュルチュール局）での対談において、大学の友人が急に姿を消したという出来事から着想を得たと語っているが、その友人は黒人で、「楽園」にでも行くかのように、夢見ていたグリーンランドにむけて旅立ったのである。そこから珍妙な旅を想像するのは、フィリップ・スーポーにとってはむずかしいことではなかった。

数ヶ月後、スーポーは『マルドロールの歌』の単行本を見つけ、文章執筆に対する考え方を根本から覆された。そうしたなか、『オラス・ピルエルの旅』の前半三章に相当する部分を執筆したのである。[*36]

大学の友人の旅から着想を得たという説明は、スーポー自身が付した序文にあたる「オラス・ピルエルの人生」での記述に呼応している。しかしこの序文は、もともと一九一八年に書かれた文章を単行本出版時の一九二五年に置きなおすために書かれた面もあることをわきまえておかなければならないだろう。ちなみに、スーポーの伝記を書いたベアトリス・ムスリは、スーポー自身の大学時代の友人ではなく、スーポーが病院で出会った傷病兵の友人がモデルだとしている。「軍人病院のベッドにいた若い兵が、何人かいる黒人の友人の思い出を語り、その黒人のひとりが、その傷病兵と同じく法律を学んでいて、グリーンランドに旅立つことを夢みていた[*37]」大学に進学してまもなく徴兵され、第一次世界大戦に従軍した経歴に鑑みても、このムスリの説明のほうが信憑性が高いように感じられるが、残念ながら、ムスリはこの説明の典拠を示していない。ただ、スーポー自身の友人であったかどうかはともかく、グリーンランドへの旅をもくろんだ黒人の逸話がこの小説の発想源になっていることはたしかなようだ。

旅のテーマ

題名にも「旅」が含まれているとおり、この小説の主題が旅であることは明白だ。若き日のスーポーは、ブレーズ・サンドラールやヴァアレリー・ラルボーなど、旅を扱った作品で知られる年長の詩人や作家と交流する一方、みずからの詩でも旅を歌った。たとえば、詩集『風の薔薇』（一九一九年）に収められた「地平線」には次のような一節がある。

家はどれもこれも大西洋横断定期船となった
海の音がぼくの耳にも聞こえてきた
ぼくたちは二日後にシカゴに着くだろう
ぼくは赤道を越え南回帰線を通り過ぎた*38

たしかに、この詩を書いたころのスーポーにとって、旅は一種の憧れであり、逃避の夢であったかもしれない。しかし、のちに旅のルポルタージュも書くようになる詩人にとって、それはたんなる気分転換や気晴らしの機会ではなかった。おそらくかなり後年のことになると思われるが、詩人でありジャーナリストでもあるアンリ＝ジャック・デュピュイに、スーポーはこう語ったという。

旅は逃避ではない。読書以上に逃避とはかけ離れている。旅はおたがいを較べ合い、知り合う最良の方法なんだ。違う人間を見つめるということ、あまりに慣れきって眼を向けることさえしない風景には属していない存在を見つめることなんだ。旅をすると、寒さや暑さを、暴力と無気力を、孤独と群衆を知ることになる。守られたままではいられなくなる。傷つきやすく、周囲に眼を向けるようになる……[39]

スーポーはさらに、旅をすることで人はかならずそれ以前とは違う人間になるとも述べている。

　堂々めぐりをしないための方法なんだ。出発したときと同じ心配事、同じ歓び、同じ悲しみを抱え込んでいるだけだという人もいるが、そうした人は、旅がやはり解放であり、帰ってくる人間は出発した人間とけっして同じではないということがわかっていないんだよ。[40]

おそらく、『オラス・ピルエルの旅』を執筆したころのスーポーにとっても、旅は解放であり、変化をもたらすものであったはずだ。

無動機の行為

ところが、あきらかに旅の物語であるものの、スーポー自身、「無動機の行為を成し遂げることは可能か」[41]という問いが『オラス・ピルエルの旅』のテーマだったと認め、エピグラフで執拗に「無動機の行為」を求めている。あたかも、旅もまた「無動機の行為」でなくてはならないかのように。実際、「序文」において、オラス・ピルエルがグリーンランドに旅立つと知った「わたし」は、「赤道直下に生まれたアフリカ人がグリーンランドを歩きまわることになるのだ！」（本書一六頁）と、旅の無意味さを嘲るかのように哄笑するのだ。ジャック・リーヌ・シェニウも、作中で語られる不条理とも言える殺人以上に、「ただ旅立つ」点にやはり決定的な無動機の行為を見ている。そのうえで、そうした無動機の行為を、アンドレ・ジッドの『法王庁の抜穴』（一九一四年）のラフカディオの行動に比しているのだ。事実ラフカディオは、火事場に偶然いあわせて、火の中にとびこんで子どもを助け、名も告げずに立ち去るかと思えば、汽車にのりあわせた男をふいにつきとばして転落死させたりもするのである。[*42]

そうした「無動機の行為」の強調は、『オラス・ピルエルの旅』が一九二五年に刊行されているという事実と無関係ではない。前年の秋に発表された「シュルレアリスム宣言」において、アンドレ・ブルトンは論理的方法を批判するがゆえに、人物を性格によって規定し、行動や反応をその性格の枠内で説明しようとする小説というジャンルを弾劾した。そして、「客観的根拠が、実際そうしたことは起きているのだが、それに頼る者にひどい被害を与えているのであれば、その種のものからは手を引いたほうがよいのではないか[*43]」と述べていたのである。ブルトンと距離を置きはじめていたとはいえ、いまだシュルレアリスム・グループの一員であったスーポーには、小説といういわば禁断のジャンルに手を染めるにせよ、ブルトンの忠告に従っていると示す必要を感じていたのではないだろうか。

実際、刊行版で強調されていた「無動機の行為」へのこだわりは一九一八年の草稿には見られず、主人公のオラス・ピルエルは、暴力と自由を体現する野性的な存在として描かれていた。もともとスーポーには自分の作品の原稿などを保存する習慣がなく、『オラス・ピルエルの旅』が彼の執筆活動の最初期に構想されたことは知られていたものの、草稿が存在するとは思われていなかった。ところが、作家であるとともに、ブレーズ・サンドラールを研究し、スーポーについての論文も書いているクロード・ルロワが、スイス国立図書館に保管されていたサンドラール関係の資料のなかから、「オラス・ピルエルのグリーンランドへの旅」と題されてノートに手書きされた草稿を発見し、その草稿の複写に、発見の経緯や草稿版の特徴などを記した一文を付して発表したのである。[*44]

草稿版との違い

刊行版と見比べたときに気づく草稿版の大きな違いは、序文と位置づけられた「オラス・ピルエルの人生」がなく、本文のあとに「伝記的注記」が置かれていることである。「オラス・ピルエルの人生」は、むしろオラス・ピルエルと語り手の「わたし」との関係に焦点が当てられていたが、「伝記的注記」のほうはオラス・ピルエルの人生をまさに誕生からグリーンランドへの旅行以後まで辿っている。

リベリア共和国の生まれというあたりは刊行版と変わらないが、オラスの誕生後にピルエル一家はタイに移住し、彼が十歳のころに今度はホンジュラスに転居したとされている。その後、オラスはフランスのポワティエのリセで学ぶようになり、地理学に秀でているところを示す。「わたし」がオラスと知り合いになったのは、大学ではなく、オラスが十五歳のころに通っていたクラリネット教室においてだった。ふたりはともに大学で法律を学ぶようになり、オラスは大学の合唱隊でそのバスの声の魅力を発揮するようになる。その後、彼はアメリカに渡って気象学を学ぶ一方、ニグロリーグのシカゴ・アメリカン・ジャイアンツで野球選手となり、ショートを守った。パリに戻ってからは経済的に苦しい生活を送り、サマリテーヌ百貨店の写真用品の売場の主任を務めたり、バスの運転手となったりしたのち、バーテンや映画館の楽団指揮者としても働いた。オラスは中央アフリカへの探検を企画し、「わたし」を誘うが、「わたし」は健康上の理由から辞退。ところが数日後にオラスはグリーンランドへ旅立った。四年以上が経って、パリで「わたし」は、整形外科装具の店にいるオラスを見かける。逡巡した末に声をかけ、ふたりでカフェに入ると、オラスは、今度はイースター島に旅立つ予定だと知らせ、「おれはヨーロッパを棄てる」と宣言した。そして、グリーンランドでの出来事を記した原稿を託し、好きなようにしてくれ、と言って立ち去っていくのである。

オラス・ピルエルの来歴は、刊行版とは異なり、明らかに旅行家あるいは探検家と呼ぶべきものになっていたわけで、それだけに、この小説を一種の冒険物語として読む道筋が示されていたと言えよう。ただ、刊行版の「序文」と草稿版の「伝記的注記」のあいだにかなりの開きがあったのに較べると、本文自体には大きな違いはなく、物語の大枠は同じである。

しかしそのなかでも異同はあり、たとえば、トゥクーマーの姉のエラトゥーが幼い息子を連れてやってくる場面は、刊行版の場合、「話の途中で突然子どもが泣きだしたりもした」（本書三一一頁）という一文で終わっているが、草稿版ではそれに続けて、「ほんのわずかのあいだうるさかっただけだが、おれはこの子を厄介払いすることにした。うっかり腕から落としたふうに見せかけると、こどもは頭が割れていた[*45]」と記されている。また、それに続く場面では、長い夜の気晴らしにオラス・ピルエルが射撃の練習をしたことが語られ、「星の見えない晩は、近隣の明かりの灯《とも》ったイグルーの窓が恰好の的《まと》となった。おれの腕前はぐんと上達した」（本書三一一頁）と記されているが、草稿版ではこの二文のあいだに、「おれはこうしてたまたま六人ほどのエスキモーを殺した[*46]」という一文が挟まれ、彼の殺人がより強調されるとともに、殺した相手の数も、二人や三人ではなく、六人ほどであったと明示されているのである。

わずかな変更ではあるが、草稿版のオラス・ピルエルのほうがより野蛮な人物として描かれていた形跡があり、そこに、時期的には、病院前の書店で見つけたばかりだったはずの

『マルドロールの歌』の影響を見てとることもできるだろう。

アンリ・シモネのモデル

しかしながら、二つの版のあいだの違いをより際立たせているのは、物語の後半に登場するアンリ・シモネについての描写だ。刊行版では寡黙な男として描かれているが、草稿版ではむしろ饒舌な男になっているのである。たとえば、五月十一日の日付が付された一節において、シモネは「ただ微笑み、黙っているだけだ」（本書七一頁）とされているのだが、草稿版には、そのあとに、刊行版からは削られる五月十八日の日付の記述があり、そこには次のような一節がシモネの言葉として引かれているのである。

わしは、解けない問題のことを思うといつも新たな喜びを感じてしまうんだよ。以前は科学の本を何冊か読んで、永遠の公理を見出そうとした。でもまもなく、証明済みの命題、解明済みの方程式、解決方法が未知ではなくなった問題を脇に置き、永遠に問いかけなければならない問題だけしか扱わないようになったんだ。[*47]

このシモネの言葉を引いたのち、オラス・ピルエルは、「やつは永久運動について語っていた」と付け加えている。

さらに、六月十三日にオラス・ピルエルが「カービン銃の男」についての記事を見つけるが、刊行版が記事の引用で終わっているのに対し、草稿版ではオラス・ピルエルがその記事をシモネに見せ、それを受けてシモネが語りだす展開になっている。

おれがアンリ・シモネにこの切り抜きを見せると、やつはすぐに認めた。「法律はまちがってる。「わしはカービン銃を撃つのが大好きなんだよ」そして付け加えた。

わしは殺すのが好きなのさ、仕方がないだろ。ウジ虫にむさぼられて、ばかげた笑いを浮かべたまま腐っていくやつらのことを考えてみな。

それから手を洗いにいくわけさ、だってやつらはたがいに傷つけ、叫び、殺し合ったようなもんだ。

いまではわかるんだよ。もうどうにもならんがね。

海か空を眺めていたほうがいい。

アイスランド、それにグリーンランドの岸が見える。みんな死んじまった。

もう泣き叫んだりしない。ひたすら遠くへ行くんだ。

彼方には実に美しい雲がある。

『微笑みと装い』なんてもうないんだよ、わかるかい……」[48]

永久運動の問題にとりつかれ、殺人に快楽を覚えるこの狂気の人物のうちに、クロード・ルロワはブレーズ・サンドラールの『モラヴァジーヌ』の主人公の影を見出している。[49]そもそも、「オラス・ピルエルのグリーンランドへの旅」の草稿はサンドラール関係の資料のなかから見つかっていることを思い出しておこう。スーポーがこの小説の構想を練っていたのは一九一七年とされるわけだが、それは彼が十歳年上の詩人サンドラールの知己をえて、詩について語り合い、映画館の暗闇で共通の情熱を確かめるようになった時期だった。クロード・ルロワは、スーポーの『風の薔薇』のためにシャガールに挿画を描かせたのがサンドラールであったため、それに対する一種の返礼として、「オラス・ピルエルのグリーンランドへの旅」の草稿がサンドラールに贈られたのではないかと考えている。[50]そうであってみれば、オラス・ピルエルがグリーンランドで繰り広げる旅も、しばしばその作品で旅を描いていたサンドラールの世界の反映という面があったのかもしれない。

アルチュール・ランボーの影

ところが、アンリ・シモネという人物は、もうひとつ別の謎をもたらしてもいる。オラス・ピルエルがシモネのイグルーに来てからまもなく、シモネは紙に方程式を書いてオラス・ピルエルたちに示す。この場面の幕開けとなる、「夜、眠る前に老人は紙を一枚手に取り、そこに方程式を書いた」（本書五〇頁）という一文は草稿にもあった。ところがこの一文は線で消されていて、そのあとにイクワが寄ってきてその方程式について考えをめぐらすという刊行版での展開は書かれないまま、「イグルーに陽光が射しこむとすぐに……」というその次の場面が描かれている。要するに、方程式に関する挿話は草稿の段階では、いったん書きかけたものの、結局省かれたということだ。一方、刊行版ではその挿話が書かれてはいるが、結局、どういう方程式だったのかはわからない。

ところが、一九二四年の雑誌掲載時には、当初の草稿にも、その後に刊行される単行本にもなかった、以下のような方程式の内容に関する記述が盛り込まれていたのである。

蠟燭を近づけておれは方程式に眼を走らせた。

……夕暮れには街々の灯りがともるとよい。ぼくの日程は終わった。ヨーロッパを離れるのだ。海の風がぼくの肺腑を焼くだろう、辺境の気候がぼくの肌をなめして浅黒くするだろう。泳ぎ、草を踏みしだき、狩猟をし、とりわけ煙草をふかすのだ。煮えたぎる金属さながら強い酒を飲むのだ、——ちょうどわが祖先たちが燃える焚火を囲んでしたように。

ゆっくりと大きな声で、おれはもう一度読み上げた。

一晩中、おれはこの方程式を解こうとしたが、できなかった。[*51]

「夕暮れに……」から「燃える焚火を囲んでしたように」までが方程式ということになると読めるのだが、とても方程式と呼べるような内容でないのに加え、この文章はもともとスーポー自身の手になるものではない。アルチュール・ランボーの『地獄の季節』に収められた「悪い血」の一節なのである。このことに最初に気づいて指摘したのはクロード・ルロワであるが、[*52]そのルロワの指摘を受けてミリアム・ブシャランクは、「第二のヴァージョンの謎は、したがって、第一のヴァージョンの秘密を含まないということだった」[*53]と述べている。ところが、この第一のヴァージョン、すなわち雑誌掲載時の「オラス・ピルエルのグリーンランドへの旅」――ちなみに、雑誌掲載時のタイトルが草稿版と同じということにも留意しておくべきかもしれない――で方程式を示す文章という設定で引用されたこのランボーの散文詩の一節は、そっくりそのまま、草稿版でエピグラフとして用いられていたのである。

刊行版の『オラス・ピルエルの旅』が全六章なのに対し、草稿版は全三章だが、すでに述べたように、物語の内容はほぼ変わらない。草稿版の第Ⅰ章が刊行版では第Ⅰ章と第Ⅱ章に分けられ、草稿版の第Ⅱ章はそのまま刊行版の第Ⅲ章で、草稿版の第Ⅲ章が今度は刊行版の第Ⅳ章、第Ⅴ章、第Ⅵ章に分割されている。雑誌掲載版に引用されたランボーの文章は、草稿版では第Ⅰ章のエピグラフになっているのである。さらに、第Ⅱ章、第Ⅲ章のエピグラフも同じ『地獄の季節』の「悪い血」からの引用となっている。第Ⅱ章のエピグラフは以下のとおり。

彼は聖人をもしのぐ強い力を持ち、旅人にもまさる判断力を持っていた――しかも、その栄光とその道理の証人としては、自分ひとり、ただ自分ひとりだけだった！*54

ここでの「彼」は徒刑場に閉じ込められていながらけっして妥協しない囚人を指し、まさに「悪い血」を象徴する存在である。第Ⅲ章のエピグラフも見ておこう。

だがこのぼくの生活は充分な重みがなく、ふわっと舞いあがり、漂ってしまう、世の中のあの大切な地点である行動の上空はるかに。*55

ここで「ぼく」は、既成の幸福には満足できず、良識を欠いた存在となっているわけで、「ぼく」もまた「悪い血」を体現していることになる。

このように、草稿版では各章の最初に『地獄の季節』の一節が引かれる一方、それ以外の文章がエピグラフに引かれることはない。「オラス・ピルエルのグリーンランドへの旅」という文章の全体がいわばランボーの徴《しるし》のもとにあったのだ。

容易に想像がつくように、スーポーはランボーのうちに類いまれなる旅人を見出していた。ブルトンも、「彼〔スーポー〕はほとんどだれかれの見境なしに、すべての旅人が好きでした――ランボーがそうですし、おそらくはそれが大きな理由で『バルナブース』のラルボーや『シベリア横断鉄道』のサンドラールもそうです*56……」と述べている。スーポー自身、少なくとも幼少期の彼にとって、旅は逃避の手段だったことを認めつつ、セルジュ・フォシュローとの対談で次のように語っている。

思春期のころから、旅は逃避だとわたしは思っていました。青年になるとすぐ、パリから、旅には不向きな自分の環境から、逃げ出したいと望むようになりました。そしてアルチュール・ランボーを見出したのです。彼の詩だけではなく、その人生がわたしを魅了し、影響を与えました。「疲れを知らぬ旅人」の足跡をたどる夢をそのころから追っていたのです*57。

詩人であり旅人であるランボーはたしかにスーポーを魅了した。だが、『オラス・ピルエルの旅』の成立過程が示すように、それはなかんずく、「悪い血」を引く詩人＝旅人としてのランボーだった。そう考えると、黒人が極地に旅立つという物語にスーポーがこだわった理由がわかってくる。『地獄の季節』の「悪い血」において、ランボーは「永久にぼくは劣等種族の出なのだ」[58]と認め、法律とも道徳とも無縁の野生人だと告白する。「ぼくは獣だ、黒人だ」[59]むろん、ここでの「黒人」という表現はあくまで比喩的なものだが、ランボーが、そしてそのランボーの足跡をたどろうとするスーポーが、白人の文明に毒されていない黒人に精神的に同一化しようとしたのは明らかだろう。

思い返せば、スーポーが初めて書いた詩の「出発」というタイトルは、ランボーの『イリュミナシオン』に収められた同じタイトルの詩を必然的に思い起こさせる。詩においてのみならず、小説という形式に手を染めるに際しても、フィリップ・スーポーは、「獣」であり「黒人」である詩人＝旅人の影を追っていたのだ。文学の道に足を踏み入れるに際してランボーから受けた影響の大きさを『オラス・ピルエルの旅』は透かし模様のように示しているのである。

2『ニック・カーターの死』

雑誌『九〇〇』

短篇『ニック・カーターの死』は一九二六年にイタリアの雑誌『九〇〇』の創刊号に掲載され、同年にスーポー自身がレオン・ピエール＝カンおよびニノ・フランクとともに編纂してクラ社から出した『フランスの新しい散文アンソロジー』に収録された。それから六十年近くが経った一九八三年に、『オラス・ピルエルの旅』同様、ラシュナル&リテル社から単行本として出版されている。

『九〇〇』は、「イタリアおよびヨーロッパの手帳」と副題にあるとおり、イタリアでの出版ではあっても、汎ヨーロッパ的広がりをめざして創設された季刊の文芸誌であり、言語もイタリア語でなくフランス語が使われ、ローマはもちろん、パリでも販売されていた。創刊者はイタリアの作家・詩人であるマッシモ・ボンテンペッリで、ラ・ヴォーチェ出版社の責任者であった友人のクルツィオ・マラパルテの協力を得て、二十世紀の新しい文学を打ちだそうという野心に突き動かされ、その新しい文学の特徴を「魔術的リアリズム」と呼ぶようになる。*60 ちなみに、雑誌タイトルの「九〇〇」は二十世紀を指すイタリア風の呼称だった。

イタリア以外の文学、とりわけフランス文学関係の企画や編集を担当したのは、イタリア生まれでフランス長期滞在の経験もあるスイス人のニノ・フランクである。そのフランクがフランスの文壇を代表する存在として編集部入りを求めたのはピエール・マッコルランだった。雑誌をフランス語で刊行し、編集委員として最初に選んだのがフランス人作家であることからもわかるように、ボンテンペッリやイタリアの当時の知識人にとって、パリはヨーロッパ文化の中心だったのである。マッコルランは『九〇〇』の編集委員になることを承諾する。そのマッコルランがスペインの作家ラモン・ゴメス・デ・ラ・セルナに声をかける。やがて、アイルランドの作家ジェームズ・ジョイス、ドイツの劇作家ゲオルグ・カイザーも編集委員に加わり、まさにコスモポリットな編集態勢ができあがった。

そのようにヨーロッパ各国の著名な作家を編集委員に配する一方で、新しい文学をめざすだけに、執筆陣には若手作家が加わるべきだとボンテンペッリは考えていた。フランスの新しい作家としては、当初はアンドレ・ブルトンやツァラ、さらにはシュペルヴィエル、ジロドーなども候補に挙がっていたようだが、最終的にスーポーが選ばれたのは、もちろんその作品が評価されたからであるが、彼がクラ社で単行本や雑誌『ラ・ルヴュ・ウーロペエンヌ』の編集を担っていたことから、編集者同士あるいは編集者と書き手といった関係――結局実現しなかったが、スーポーはボンテンペッリから自作の小説の原稿を渡され、クラ社で刊行を模索していた――をとおして、ニノ・フランクやボンテンペッリはスーポーと個人的なつきあいがあったということも影響していたはずだ。『ラ・ルヴュ・ウーロペエンヌ』はまさに『九〇〇』が目指すようなコスモポリットな文学の場としてあったし、この二つの雑誌の執筆陣は、ジョイスやラモン・ゴメス・デ・ラ・セルナなどを筆頭に、かなり重なっていただけに、スーポーとボンテンペッリ、ニノ・フランクのあいだに一種の仲間意識が芽生えてもいただろう。

スーポーとムッソリーニ政権

ところが、すでに見たように、スーポーは『九〇〇』に寄稿したことで、シュルレアリストたちからファシストの烙印を押されてしまうのである。アラゴンは、スーポーがムッソリーニに旅費を出してもらってイタリアに行ったと非難しているが、[*61]たしかにこの年、スーポーはイタリアを旅行しているものの、のちに『パリの最後の夜』で描くことになるような夜の街を徘徊する生活が続いて不眠症に陥っていたため、女医コレット・ジュラメック――ピエール・ドリュ・ラ・ロシェルと結婚し、スーポーの友人となっていた――の勧めでパリ郊外のサン＝マンデの療養所に入り、[*62]そののちの静養期間にイタリア旅行をして、ミラノのような大都市にも立ち寄りつつ、大半はトスカナ地方やマルケ地方の小さな村に滞在しただけで、当然、政治家などと面談した事実はなかった。もっとも、このころのスーポーはすでに『プチ・パリジャン』紙に旅行記などを寄稿しており、そうしたルポルタージュの仕事の一環という意味合いもあったし、ミラノではスタンダールが滞在していたホテルに宿泊したり、興味を引かれるようになっていたルネサンスの画家、とりわけ、当時は無名のままだったパオロ・ウッチェロの足跡をたどるなど、文学的、美術的関心に彩られた旅行でもあった。イタリアの詩人や作家に会ってみたいという思いもあったようだが、ムッソリーニ政権下のイタリアにあって挙動の不審な旅行者は監視されていると感じてあきらめた、と証言している。[*63]

スーポーがムッソリーニに接近したという疑惑には、一方で、『九〇〇』誌への広告掲載が関係していたふしがある。この年の暮れ、共産党所属の学生たちが発行していた雑誌『クラルテ』に寄稿した一文で、アラゴンは『九〇〇』を「ファシズムの雑誌」と言いきったうえで、その根拠として、いずれもファシズム寄りのイタリアの銀行や雑誌の広告を掲載している点を挙げている。ところが、この時代のイタリアの雑誌は、銀行や企業などに一種のスポンサーになってもらうのが通例で、スポンサーといっても雑誌の中身には口を出すわけではなかった。また、他の雑誌の広告が載っていた点についても、イタリアにかぎらず、雑誌ではよくある慣例であった。

広告をやり玉に挙げ、揚げ足を取ったかのように『九〇〇』を批判する一方で、アラゴンは雑誌の中身には一切ふれていない。執筆陣は、イタリア人も含めて、ファシズムに反対するか、少なくとも距離を置いている作家ばかりなのにである。編集を担っているボンテンペッリとニノ・フランクについても同じことが言え、ニノ・フランクなど、もともとは反ファシズムとして知られていたローマの日刊紙『イル・モンド』にフランスの作家についての記事を寄稿していたくらいだ。イタリアでは『九〇〇』はむしろ共産党寄りだと見なされたうえ、そのコスモポリタニズム的性格ゆえに反イタリア的として批判にさらされていたのである。

スーポー本人にもファシズムに接近するような傾向は一切見られない。十二年後の一九三八年、戦争の足音が近づくなか、レオン・ブルムの指示を受けてスーポーはチュニジアに渡り、チュニスにラジオ局を創設し、ファシズムの広告塔と化していたイタリアのラジオ＝バリに対抗すべく、反ファシズムの放送を流したのだが、そのせいで一九四二年にヴィシー政権の派遣した警察に国家に対する「裏切り」の嫌疑で逮捕されるという憂き目に遭うのである。そもそもスーポーは群れるのが嫌いな人間である。実家も、学校も、軍隊も、すべて彼を縛る軛《くびき》でしかなかった。シュルレアリスムから離れたのも、シュルレアリスムが党派性を強め、集団行動を強いるようになったからだった。その彼が、全体主義の最たるものであるファシズムに惹かれるはずはないのだ。スーポーはこう述べている。「わたしはうすうす感づいていたのです、自分には独立不羈がどうしても必要だと。あらゆる場面でこの独立不羈を手にいれるためなら、なにもかも犠牲にする覚悟があったのです[*64]」

スーポーにとっての『ニック・カーター』

スーポーにとって、短篇小説『ニック・カーターの死』の執筆もまた、そうした独立不羈を確認する行為だったのかもしれない。少年時代の彼にとって、ニック・カーターはいわばヒーローのような存在だった。リセ・コンドルセで、退屈な授業時間をやり過ごすため、机にナイフで彫傷を付けたり、お菓子を食べたりするだけでなく、『ニック・カーター』を読んでいたという[*65]。さらに、十代の終わりにロンドンに滞在した際、蠟人形博物館でニック・カーターの人形に遭遇し、そのことを自作の詩に盛り込んでいる。

……ニック・カーターと山高帽だ
彼はポケットに拳銃の一大コレクションと
悪態さながらの輝きを放つ手錠を潜ませている*66

ニック・カーターという探偵を創り出したのはアメリカの作家ジョン・R・コリエルである。サンフランシスコで船舶仲買人の仕事に手を出して失敗したコリエルは、家族を養う必要に迫られていたこともあり、カリフォルニア南部のサンタバーバラの地方紙に寄稿するようになる。さらに、大衆科学雑誌『サイエンティフィック・アメリカン』には科学記事を、少年向け雑誌『聖ニコラス』には少年小説を執筆するようにもなっていった。ところが、コリエル一家はニューヨークに引っ越すことになる。すると、ダイムノヴェルと呼ばれる安価な大衆小説を主に出していたストリート&スミス出版社の創業者フランシス・シュバエル・スミスと親戚だったこともあり、バッファロー・ビルなどを題材とした西部劇の物語を量産していた作家ネッド・バントラインのように書けないかと持ちかけられた。少年向け小説での収入に満足していなかったコリエルは二つ返事で引き受け、ニコラス・カーターの筆名で『アメリカの侯爵または復讐の探偵』を週刊誌『ニューヨークウィークリー』のために書いた。一八八六年のことである。ニコラス・カーター名義の第二作『老探偵の弟子またマディソンスクエアの謎の犯罪』でついに私立探偵ニック・カーターが登場する。その後コリエルはニック・カーターものを四作執筆するが、そこで彼はこのシリーズから手を引き、フレデリック・ヴァン・レンセラー・デイが引き継いで私立探偵の活躍を小説にしていった。ニック・カーターは伝説的なヒーローとなり、レンセラー・デイ以降もいろいろな作家がこのシリーズを手掛けている。

フランスでもニック・カーターものは早くから紹介されて人気を博し、アメリカに先駆けて一九〇八年にヴィクトラン・ジャッセ監督によって連作短篇のかたちで映画化されている。〈ニック・カーター、探偵の王〉と題されたこのシリーズは大成功を収め、一九〇九年と一九一二年にシリーズ続篇が撮られるほどだった。こうした映画が封切りになったころ、スーポーはようやく十代に入った年ごろだったが、早熟で映画好きの少年が、小説だけではあきたらず、少なくとも続篇のほうだけでも観に行ったことは想像にかたくない。

そのように偏愛の対象とまで言っていいほどのニック・カーターを、スーポーは自作の短篇小説のなかで殺している。物語の最後で、新聞売りたちが大声で叫んでいるではないか、「ニック・カーター死す！」と。それは彼にとって、少年時代との訣別であり、自分を縛り付けていたブルジョワ家庭からの脱出を意味していたはずだ。『ニック・カーターの死』の冒頭で長々と描写される広大な屋敷やその敷地には、彼が幼少期を過ごしたシャヴィルの記憶が反映されていると考えることもできる。また、第Ⅱ章、第Ⅲ章に出てくる診療所は、この短篇の執筆とほぼ重なる時期に入っていたサン＝マンデの療養所がモデルと考えられるが、不眠症治療のためにみずから入ったとはいえ、閉鎖的な施設であることに変わりはなく、そこからの解放をスーポーが望んでいたとしても不思議ではない。それこそ独立不羈を求める彼の精神のあり方がこの短篇小説を生みだしたと言っていいだろう。ただ、その結果として描きだされたのは、かなり異様な、夢のなかに迷い込んだような世界だ。

スーポーとアメリカ文学

犯罪小説であり、ニック・カーターという探偵が出てくるのに加え、人物の心理が描かれない――これはこの小説にかぎったことではなく、スーポーの小説全般に言えることだが――という点で、『ニック・カーターの死』には、どこかアメリカのハードボイルド小説を連想させるところがある（ただし、多くのハードボイルド小説は一人称で書かれているので、その点では、むしろ『パリの最後の夜』のほうがよりハードボイルド風と言えるかもしれない）。ハードボイルド小説という呼称が一般的になるのは第二次世界大戦後だが、そうした傾向の小説が生まれたのは、一九二〇年にアメリカで創刊され、ダシール・ハメットやレイモンド・チャンドラーも寄稿することになるパルプ・マガジン『ブラック・マスク』誌に掲載されたタフで非情（ハードボイルド）な主人公たちの物語がその原型と言われており、まさに『ニック・カーターの死』が書かれた時期と重なる。『ブラック・マスク』に掲載された小説をスーポーが読んでいた形跡は見つかっていないが、海外文学を積極的に紹介していたクラ社で編集の仕事をしていたスーポーは、海外文学に触れる機会が多く、英語圏の文学にも通じていた。おそらく当時のパリにおいて、アメリカ文学に最も詳しかった者のひとりがスーポーだったと言っても語弊はないだろう。当時のパリやその周辺では、禁酒法が幅をきかせているアメリカを逃れた詩人や作家たちが一種の共同体を作り上げていた。後年、スーポーはそうしたアメリカの文学者たちの様子を次のように述懐している。

スコット・フィッツジェラルドはドルまみれになっていたし、ハリー・クロスビーは浪費家だった……。とんでもないことになっていたね。（……）一方で、ほかのアメリカ人は逆に生活苦にあえいでいた。ウィリアムズはただの田舎医者という感じだった。マチュー・ジョゼフソンは窮乏の日々を過ごしていたし、マルカム・カウリーもそうで、ハート・クレインはほぼ文無しだった。アメリカ人のなかには生活が苦しい連中がいたわけだが、アメリカ人どうしで助けあっていたよ。たとえばハート・クレインが金に困ると、クロスビーに会いに行き、クロスビーは気前よく金をやるといった具合にね。（……）

フォークナーにはモンパルナスで出会った。人づきあいが嫌いなやつだったね。自分が生まれ育ったアメリカ南部から抜け出したがっていた。パリには失望していたと思う。ガートルード・スタインの取り巻きが嫌いだったんだ。ファレルもそうだった。トマス・ウルフもひとりでいるのが好きだった。ウルフは偉大な作家だけど、正当な評価を受けていないね。（……）

ルイス・ブロムフィールドはサンリスに住んでいた。ミドル・ウェスト出身の彼は、サンリスの農場で暮らしていたが、それは合衆国で快適な生活を送れなかったからだよ。ジョン・ピール・ビショップは郊外で暮らしていた。ビショップはフランス文学にとても詳しかったね。（……）

わたしが心底感心している女性が二人いる。キャサリン・アン・ポーターは実に控えめで、彼女の書く本とは似ても似つかない。黙って観察していたのを覚えているよ。その反対が激しやすいケイ・ボイルで、彼女はまさにロケットだ。（……）驚くほど自由な女性だった。*67

こうしたアメリカの詩人や作家たちと交流を持てたのは、若き日のスーポーがロンドンに滞在し、英語でのコミュニケーションに不自由がなかったおかげでもある。そのような人的交流があっただけでなく、彼は一九二四年にイギリスの詩人・作家であるフォード・マドックス・フォードがパリで創刊した『トランスアトランティック・レビュー』にフランス文学を紹介する記事を書いている。当時のパリのコスモポリットな雰囲気をそれこそ映し出している この月刊文芸誌には、ジョイスの『フィネガンズ・ウェイク』の抜粋が掲載される一方、のちにレジスタンス詩人として知られるジャン・カスー、そしてヘミングウェイやガートルード・スタインも寄稿していた。

さらに、一九二六年にマリア・マクドナルドとユージン・ジョラスが創刊したやはりコスモポリットな雑誌『トランジション』にもスーポーは参加した。この雑誌は、パリのオデオン通りでシルヴィア・ビーチが営み、英語圏の作家のたまり場になっていた本屋シェークスピア・アンド・カンパニーでの集まりから誕生した雑誌だった。スーポーが書いたチャーリー・チャップリンの架空の伝記『シャルロ』をおもしろがったユージン・ジョラスから依頼されて、彼はこの『トランジション』に寄稿するようになり、『ニック・カーターの死』の英語版を載せてもいる。この英語版の掲載に関係して、スーポー自身、この小説の執筆は「思春期の読書から自分を解放するひとつの手段[*68]」だったと述べているが、同時にそれは、アメリカやアメリカ文化に対する関心の芽生えを振り返る機会でもあったはずだ。実際、スーポー自身が認めているとおり、〈ニック・カーター〉シリーズをとおして、少年フィリップはアメリカへの興味をつのらせるようになったのである。

英語圏の作家の影響が最初にあったというわけではないのです。白状しますが、わたしは週刊誌にかなりひどい翻訳で掲載されていた『ニック・カーター』の冒険を夢中になって（まだ年端もいかぬころでした）読んでいたのです。友だちのことを思い出すように、いまでもニックやチック、若いアイルランド人パッツィー、そして中国人を思い出します。「妖精譚」の主人公と同じで、この「驚異的な」探偵たちのおかげで、わたしはニューヨークや合衆国を知りたいという気になったのです。[*69]

アメリカに興味を抱かせてくれたニック・カーターをあえて自作の小説のなかで殺すこと、それは思春期ならではの素朴な憧れから脱皮して、異国の文化に正面から向かい合うという思いの表明だったのかもしれない。だからこそスーポーは、『ニック・カーターの死』をコスモポリタンな雑誌『九〇〇』で発表し、その英語版をこれまたコスモポリタンな雑誌『トランジション』に掲載させたのだ。

黒人の存在

それにしても、小説のなかでニック・カーターを殺害し、スーポーのいわば解放者となるのがアルベール・マルテルという黒人であることに留意しておかねばならない。『オラス・ピルエルの旅』の場合と同じく、アルベール・マルテルも「悪い血」を受け継ぎ、スーポーを既成の枠組みから解放してくれるのだ。これらの作品以外にも、スーポーは文字どおり『黒人』と題された小説も書いているほどで、明らかに黒人にたいするこだわりがあるのだが、その点について彼自身は次のように説明している。

わたしはイギリスで、そしてのちにはパリで、「解放された」黒人である学生と知り合いました。奴隷の孫や息子である彼らは、もう奴隷には戻らず、自由でいると決意を固めていました。そしてわたしはといえば、ブルジョワジーの奴隷と化した人びとの孫ないし息子として生まれ、そのころもまだそうだったのです。しかし、わたしは黒人である友たちのようには勇気を出せないでいた。それにしても、あの「アウトロー」たちは友情について生まれながらの感覚を持っていましたね。白人の友となることを受け入れてくれたのです。先入観なしにです。*70

こうした背景があったからこそ、ニック・カーターを殺すのが黒人のアルベール・マルテルでなければならなかったのである。

反物語としての『ニック・カーターの死』

それにしても、この『ニック・カーターの死』はいかにも奇妙な小説だ。探偵であるニック・カーターが登場し、助手らとともに調査らしきものをして、最後は殺人も起きるし、すでに述べたように、どこかハードボイルド小説を彷彿とさせるところもある。しかし、いわゆる探偵小説の枠には収まりきらない作品と言わざるをえない。クララ・モレッサは、起承転結がはっきりしないこの小説を一種の「反物語」とするだけでなく、古典的な語りの常道をたんに反転させたり破壊したりしているだけでもないと断言する。この作品からは「主要な人物たちの発言や動作にともない、非常に独特の雰囲気がかもしだされ、その雰囲気は人物たちが訪れるあらゆる場所を包み込む」のだ。要するに、どの場面からも「夢――というよりも悪夢――の感覚」[*71]が生じてくるというわけだ。そしてモレッサはそこに、あらゆる文学形式から自由であるだけでなく、「人生において、説明はつかないが、深く隠された意味を持つありとあらゆるものをすべて受け入れる」[*72]というスーポーの姿勢を見出している。その姿勢は、『ニック・カーターの死』をスーポー自身が再録した『フランスの新しい散文アンソロジー』の編集方針にも見出せるものであった。この本の冒頭に置かれた、スーポーの筆のものと思われる序文では、次のように記されているのだ。

われわれはあらゆる散文家の文章を掲載するわけにはいかない。それは事実だ。したがって厳格な仕方で選別せざるをえず、有無を言わさずに言語を革新した書き手のものだけを掲載したわけだが、その革新は、民衆の根源へと遡ったり、自分の精神にふさわしい柔軟さを言語に与えたり、失われた純粋さを夢のうちに見出そうとしてもたらされたものだ。[*73]

『ニック・カーターの死』が発表された同じ年にシュルレアリスム・グループから脱退したスーポーだが、実は、ブルトンが重視する「驚異」を彼も追い求めていたのだ。『シュルレアリスム宣言』において、ブルトンがルイスのゴシック小説『マンク』を引き合いに出しつつ、「文学の領域では、ただ驚異だけが、小説のような下位のジャンルに属する作品や、概して裏話の性質をもつすべてのものをみのりゆたかにできるのである*[74]」と断言したあの「驚異」を。

3『パリの最後の夜』

『パリの夜』と『パリの最後の夜』

『パリの最後の夜』は、一九二八年五月にカルマン＝レヴィ社から出版された。翌一九二九年には、スーポーと親交のあった詩人ウィリアム・カルロス・ウィリアムズによる英訳がニューヨークのマーキュレー社から刊行されており、スーポーの小説のなかでも最も早くアメリカに紹介された作品となった。日本でも、一九三〇年に『モンパリ変奏曲』という邦題の石川湧訳が〈世界大都会尖端ジャズ文学〉という世界各国の都市をテーマにした小説シリーズの第四巻に収録された。フランス本国では、長らくカルマン＝レヴィ社の初版でしか読めない状態が続いていたが、半世紀近くが経った一九七五年にセゲール社から再版が出て、その後、文庫の〈ジェ・リュ〉シリーズの一冊として一九八五年に、さらにガリマール社の〈リマジネール〉叢書の一冊として一九九七年に刊行されている。再版のなかでも、少なくともセゲール社版と〈リマジネール〉叢書版のあいだには、読点の省略あるいは追加、大文字と小文字の違い、副詞の変更などの細かな違いがあることが確認されているが、初版と再版のあいだにはさらに多くの相違点があり、表記上の問題だけでなく、過去時制の表し方の違いが見られる。この問題を検討したパトリス・ベニャナは、こうした変更はおそらく出版社の校閲によるもので、校正刷りに丁寧に眼をとおす習慣のなかったスーポーが事実上黙認したのだろうと推測している。*75 とはいえ、それにしてはかなり不可解とも思われる大きな修正がひとつあるのだが、それについてはあとで取り上げることにする。いずれにしても、フランス本国はもちろん、海外においても最も読まれているスーポーの小説と言っていいだろう。

『パリの最後の夜』は、『狙え!』（一九二五年）刊行の際に熱狂的な賞讃の書評を書いてくれたのがきっかけで手紙のやりとりをはじめ、やがて友人となった文芸批評家のマルセル・ティエボーから、カルマン＝レヴィ社のために小説を書いてくれと依頼され、それに応えた結果生まれた作品だった。*76 パリを舞台にするだけでなく、むしろパリという街を前面に押し出した小説となったのは、スーポーもティエボーも生粋のパリっ子で、それが二人の友情につながったという事情を反映してもいるのだろうが、一方でカルマン＝レヴィ社からの依頼だったことが作用したとも考えられる。カルマン＝レヴィ社は、当時はピエール・ロティやアナトール・フランスの作品を刊行し、さらには、著者による自費出版ではあるがマルセル・プルーストの最初の小説『楽しみと日々』の版元でもあった。だが、さらに時代を遡ると、ボードレールと縁のある出版社だったのである。「カルマン兄弟の祖先にあたるミシェル・レヴィがシャルル・ボードレールの本を出版していたことをわたしは思い出した」[*77]とスーポー自身が当時のことを回想している。そのカルマン＝レヴィ社から出す小説の執筆にあたり、ボードレールの散文詩集『パリの憂鬱』の記憶がスーポーの脳裏をよぎったとしてもふしぎではない。

だが、おそらく『パリの憂鬱』以上にスーポーが意識していたのは、レチフ・ド・ラ・ブルトンヌの『パリの夜』（一七八八‐九四年）であったはずだ。『パリの憂鬱』よりもさらに時を遡り、フランス革命前の十八世紀後半に書きはじめられたこの書物から、スーポーはあきらかに自分の小説の題名を借りてきている。『パリの最後の夜』（*Les Dernières Nuits de Paris*）は、『パリの夜』（*Les Nuits de Paris*）の最新版、つまり「最近のパリの夜」の意にもとれるからだ。スーポー自身、執筆時を振り返り、「レチフ・ド・ラ・ブルトンヌの散策を思い出しながら、パリのいくつかの地区を夜に散歩する習慣があった」[*78]と認めている。

謎の人物ヴォルプ率いる一味によって一種のテロ行為が企てられ、実際にパリに大火災が起きるという『パリの最後の夜』の物語には、フランス革命前夜からその勃発の時期までを綴った『パリの夜』を二十世紀前半の時代状況のなかで読み替えた側面がたしかに透けて見える。そのうえ、『パリの最後の夜』の語り手は、ヴォルプの一味に出会い、その企てを漠然とながらも察知しつつ、結局は傍観者に終始し、おもに夜の時間帯にパリの街を徘徊するのであり、それは『パリの夜』の副題が「夜の観察者」であったことを思い起こさせる。しかも、『パリの夜』の序盤である第三十一夜で語り手は、バラバラにされた死体を夜の街で発見している。それは実は外科医見習生が解剖した死体を遺棄したものだったのだが、そうした真相を翌日に知る点も含めて、『パリの最後の夜』の冒頭でのバラバラ殺人事件をめぐる展開を彷彿とさせもするだろう。

また、スーポーの小説のクライマックスは、パリ郊外に起きる大火災だが、『パリの夜』でも火災は起きていて、語り手はオペラ座の火事を高台となっているパリ二十区のメニルモンタンから眺めている。一方、火事とは別の機会にではあるが、メニルモンタンに近い高台に『パリの最後の夜』の語り手も立ち、パリの街を見渡している。当然ながら、バルザックの『ゴリオ爺さん』の終盤でラスティニャックがやはり高台から街を見渡しつつ、パリに向かって挑戦の言葉を投げかけた場面が思い浮かぶが、『パリの最後の夜』の語り手はむしろ「ただならぬ倦怠感」にとらわれ、「破局」（本書二三七頁）を予感するのだ。そうした破局をパリにもたらそうとしているヴォルプの一味のなかには、それこそレチフ・ド・ラ・ブルトンヌを手本にしている人物もいる。「ときおり、手本と仰いでいるのが明らかなレチフ・ド・ラ・ブルトンヌから考察を拝借してきて、自分の話に箔をつけたりもした」（本書二〇五頁）。もちろん、もともとは『千夜一夜物語』を意識して書かれた『パリの夜』が断章の集合体として成り立っているのに対し、『パリの最後の夜』はあくまで一貫した物語として書かれているなど、違いはかなり大きい。しかしながら、ミシェル・ドゥロンが強調するように、十八世紀パリの生活誌であるメルシエの『タブロー・ド・パリ』と並び、「不衛生や暴力、病気と死、いかなる警官もせき止められなかったあまたの闇取引や売春」[*79]に惹かれ、いわばパリの負の側面をあえて暴いた『パリの夜』の描写は、やはりスーポーの小説に大きな影を投げかけているといえるだろう。

『ナジャ』との比較

そのように多分にレチフ・ド・ラ・ブルトンヌを意識しつつ書かれたとはいえ、『パリの最後の夜』はきわめてスーポー的な作品であることはまちがいない。たとえば、パリにささげた詩「パリのオード」でスーポーは、「ひと気のない街」、さながら廃墟となったパリを描いているのだ。

そしてわたしたちは廃墟に戻って来て残骸のなかを探しまわり

獣のようにありとあらゆる死の香りを
ありとあらゆる絶望と不実の匂いを嗅ぐ*[80]

こうした独特のパリ観を小説という形式で存分に展開させたのが『パリの最後の夜』であり、パリという街の持っている怪しい磁力をシュルレアリスム的な視点から描いていると言っていいだけに、ほぼ同時期に刊行され、やはりパリが舞台となっているシュルレアリストの散文作品と比較されがちである。言及されることが多いのは、一九二六年に刊行されたルイ・アラゴンの『パリの農夫』、そして『パリの最後の夜』と同じく一九二八年に刊行されたアンドレ・ブルトンの『ナジャ』である。しかしながら、そもそもシュルレアリスムとパリの関係を扱った著作や論文において、『パリの最後の夜』そのものが論じられること自体さほど多くはない。この分野の代表的な著作であるマリー＝クレール・バンカールの『シュルレアリストたちのパリ』においても、やはり中心となるのはアラゴンの『パリの農夫』と『ナジャ』の分析である。『パリの最後の夜』についての言及はあるものの、さほど多くはなく、スーポーについてはむしろ詩作品が引き合いに出されている。*[81]

おそらくその背景には、すでに一九二六年十一月の時点でスーポーがシュルレアリスムから排斥されていたという事実がある。すでに見たように、ジャーナリスティックな活動を会合でブルトンたちから非難され、アントナン・アルトー、ロジェ・ヴィトラックと並び、破門の憂き目に遭っている。したがって、『パリの最後の夜』の刊行時、スーポーは公式にはすでにシュルレアリストではなかったということになり、当然、シュルレアリスムの作品という見方はしにくくなる。しかしながら、シュルレアリスムからの排斥はあくまでブルトンたちの側からの判断であり、スーポー自身は、それ以前と以後で特に変わったわけでもないのだ。あとで詳しく見ることになるが、ブルトンとの共同作業の結果である一九一九年の『磁場』以降、その創作態度に揺るぎは生じておらず、一貫していると言ってかまわない。

たしかに、ブルトンはもともと小説に対して否定的であり、だからこそ『ナジャ』もいわゆる小説とは異なる形式の散文となっているわけだが、それに対して『パリの最後の夜』はあきらかに小説の形式をとっていて、そうした意味でもシュルレアリスムの文脈から外すという判断も生まれやすいのだろう。しかしながら、スーポーが書いたはじめての小説『善き使徒』が刊行されたのは、ブルトンが『シュルレアリスム宣言』を発表した一九二四年の前年であり、以後、スーポーはシュルレアリストの一員だった時期に定期的に小説を書いてきているのであるからには、ことさらに『パリの最後の夜』をシュルレアリスムと切り離して考える必要はないはずだ。

『パリの最後の夜』をシュルレアリスムの作品として考えた場合、やはり一番気がかりになってくるのは、スーポーをシュルレアリスムから除名したブルトンの『ナジャ』との対比だろう。しかもこの二作品は、パリが舞台の散文作品であるだけでなく、いずれもひとりの女性が重要な役割を担って登場してくる点でも共通している。そのせいか、『パリの最後の夜』のジョルジェットのモデルは、実はブルトンの著作でナジャと呼ばれていたのと同じ女性だという説まで出てくる。『パリの最後の夜』がガリマール社の〈リマジネール〉叢書の一冊として再刊された際に序文を書いたクロード・ルロワは、ナジャとジョルジェットが同じ女性をモデルとしているのではないかとの仮説を掲げ[*82]、さらに、『通りすぎる女の神話』と題した著作において、それをさらに強固な説として提出しており[*83]、ミリアム・ブシャランクもそうした仮説の妥当性を認めている。[*84]ナジャとジョルジェットのモデルが同一人物であるかどうかについては、スーポー自身が否定していることもあり、疑問はつきまとうものの、そうした見方を誘発するような磁力が両作品のあいだに流れているということなのだろう。どちらの女性も、それぞれの作品の語り手を惹きつけ、その結果、パリの街が一種の迷宮と化していく。だがその一方で、ナジャとジョルジェットの果たす役割にはかなりのずれがあり、そのことは語り手との出会いの場面にすでに表われている。

ナジャとジョルジェット

『ナジャ』の場合、かなり長い一種の前説があり、自分の生活、それも「組織的局面の外に考えられるような生活[*85]」のなかのきわだったエピソードが語られたのち、それについての考察がまず綴られる。そして、前年の十月四日の夕刻、暇をもてあましてラファイエット通りの『ユマニテ』紙の書店に来て、トロツキーの本を購入し、オペラ座のほうに歩いていたときにナジャと出会ったことが語られるのだ。

わたしはついつい人々の顔や、身なりや、歩き方を観察していた。冗談じゃない、こんな連中に、まだ革命をおこす用意があるなどとは思えなかった。ある教会の前の場所、名前を忘れたかそれとももともと知らないあの交差点を、渡りきったばかりのところだった。突然、まだ十歩ほど先だろうか、逆方向から、ひとりの若い女がやってくるのが眼に入るが、とてもみすぼらしい服の女で、むこうもわたしをそのときに見たか、それ以前からわたしのことを見ていた。ほかの通行人と違って、顔をあげて進んでくる。（……）奇妙な化粧をしていて、眼からはじめて途中で時間がなくなったといった感じだが、その眼のふちだけはブロンドの女にしてはあまりに黒い。（……）わたしはいまだかつてこんな眼を見たことがなかった。ためらわず、ただし最悪の事態も覚悟していたことは認めるが、この未知の女に声をかける。彼女は微笑むが、ひどく謎めいた感じで、そのときにはとても信じられなかったことだが、事情はわかっているというような微笑である。*86

一方、『パリの最後の夜』では、なんの前置きもなく、いきなり冒頭でジョルジェットが登場する。

女があまりにおかしな笑い方をしていたので、その丸くて青白い顔を見つめずにはいられず、たぶん、鏡に向かって反応するのと同じで、微笑みに対してついこちらも微笑み返していた。当然、そう、このうえもなく当然のこととして、女は緑色したミント水を飲んでいたが、それというのもこの街では、色恋を生業《なりわい》とする女はどいつもこいつも、液体状のキャンディーにすぎないはずのこの妙な飲み物を、相も変わらず、恥ずかしげもなしに好みにしていたからだ。（本書一〇五頁）

唐突ともいえる出だしで、それだけに小説的でもあるが、一方、女が街娼であることを明らかにしつつ、その外見などについては、「丸くて青白い顔」といった表現があるのみで、ほとんどわからない。この点に関しては、小説というジャンルを批判し、小説での描写を忌み嫌ったブルトンのほうが、よほど克明に記述している。このあともジョルジェットと名乗ることになるこの女性の外観が明らかにされないだけでなく、そのジョルジェットと微笑みをかわした語り手の心理なども一切示されないため、彼がジョルジェットのどこに惹かれて同道することになるのかもはっきりとはわからない。

このそれぞれの女と語り手の出会いの場面で見るかぎり、ジョルジェットがありふれた街娼のひとりでしかなく、その描き方もむしろ通俗小説を思わせるようなものであるのに対し、ナジャは、みすぼらしい服を着てはいても、革命などとは無縁に思われる他の通行人とは違い、顔をしっかり上げていて、語り手がかつて見たことのない眼をしているうえ、声をかけると「事情はわかっている」といった微笑をしてみせる。ナジャと名乗るこの女性が語り手にとって大きな意味を持つことが最初から示されていると言えるだろう。しかも、前説においてすでに「出会い」の重要さが語られ、その前説の終わりの部分では、「自分自身の人生の意味の啓示を権利として期待できる出来事」、「めざす途中でわたしが自分探しをしながらめざしている出来事*87」への言及があり、それがナジャの登場につながっていたのである。当然ながら、読者はなんらかの啓示をもたらす存在としてナジャを受けとめることになる。語り手が期待しているのは、「完全に予想外の、荒々しいまでに偶発的な性格によって、またそこから呼びおこされる一種あやしげな観念の連合によって、いわば蜘蛛の糸から蜘蛛の巣へと導く」と同時に、「そのつど、どこから見ても信号の外観を呈するような*88」事実であり、それがまさにナジャとの出会いということになる。

出会いが一種の信号として機能し、その信号としての機能によって啓示がもたらされるのである以上、まさにナジャこそがその啓示の鍵を握っている存在と考えるしかない。シテ島のドーフィヌ広場にいるとき、ナジャは語り手にむかって周囲の建物の窓のひとつを指さし、一分後にその暗いままの窓が赤くなると告げる。実際、一分後に窓にあかりがつき、しかも赤いカーテンがかけられた窓だったことがわかる。[*89] そもそも、自身で選んだ「ナジャ」という彼女の名前もロシア語で「希望ということばのはじまり[*90]」だとされていて、啓示をもたらす者にこそふさわしいのである。

しかしながら、信号がつねにその発信者のみではなく、受信者も想定しているように、啓示にもそれを受けとめる存在が必要である。それは当然ながら語り手ということになるが、この語り手はかぎりなくブルトン本人と重ね合わされている。『ナジャ』の冒頭近くには、『シュルレアリスム宣言』で展開された小説批判を受け継ぐかのように、実在の人物を分解したり組み合わせたりして作中人物を捏造する小説の方法が槍玉に上げられる箇所があるのだが、それに続く文章のなかで、次のような宣言がおこなわれている。「わたしはどこまでも実名を要求し、どこまでも、扉のように開いたままで、鍵を探さないですむような書物にしか興味がない」そしてそのうえで語り手は、「わたしはといえば、これからもガラスの家に住み続けるだろう[*91]」と断言する。つまり、アンドレ・ブルトンとしての自分を包み隠すことなくさらすという所信表明だ。実際、『ナジャ』のその後の展開のなかでは、語り手の書いたものとしてブルトン自身の詩や書物について言及があったり引用もされたりするのだ。そのように著者ブルトンに重ね合わされた語り手アンドレは、冒頭の一句「わたしは誰なのか[*92]」という一文とともに、いわば自分探しをおこなっていくことになるのだが、そうした自分探しを導くのがナジャのもたらす啓示というわけである。

一方の『パリの最後の夜』の場合、『ナジャ』と同じように一人称で女性との出会いが語られるわけだが、ジョルジェットと語り手のそれぞれのあり方や二人の関係は、かなり異なるものになっている。そもそも、この『パリの最後の夜』の場合、すでに紹介したようにジョルジェットのモデルがナジャと同一人物ではないかと取りざたされたりもするのは、それだけジョルジェットが虚構の人物として小説的に造形され、魅惑的な女性になっていることを逆説的に示してもいるし、ヴォルプとその一味をブルトンとシュルレアリストたちと見なす読解もしばしばされてきており、それこそブルトンが批判していたように、実在の人間を適度に加工して作中人物に仕立て上げる小説ならではの方法を思わせる面があるのだ。その一方で、語り手をスーポー自身に重ねて見させるような手がかりはとくに与えられていない。この一人称で語る人物は、年恰好や職業なども明らかでなく、かといって心理描写もほとんどされないため、ひたすら傍観するだけのいわば空虚な存在なのである。その空虚な存在である語り手がジョルジェットに出会い、いわば翻弄されるのが『パリの最後の夜』という作品だ。[*93]

そうしたジョルジェットのあり方は、パリの街の描かれ方と相関関係にある。ブルトンの『ナジャ』では、そしてアラゴンの『パリの農夫』においても、ポスターや看板はつねになんらかの意味を担っている。『ナジャ』での表現を借りれば、それらは一種の「信号」なのだ。たとえば、添えられたボアファールの写真でも確認できる「薪＝炭」商の看板は、ブルトンがスーポーとともにおこなった自動記述の実験の結果である『磁場』の最終ページを示唆するだけでなく、薪の切り口に見える丸いかたちの図形もあることで、さまざまな読みへと読者を誘わずにはおかない。アラゴンの『パリの農夫』では、ポスターがまさに現代の神話を示唆する。ところが『パリの最後の夜』では、壁に貼られたポスターの文字に語り手が視線を投げかけても、ヘッドライトを灯《とも》してポン＝ヌフを渡ってやってきた自動車のせいで最後まで読むことができない（本書一一二頁）。あるいは、語り手が追跡したジョルジェットの弟オクターヴは、サン＝ラザール駅の近くのヨーロッパ橋で立ちどまってポスターを眺めるが、そのポスターには「壁にもまして陰鬱な太い帯」が埃のせいでついている（本書一七九頁）。つまり、なにか「信号」らしきものはあるのだが、その解読は不可能なのである。だから語り手は「徐行（Ralentir）」と書かれた標識を「悔恨（Repentir）」と読み違える可能性に言及したり（本書一〇七頁）、「合図が出された。だが誰が、誰に対して？」（本書一〇六頁）とつぶやかざるをえないはめにおちいったりする。

そうした『パリの最後の夜』において、ナジャと違い、ジョルジェットは語り手に啓示などもたらさない。ジョルジェットとともに現われてくるのは数々の謎だ。周囲の夜の女たちも、ジョルジェットは自分たちと違うと考えているが、それは「ジョルジェットは誰から見ても謎そのものだった」（本書二一九頁）からだ。彼女に出会った夜、語り手は不思議な出来事に遭遇する。その出来事が何を意味していたかは翌日の新聞で明らかにされるものの、かえってジョルジェットをめぐる謎が深まっていき、語り手は彼女のあとを尾行せざるをえなくなる。尾行することで、ジョルジェットの謎はさらに深まるばかりだとしても。

サン＝ジェルマン＝デ＝プレ広場での最初の出会い以来、おれが立ち会った、控えめに言っても奇怪なと呼ぶしかない出来事のことごとくにあの女が絡んでいた。不可解にもああして次々に謎が生じてきた事態の証人であるとともに、あの女はその原因なのだ。
（本書一八二－八三頁）

ジョルジェットの影を追いながらパリの街のなかをさまようことで、もともとはパリ生活になじみ、その片隅に落ち着くひとつのピースとしてそれこそ透明な存在となっていた語り手は、パリを破壊しかねない暴力的な活動の無言の共謀者に変貌していくのである。語り手のそうした変貌は、昼はありきたりの街娼のひとりに見えるジョルジェットが、夜のパリを体現する存在に変貌する過程に重なっていく。

「偶然」のテーマ

あるとき、語り手は友人ジャックから呼び出され、夜に街で偶然会った女のことが忘れられないと相談され、二人で夜の街に出て、その女を探す。そしてジャックが出会った女がジヨルジェットだったことがわかり、語り手はジャックとともに彼女のあとをつける。すると語り手の眼にはパリが変貌して見えるのだ。

この夜、おれたちがジョルジェットを追いかけているとき、もっと正確に言うなら、尾行しているとき、おれはパリを初めて眼にした。街はつまり前とは違うものになっていたのだ。（本書一四八頁）

その後、語り手は今度はひとりだけでジョルジェットのあとをつけるようになっていく。もちろん、ジョルジェットがほかの女と違うのは、彼女が文字通り夜に生きる女だからだ。

〔彼女は〕夜しか愛さず、毎夜、夜と婚姻を交わしているかのようで、光から遠ざかって暗闇のなかに入るときになってはじめて、その足取りも現実めいてくる。（……）あの女は夜そのもので、その美しさは夜だけのものだ。（本書一五一頁）

ジョルジェットが街そのものとなっていくが、それは昼のパリから夜のパリへの変貌を表わしていたのだとも言えよう。さらに、ジョルジェットが夜のパリの街を歩くとき、日常的な時間が止まってしまう。語り手の部屋にある置時計が、毎晩、「街が出す合図にこたえるかのように」（本書一四〇頁）一一時三五分で止まってしまう。さらに、タクシーに乗ってパリの街を移動すると、見かける大時計がどれも例外なく一一時三五分を指しているのだ。さらに、最初の晩にジョルジェットが語り手を導いていった学士院前まで来て、河岸に立つジョルジェットの姿を眼にすると、日付や時間の感覚が混濁するのを感じずにはいられなくなる。「別々の日付が混じり合う。あたりを包み込む影とあの女の存在が時を破壊していた」（本書一四七頁）

ジョルジェットは、社会生活が営まれるために時が規則正しく刻まれる昼のパリを、そうした規制から解放された夜のパリへと変えていく存在なのかもしれない。『ナジャ』と『パリの最後の夜』を「偶然」というテーマの観点から詳細に比較分析したパトリス・ベニャナは、一九三〇年代に入ってからのブルトンが「客観的偶然」を重視するようになり、『ナジャ』における出会いのテーマなどもそうした観点から見るべきだと主張したことを確認しつつも[*94]、ブルトンにとって出会いが一種の必然となる以上、「偶然というのは見せかけにすぎない」[*95]と断じる。実際ブルトンは、「物ごとのいくつかの配置に見られる出会い以上に精神にとって重要なのは、いくつかの物ごとに対してとられる精神の配置なのである」[*96]と述べ、すでに見たように、それを一種の「信号」とみなし、そこから啓示を引き出すことが問題である以上、偶然のように見えても出会いは必然となっていくのである。それをベニャナのように見せかけの偶然と見なすか、ブルトンならではの新しい偶然のとらえ方、すなわち「客観的偶然」と考えるかは、意見の分かれるところだろうが、少なくとも、ベニャナの指摘するように、必然が介入してきている以上、ブルトン的な偶然には「自由の余地がいささかも残されていない」[*97]ように見えてしまう側面があることはまちがいないだろう。

それに対し『パリの最後の夜』においては、必然や啓示ではなく、先の引用にもあったとおりなによりも「謎」が、そしてその「不可解さ」がもたらされている。そのように「謎」や「不可解さ」にもてあそばれることこそが、スーポーにとっての「偶然」なのだ。『パリの最後の夜』の第二章の冒頭には、「偶然は、原因に対するわれわれの無知がもたらしたものにすぎない」というラマルクの言葉がエピグラフとして掲げられており、実際、第一章で語られる学士院前での出来事の不可解さは、第二章で語り手が読む新聞記事によっていったんは解消される。だが、物語が進むにつれ、ジョルジェット、さらにはその弟のオクターヴ、そしてヴォルプの一味をめぐる謎はむしろ深まるばかりだ。

たとえば、ジョルジェットに関して語り手は、一見すると、彼女は平凡などこにでもいる娼婦のひとりだということを認めつつ、それは見かけだけのことで、ジョルジェットは他の女たちとは違っていて、その違いが彼女の魅力になっていると述べる。しかも、特にその魅力を造りだしているのは、彼女が「影に似ている」ことだとされる。あるときは光に、あるときは影に似た存在となるのがジョルジェットであり、語り手はそうした彼女のことを、「影が浮かべる微笑み」（本書一五一頁）と称するのだ。そうした二面性を有する女性ではあるが、昼の光のなかではありふれた娼婦のひとりにしか見えないジョルジェットが怪しい魅力で輝くのは、夜の闇のなかにおいてなのだ。すでに見たように、夜そのものであるジョルジェットは、昼の光から遠ざかり闇のなかに入っていくほど、「その足取りも現実めいてくる」（本書一五一頁）のだ。そのジョルジェットが物語の後半で事実上姿を消すと、ヴォルプは、彼女がいなくなってしまったことで、「夜がもうなくなってしまうような気がする」（本書二三〇頁）とつぶやき、そのうえで、「ジョルジェットはひとりの女だ」というそれ自体謎に充ちた言葉を投げかける。その言葉を嚙みしめ、ジョルジェットを取り巻く謎に思いをめぐらせながら夜明けの街を歩いていた語り手の前で、「偶然」が人の姿をしているように見えてくる。

太陽の光を受けながらこうして朝の街を歩いているあいだ、自分の眼の前で偶然がふくらんでいくのがおれには見えた。偶然は、無数にいる人間と同じ外観をしているものの、力強く、それでいてとても身近な人物としておれの前に姿を現わした。それは、おれのほうに歩いてくるあの穏やかな通行人かもしれないし、酔って疲れたタクシーの運転手かもしれないし、ヴォルプでもオクターヴでもあり、もしかするとおれ自身の一部でもあったかもしれない。偶然はさらに大きくなり続け、パリは、おれの街は、偶然が好んで住みつく場所なのだという結論をまもなくおれは出した。

（本書二三一頁）

夜のパリの街の化身のごとき存在となっていたジョルジェットが姿を消したのと引き換えに、人の姿をした「偶然」、「指でさわってしまえるほど」の「偶然」が現われてきたのだとしたら、それもまたジョルジェットという女が生み出したものなのかもしれない。いずれにしても、『ナジャ』の場合、ブルトン自身は目的原因論的に見られることを避けようとしているにもかかわらず、[*98]啓示にこだわるあまり、やはり決定論的な世界観になっているのは否めないのに対し、『パリの最後の夜』における「偶然」の扱いを見てもわかるとおり、スーポーの描くパリの夜は、そしてその化身でもあるジョルジェットは、決定論からはどこまでも遠ざかり、われわれ読者を混沌へと誘うのである。

パリ郊外と破局

ナジャとジョルジェットという人物に注目してブルトンとスーポーの作品を比較してみる場合、もうひとつ大きな相違点があることに気づく。ナジャは精神のバランスを崩して入院し、作品の表舞台から姿を消すが、それはあくまでもう作品自体が終局に入ってからであるし、そうしたナジャの退場と引き換えに登場するのは、もうひとりの未知の女性であり、ある意味で、ナジャはこの未知の女性を語り手アンドレに引き合わせる役を演じたとも言える。一方のジョルジェットも徐々に姿を消すのだが、その段階で物語の行く末は不透明なままであり、しかも彼女が姿を消した理由は明らかではなく、それもまたジョルジェットにまつわる謎のひとつとなっていく。そしてジョルジェットの代わりに語り手の追跡の対象となるのが、ジョルジェットの弟のオクターヴなのである。そのオクターヴはジョルジェットの分身と言ってもよい存在なのだ。あるとき、ホテルの一室でジョルジェットに向かい合った語り手は次のような感慨を抱く。「薄紫色の古ぼけた、いかにも貧相な部屋でさし向かいになると、おれはすぐさまオクターヴのことを考えてしまった。どうしても彼のことを思い出してしまうのは、そのとき、ジョルジェットのまなざしが弟とうりふたつになっていたからだ」（本書一七七頁）。オクターヴがジョルジェットの分身だからこそ、語り手は、ジョルジェットが姿をあまり見せないようになったのち、それまで以上にオクターヴに関心を抱き、ヴォルプの一味とかかわるようになっていくのである。

そうしたオクターヴを尾行した語り手は、ある夜、パリの郊外へと導かれていく。工場地帯を抜けると、荒廃した郊外の景色が眼の前に広がってくる。

都市を攻撃しようとしているかのような巨大で油まみれのあの病毒を、おれは夜の闇のなかで眼に留めた。屋根が低くてまちまちの家が沼に浮かぶ泡《あぶく》に見える。野良犬から生まれでたような郊外は、売春婦が梅毒を撒き散らすように、膿疱をあたり一面に広げていた。
（本書一八〇頁）

このように、荒廃を通りこし、陰惨と形容したくなるような風景が描かれることになるのだが、それもまた『ナジャ』には出てこない景色だ。さらにそうした郊外の描写は、パリを舞台にしたシュルレアリスムのもうひとつの代表的作品であるアラゴンの『パリの農夫』においても見出せない。

『パリの農夫』と『パリの最後の夜』を比較しつつ、アラン・メイエは両者に「大混乱[*99]」への期待が見てとれると述べている。実際アラゴンは『パリの農夫』の時代背景となる一九二四年という年において、「破局が日々の小銭」であり、「破局を好む気配が大気中にただよっていた[*100]」と語っているのだ。一方の『パリの最後の夜』では、すでに見たように、語り手は「偶然」に身を任せる。「突如としておれを引きずりまわしだしたこの偶然ともう争ったりはしない」(本書一八四頁)。そのことによって彼は自由を手にはするが、それは一種の破局をもたらす諸刃の剣とならざるをえない。語り手は、オクターヴ、ジョルジェット、ヴォルプ、そして船乗りに自分が惹きつけられているにもかかわらず、彼らとは同じように生きられないことを認めつつ、次のような感慨を抱く。

彼らの生き方のなかには説明しがたい魅力があり、おれはそれを自由と呼ぶのだ。ひとりひとりの活動をいとも簡単に動機づけできるといっても、結局のところ、論理的な

積み上げがちょっとしたことで崩れてしまうかもしれないのであれば、どうでもいいではないか。（本書二三六頁）

だがそれにもかかわらず、いやむしろだからこそ、語り手は破局を予感せずにはいられない。

嵐の終わりを見越すように、おれはそうした破局を予感していた。すべてには終わりがあり、避けがたいものがいつの日かやってくると思わなければならないと、やつら自身もわかっていた。むしろそうなるのを熱烈に望んでいたのだ。（本書二三七頁）

そのようにともに破局の予感のなかにありつつも、結局のところ、アラゴンとスーポーは方向性を微妙に異にするとアラン・メイエは考える。『パリの農夫』の語り手は、アンドレ・ブルトン、マルセル・モルを伴って街中を散策し、「フランスの大衆小説や連続活劇の心惑わせる舞台となる、パリ周辺のいかがわしいあの広大な郊外」*101へと思いを馳せるが、実際にその郊外に足を踏み入れることはなく、十九区の人工的に自然を真似て作られた公園であるビュット＝ショーモンを訪れるにすぎない。語り手が形容するように、ビュット＝ショーモンが「暗殺の光にみたされたいかがわしい地帯」*102だとしても、所詮は、せいぜいキッチュな光景を展開してみせる場所であり、「都会生活者の野生の夢がうごめく広大な感傷の国」[*103]と規定される公園にすぎない。

それに対し、『パリの最後の夜』においては、『パリの農夫』とは違い、明らかな虚構のなかではあるものの、すでに見たように語り手はオクターヴのあとを追って郊外に入り込む。そしてそれは、夜のパリ市内にもまして深い闇のなかにさまよいこむ体験となるのだ。

夜は木々にしがみついていたが、空き地では待ち伏せの態勢になり、どこまでも続く狭くて暗い通りでは横たわって、魔の世界の出口にいるかのように、おれたちを見張っていた。少しでも物音を出せば破局となるし、少しでも息づかいを悟られるととんでもない恐怖が巻き起こる。おれたちはいつ果てるとも知れぬ泥のなかを歩いた。一歩一歩、夜の厚みのなかへと入っていき、抜け出せない迷路にはまり込んでいった。

（本書一八一頁）

パリの夜そのものと化していたジョルジェットの役割を引き継ぐかのように、オクターヴは語り手をパリ郊外の夜の闇のなかに誘っていく。それは、アラン・メイエの言葉を借りれば、「原始への退化」[*104]とでも呼べるような危険な歩みであり、最終的にはオクターヴが引き起こす爆発と大火災という、それこそ破局をもたらさずにはおかない。

　ちなみに、物語の最後では、また別の郊外であるヴェルサイユ門においてもうひとつの火災が起こる。スーポー自身はあいまいなかたちでしか記さないが、ふたたび姿を現わしたジョルジェットがこの火災に関係していることは明らかだろう。しかしその火災は、いわば弟のオクターヴが引き起こした爆発と火災を今度は彼女が引き継いだものであり、ジョルジェット自体はもともとはむしろ水と親和性が高い存在として描かれる。彼女は語り手をセーヌ河岸の学士院前に誘い、謎の船乗りと出会わせ、さらに水族館での会合へと誘い込んでいる。水の流動性が日常を揺り動かし、秘められていた謎をあらわにしていくのだ。もともと、ミリアム・ブシャランクの言うように、スーポーにおいてセーヌ川は「想像力や詩を導く河」[*105]にほかならないのだし、石川清子の言葉を借りれば、水による変容が「日常を驚異に変貌させる」[*106]のである。そしてその水がもたらした変容を受けて、火が偽りの表層を破壊する。オクターヴの起こした爆発によって火災が起きるなかで雨が降り出すのは、ジョルジェットとオクターヴのそれぞれの役割の相互浸透性を暗示しているとも言えるだろう。いずれにしても、変容は破壊に至らずには終わることがない。破壊なくして新しいものは生まれてこないからだ。ベルヴュの高台からパリを眺めていた語り手は、かつてローマの街を前にしてある人物が発していた次のような言葉を想起せずにはいられないのだ。「ひとつの文明が消えると、十の文明が見つかる」（本書二四二頁）

『ファントマス』と夜のパリ

「パリに特有のあの一種の野次馬」であり、「永遠の逍遥者」とでも呼べそうなオクターヴ、そしてその姉のジョルジェット、この二人を尾行する語り手の歩みとともに、パリは輪郭のはっきりした昼間の街から曖昧で謎に充ちた夜の街に変貌する。そして、そのように生じた変容の延長で、オクターヴやジョルジェットを含むヴォルプの一味によって破壊工作が企てられる。『パリの最後の夜』のこうした物語やテーマは、この作品が探偵小説ないし犯罪小説と呼べるような体裁をまとっていることと無関係ではあるまい。フィリップ・スーポー自身、『パリの最後の夜』の執筆に取り組んでいた時期を振り返り、次のように述べている。

わたしが不安だったのは、『ファントマス』のことを思わずにはいられなかったのにもかかわらず、マルセル・アランやピエール・スヴェストルの才気や妙技が自分にはなく、それにレチフのように次々と書き続けることもできないのを悔やむことになったからだ。*107

最後にレチフ・ド・ラ・ブルトンヌの名前が出てくるのは、新聞などに連載されることで人気を博していった探偵小説や犯罪小説の一種の祖型を、スーポーがレチフの『パリの夜』

のうちに見ているからだろう。それはともかく、スーポーが『ファトマス』を意識していたのは明らかだ。その『ファントマス』の著者であるマルセル・アランとピエール・スヴェストルはどうやら交互にほぼ機械的に執筆をしていたらしいことがわかっている。執筆時の意図や各人物にどういった象徴性があるのかといった問いかけに対し、マルセル・アランはため息まじりにこう回答している。

まったく憶えていないのですよ……。どんな状態でわたしたちが執筆していたかわかってもらいたいものです。毎週、原稿を渡さないといけない。スヴェストルとわたしは骨組みや筋書きは共有していました。おのおのが一部分ずつ書きます。著作権をあとではっきりできるように、スヴェストルの書く章は「それでも」ではじめ、わたしの章は「しかしながら」ではじめていました。一週間後、両方の文章をなんとか嵌《は》め合わせるのですが、それは印刷組みにする直前で、そのあと、また連載の続きについて考えていたのです。[*108]

まさにこのマルセル・アランの述懐を引用しつつ、アラン・メイエは、『ファントマス』の著者たちも、『パリの最後の夜』執筆時のスーポーも、「無意識の命じるままに[*109]」書いていたのではないかと仮説を立てている。メイエは、『ファントマス』が第一次世界大戦間近の時代に社会が不安定になり、危機感が醸成されていた状況のなかで人びとが抱いていた不安や恐れをうまくとらえていたとし、シリーズ物の小説ではないとはいえ、執筆依頼に応じて書かれた『パリの最後の夜』も、狂騒の一九二〇年代が終わりに近づきつつあるなか、「その時代の潜在的な中身」をそれと意図しないまま表わしていると考えるのだ。たとえば、さきほど検討したパリ郊外の描写がもたらす不穏な感覚は、「古きヨーロッパを守る柵が揺らぐ時代の流れ*110」のなかに刻み込まれた不安感に通じるとされている。

だが、もしメイエの言うように、『ファントマス』と『パリの最後の夜』がともに時代の暗い雰囲気を図らずも反映しているとしたら、それはともに自動記述に近い状態で書かれたことと無関係ではないはずだ。もちろん、『ファントマス』の場合はあくまでシリーズ物であり、マルセル・アランの証言にあるように、あらかじめ骨組みや筋書きは決められていたわけだが、二人で交互に、しかもおそらくかなりの速度でほぼ機械的に執筆するという方法は、ブルトンとスーポーの『磁場』を想起させずにはおかない。回想録においてスーポーがマルセル・アランとピエール・スヴェストルの名前を出したのも、そうしたつながりを感じていたからではないだろうか。実際、『パリの最後の夜』執筆時を回想しつつ『ファントマス』に言及する直前の箇所で、彼は『磁場』も引き合いに出しているのだ。

スーポーが言うには、『パリの最後の夜』の起源はパリの街での夜の散策なのである。すでにレチフ・ド・ラ・ブルトンヌとの関係で引用した箇所にあったように、彼は『パリの夜』を思い出しながらパリの特定の界隈を夜に歩きまわっていたわけだが、その際、昼よりも夜に活動する個性的な人物たちと知り合い、そうした人物たちが語ってくれたことを参考にして『パリの最後の夜』を執筆したと明かし、さらに、自分の執筆スタイルにも触れている。つまり、「わたしは熱に浮かされたように執筆し、『磁場』の第一章のときとほとんど同じくらいの速度で書いた*[111]」というのだ。『磁場』執筆のころ、ブルトンとスーポーはよく連れ立って夜の散歩をしていた。スーポーは次のように回想している。

　ブルトンとわたしは小さな通りや大通りを、息を切らして歩いていました。ショーウインドウ、看板、ポスターを見るとめまいを感じました*[112]。

　作中人物が夜のパリの街を歩きまわり、しかもスーポーみずからもパリの街を夜に徘徊することで生まれたこの作品を執筆しつつ、スーポーは『磁場』に取り組んでいたころの自動記述的な書き方を取り戻していたのかもしれない。そもそも、『パリの最後の夜』に先立ち、中篇『失われた死体』の冒頭部と末尾部を書き足して『黄金の心』として一九二六年に刊行した際、この加筆部に関しては自動記述の方法で書いたとスーポー自身が認めているのだ。

『磁場』の自動記述を思い出しながら、詩＝小説である『黄金の心』を驚くべき速さで書き上げたのです。*113

そうであってみれば、その二年後に刊行された『パリの最後の夜』の執筆の際に再度、『磁場』でおこなった自動記述の方法を取り入れたとしても不思議ではないだろう。

オートマティスムの実践

そうした仮説を裏づけているように思われるのが、先述した初版と再版のあいだに見られる相違である。本書における拙訳は再版のほうを底本としており、最後の第十四章の冒頭で語り手がヴォルプと落ち合ってカフェに入り、一味と顔を合わせる場面は次のようになっている。


ヴォルプはカフェのテラスでおれを待っていた。

店に入る前にガラス越しになかを見ろとヴォルプはおれに促した。

「連中のことは全員それなりに知っているさ」とおれは言った。

「あんたはあいつらのことがよくわかっていないよ」とヴォルプは答えた。

それでも、お気に入りのテーブルについている、いかにも陰謀家めいた挙動を示す数名の客が誰か、おれにはわかっていた。ヴェルボ、あいかわらず垢ぬけた格好をしているブラン、それに道化《ビュ・ド・クルン》づらというあだ名で呼ばれている寡黙な男がテーブルの端にいた。

（本書二六〇頁）

この引用箇所の後半が、初版では以下のようになっていたのだ。

……それでも、お気に入りのテーブルについている、いかにも陰謀家めいた挙動を示す数名の客が誰か、おれにはわかっていた。ヴェルボ、あいかわらず垢ぬけた格好をしているブラン、それに道化《ビュ・ド・クルン》づらというあだ名で呼ばれている男、そしてテーブルの端で寡黙なままのオクターヴがいた。*114

すでに死んだはずのオクターヴがヴォルプ一味のひとりとしてここに出てきてしまっているのである。さらに、このあとヴォルプが発した「やつらはあんたを待っているよ」といった言葉を受けて、語り手は、「おれはヴェルボがどういうやつかわかっている、やつだけじゃなくて……」（本書二六一頁）と思わず口にするわけだが、この語り手の発言にも、初版では、「おれはオクターヴがどういうやつか、ヴェルボがどういうやつかわかっている、やつだけじゃなく……」とオクターヴの名前が入っていた。むろん、死んだと思われたオクターヴが実は生きていたということもありえないことではないものの、それならばなんらかの説明がありそうなものだが、このあとオクターヴについての言及は一切ない。初版でこの場面を書いているときのスーポーの意識の隙間を通り抜けてオクターヴが登場したとしか言いようのない記述になっているのである。このことからも、『パリの最後の夜』の執筆の際に自動記述的な方法が用いられていたことが推測されるのである。[*115] だが、そうした一種の錯誤の例にとどまらず、この小説全体に自動記述を思わせる展開や表現が散見されるのだ。

実際、この作品はいかにも小説的な展開をしていきながら、本来は小説に求められているはずの構築性がいわば脱臼化されていて、歪みというか、一種の余白がまぎれこんでいるだけでなく、結局は堂々めぐりに終始しているような異形の作品となっている。そのうえ、文体も独特で、散文のなかに詩的な表現が紛れ込んだような文章とでも言うしかないのだが、それはいかにも詩にふさわしい比喩表現などがあるというのでなく、どこか文章の関節がはずれたようなものになっているのだ。たとえば、語り手がジャックとともにジョルジェットを尾行し、この女に「夜を変貌させる力」があると感じる場面では、そのように変貌したパリの夜について次のような記述を見ることができる。

何万人といる女のひとりにすぎないこの女のおかげで、パリの夜は、未知の領域に、花と鳥と視線と星でいっぱいの不可思議な一大王国に、あたりの空間のただなかへ投げ込まれた希望になっていた。自分の想念に翻弄されて、おれは競輪場を思い描いていた。

（本書一四八頁）

ジョルジェットの持つ変貌させる力のせいで、パリが「花と鳥と視線と星でいっぱいの不可思議な一大王国」になるとされるのだが、この花と鳥と視線と星の羅列自体がそもそも散文的な論理性からは逸《そ》れてきている。だがそれ以上に奇妙なのは、そのすぐあとで、語り手が「競輪場を思い描いていた」とされることだ。変貌したパリの夜と競輪場の関係についての説明は一切ないままであり、ごく普通の小説を開いているつもりでいた読者は、それこそ狐につままれたような心持ちにならざるをえない。パトリス・ベニャナはまさにこの一節を引用しつつ、それが、非決定性の原則によって成り立つ『パリの最後の夜』独特の偶然の観念を示しているとしたうえで、そのような偶然の観念を構成する小説は一種の「オートマティックな物語[*116]」に属すると主張するのだ。実際、このような「花と鳥と視線と星でいっぱいの不可思議な一大王国」と「競輪場」の並置は、距離の離れた二つの関係項によって成り立つとブルトンがルヴェルディに依拠しつつ提示したシュルレアリスム的イメージを思い起こさせはしないだろうか。

『パリの最後の夜』をその文章表現に注目して分析したニコラス・ヴァグネルも、唐突に「競輪場」が登場するこの一説に眼をとめ、その「突飛さ」ゆえに「オートマティック[*117]」な性質を有していると述べている。ヴァグネルはさらに、散文を構成する文の連なりのなかでそこだけ遊離したような文に注目し、それもまた「オートマティスムの実践」から生じてきたと考えようとする。たとえば、ジョルジェットと語り手が夜の街を歩く場面に唐突に挟まれた感を否めない次のような一文だ。

小さなカフェの放つ光が、ありふれた店の三角形でもの悲しい正面に、シロップを跳ねかけていた。（本書一〇八頁）

比喩的な表現と言うこともできるが、光というあまり物質感のない要素が急にシロップに置き換えられることで、奇妙な生々しさを喚起している。同じようなことは、抽象的あるいは心情的な事柄を指す語が一種の擬人化をほどこされる場合にも言えるだろう。ヴァグネルは次のような例を挙げている。異様な擬人化であることがわかりやすいように、一部、本書の翻訳よりも直訳的なかたちで示すことにする。

彼女の周囲に絶望が寄り集まっていたのだ。（本書二三六頁）

いくら歩きまわってみても、突如として感動が眼の前に立ち上ってくるのをおれは二度と見ることができなかった。（本書二五二頁）

疲れたそぶりも見せず、オクターヴは橋を渡り、おれの倦怠と強情さがそのあとを追った〔おれはうんざりしながらも粘り強くあとに従った〕。橋の上で、風が音をたてはじめた。
（本書一八一頁）

ありきたりの擬人化とは異なり、本来は実体のないものがいきなり物質化して迫ってくるような感覚を読者は持つだろう。似たような言葉の使い方をヴァグネルは『磁場』のうちに見出しているが、次の箇所などは、『パリの最後の夜』から引いた右の三つの例のうちの最後のものを想起させる部分がある。

そしてその重たい熱意が午後二時に普通の橋の上を通り、欄干にゆっくりともたれかかっていた。感傷的な雲が駆けつけ、色あせた微笑みが広場に現われ、子どもたちが小川の木目のついた水を乱していた。*118

ちなみに、『パリの最後の夜』の橋の上の場面では風が巻き起こっているが、このスーポーの小説において、風は水と火という二大要素をつなぎつつ、破局を招き寄せるものでもある。オクターヴが郊外で起こした火事は風で急速に広まり、やがてそこに大雨が降りかかるのだ。そうした「黙示録的なイメージ」[*119]自体、すでに『磁場』に現われてきていたとヴァグネルは指摘しており、「八十日間で」の章の次の一節を引いている。

だが風が扉をどれもこれも大きく開いていていて、彼らは粘土の夜のなかに駆け込んだ。その先に彼らは霧を見た。炎が昇って落ち、雲を舐めた。[*120]

オートマティスムにおいては、たとえば繰り返し同じような悪夢を見るのにも似て、ある種のイメージの反復が生じることはままあるだろうと考えられる。だが反復という点では、むしろ言葉使いに現われてくるほうが多いかもしれない。ヴァグネルはそうした言葉の繰り返しもスーポーの文体の特徴だと断定している。[*121]事実、『パリの最後の夜』には通常の散文以上に言葉の繰り返しが出てきており、詩におけるリフレインに近い働きをしている。たとえば、小説の冒頭近くの次のような会話は、あまりにもおうむ返しになっていて、むしろ異様に感じさせる。

「なんていやな天気だ！」
「なんていやな天気なんでしょう！」
「くそったれの天気だ！……」

（本書一〇九頁）

繰り返しはひとつの文のなかでも起きる。

……雨が、大粒のねばつく雨が突如として降りだした。（本書二四七頁）

フランス語では、日本語よりも繰り返しを嫌うのが普通であるだけに、こうした例が異様に感じられる。この繰り返しも『磁場』にはやはりあり、オートマティスム特有の言葉の自発的な働きの特徴とみなせるのである。たとえば、ヴァグネルも引いてきているように、『磁場』の最後のほうに二つ並ぶ「やどかりは語る」の章のうち二つ目のほうに出てくる次のような表記にも繰り返しが見てとれる。

海　海　自然の砂[*122]

彼は青く走る　凍てついたわたしの指より青く[*123]……

アンドレ・ブルトンは、晩年のインタヴューにおいて『磁場』での共同作業を振り返りつつ、スーポーがいかに自動的に言葉を繰り出す才に恵まれていたかを証言していた。

おそらくあの当時、彼〔スーポー〕だけが（……）詩を自動的に到来させ、いかなる修正もほどこさずにいられたのです。どんな場所でも、たとえばカフェなら、「ボーイさん、書くものを」と頼むだけで、詩の要請に応えることができていました。*124

オートマティスムについての理論構築はともかく、実践においてはスーポーのほうがむしろ長けていたと言えるのではないだろうか。

野生状態のシュルレアリスム

このように見てくると、シュルレアリスムから排斥されたのちも、スーポーは『磁場』での実践を忘れず、オートマティスムを活用して執筆していたことになる。そして、まさにシュルレアリスムから除名された直後に書いていた『パリの最後の夜』は、ブルトンたちシュルレアリスム・グループへの別れの書であり、同時に、スーポーなりのシュルレアリスムの実践の書でもあったのだ。一般に、この小説に登場するヴォルプとその一派は、ブルトンとシュルレアリスム・グループを暗示すると見なされている。そしてそのヴォルプ一派は、すでに見たように偶然を追い求めるのだが、たとえばノミ屋であるオクターヴが「偶然を売る男〔偶然に頼って商いにする男〕」（本書一八七頁）と呼ばれるように、いわば堕落した偶然にしかかかわっておらず、退屈をまぎらわすためだけに神秘を追い求める彼らのグループは、「冒険なき冒険家」（本書二三二頁）と呼ばれるのである。それに対して「おれ」は、ミリアム・ブシャランクの言葉を借りれば、「偶然の多義性[*125]」をしっかりと見据え、神秘に対する感覚を研ぎ澄ませている。ヴォルプたちが、「きわめて奇妙な状況」にも慣れてしまい、「なにもかも理解したいと言いながら、自分たちをそっくり包み込んでいる日々の謎を見分けることすらできないでいる」のに対し、「おれ」は眼の前で「偶然がふくらんでいく」（本書二二一頁）のを見るのだ。

小説という、ブルトンたちにとっては堕落した形式を採用しつつも、シュルレアリスムの起源と言ってもいいオートマティスムにこだわり続けるスーポーは、むしろ『磁場』の実践を継承するシュルレアリストであろうとしたのではないか。つまり、グループから除名されたからこそ、スーポーは、「本来の道をたどる者、本来の道の純粋さを再構築し、そこからの逸脱を告発する者[*126]」だったのである。ブシャランクは、そうしたスーポーなりのシュルレアリスムを、「野生状態のシュルレアリスム[*127]」とも呼んでいる。『パリの最後の夜』で変容と破壊のテーマを扱い、神秘や驚異に対して開かれた感覚を存分に発揮させるだけでなく、言葉そのものの変容と破壊を試み、独特の言語空間を現出させたスーポーは、まだ『シュルレアリスム宣言』が発表される以前にブルトンとともに試みた冒険を、いまはひたすら孤独な営みとして、続けようとしていたのである。

註

＊1 Philippe Soupault, *Histoire d'un Blanc*, Gallimard, « Imaginaire », p. 21.

＊2 *Ibid.*, p. 34.

＊3 Philippe Soupault, *Apprendre à vivre 1897-1914*, Rijois, 1977, p. 28.

＊4 *Ibid.*, p. 40.

＊5 Philippe Soupault, *Histoire d'un Blanc*, op. cit., p. 59.

＊6 Philippe Soupault, « Westwego », *Poèmes et poésies*, Grasset, « Les Cahiers Rouges », 1973, p. 33.

＊7 *Histoire d'un Blanc*, op. cit., p. 84.

＊8 Philippe Soupault, *Poèmes et poésies*, op. cit., p. 11.

＊9 Philippe Soupault, *Mémoires de l'Oubli: 1914-1923*, Lachenal & Ritter, 1981, p. 72.

＊10 ただし、ブルトンとスーポーがおこなった自動記述の実験に、ピエール・ジャネの著作が実際にどの程度まで影響を与えたのかについては、いろいろな議論がある。スーポーがジャネの名前を挙げるのに対し、ブルトンはもっぱらフロイトに言及しており、二人のあいだでもジャネの著作の受けとめ方に違いがあったと考えられる。

＊11 *Ibid.*

＊12 André Breton, *Entretiens 1913-1952*, in *Œuvres complètes*, III, Gallimard, « Pléiade », 1999, p. 467. アンドレ・ブルトン『ブルトン　シュルレアリスムを語る』稲田三吉・佐山一訳、現代思潮社、一九九四年、七四頁。この引用も含め、以下、既訳がある場合は参照しつつも、文脈などの必要に応じて加筆をさせてもらっている場合がある。

＊13 Philippe Soupault, *Vingt Mille et un jours: entretiens avec Serge Fauchereau*, Belfond, 1980, p. 58.

＊14 Philippe Soupault, *Mémoires de l'Oubli: 1914-1923*, op. cit., p. 139-140.

＊15　*Ibid.*, p. 141.

＊16　*Ibid.*, p. 153.

＊17　*Ibid.*, p. 166.

＊18　一般には、むしろシモン・クラ社あるいは単にクラ社と表記されることのほうが多いため、これ以降は本文中でも「クラ社」と記すことにする。

＊19　Philippe Soupault, *Mémoires de l'Oubli: 1923-1926*, Lachenal & Ritter, 1986, p. 80.

＊20　Béatrice Mousli, *Philippe Soupault*, Flammarion, 2010, p. 173.

＊21　Philippe Soupault, *Mémoires de l'Oubli: 1923-1926*, op. cit., p. 112-113.

＊22　*Portrait(s) de Philippe Soupault*, sous la direction de Mauricette Berne et de Jacqueline Chénieux-Gendron, Bibliothèque nationale de France, 1997, p. 77.

＊23　André Breton, *Entretiens 1913-1952*, op. cit., p. 466. アンドレ・ブルトン『ブルトン　シュルレアリスムを語る』、七二頁。

＊24　*Archive du surréalisme 3: Adhérer au Parti communiste ?*, présenté et annoté par Marguerite Bonnet, Gallimard, 1992, p. 57.

＊25　*Ibid.*, p. 58.

＊26　*Ibid.*, p. 60.

＊27　*Ibid.*, p. 56.

＊28　*Ibid.*, p. 60.

＊29　*Ibid.*, p. 63.

＊30　Philippe Soupault, *Mémoires de l'Oubli: 1923-1926*, op. cit., p. 160.

＊31　*Archive du surréalisme 3: Adhérer au Parti communiste ?*, op. cit., p. 82.

＊32　Jaqueline Chénieux-Gendron, *Le Surréalisme*, PUF, 1984, p. 80. ジャクリース・シェニウ＝ジャンドロン『シュルレアリスム』星埜守之・鈴木雅雄訳、人文書院、一九九七年、八四頁。

＊33　Philippe Soupault, *Mémoires de l'Oubli: 1923-1926*, op. cit., p. 110.

＊34　Philippe Soupault, *Littérature et le reste, 1919-1931*, Gallimard, 2006, p. 147.

＊35　*Ibid.*, p. 148.

＊36　Philippe Soupault, *Voyage d'Horace Pirouelle*, Lachenal & Ritter, 1983, p. 5.

＊37　Béatrice Mousli, *Philippe Soupault*, op. cit., p. 218.

＊38　Philippe Soupault, *Georgia Épitaphes Chanson*, Gallimard, « Poésie », 1984, p. 45.

＊39　Henri-Jacques Dupuy, *Philippe Soupault*, Séghers, « Poète d'aujourd'hui », 1979, p. 51.

＊40　*Ibid.*, p. 52.

＊41　Philippe Soupault, *Mémoires de l'Oubli: 1923-1926*, op. cit., p. 120.

＊42　Jaqueline Chénieux, *Le Surréalisme et le roman*, L'Age d'homme, 1983, p. 205.

＊43　André Breton, *Manifeste du surréalisme*, in *Œuvres complètes*, I, Gallimard, « Pléiade », 1988, p. 315. アンドレ・ブルトン『シュルレアリスム宣言・溶ける魚』巖谷國士訳、岩波文庫、一九九二年、一六頁。

＊44　Claude Leroy, « Peut-être un fantôme ou Rimbaud à l'école de Chaplin: *Voyage d'Horace Pirouelle au Groenland* », in *Philippe Soupault, le poète*, Klincksiek, 1992, p. 273-379.

＊45　« *Voyage d'Horace Pirouelle*, fac-similié du manuscrit de 1918, présenté par Claude Leroy », in *Philippe Soupault, le poète*, op. cit., p. 296.

＊46　*Ibid.*, p. 299.

＊47　*Ibid.*, p. 366.

＊48　*Ibid.*, p. 368-369.

＊49 Claude Leroy, « Peut-être un fantôme ou Rimbaud à l'école de Chaplin: *Voyage d'Horace Pirouelle au Groenland* », op. cit., p. 276.

＊50 *Ibid.*, p. 274. ちなみに、一九二四年の雑誌掲載時に、スーポーは小説とは関係がないシャガールの絵を添えているが、スーポーとシャガールのあいだにサンドラールを置いてみることで、シャガールの絵が挿入された経緯が想像できるようになる。

＊51 « Voyage d'Horace Pirouelle au Groenland », *Les Feuilles libres*, n° 37, septembre-octobre 1924, p. 14; cité par Myriam Boucharenc, *L'Échec et son double: Philippe Soupault romancier*, Honoré Champion, 1996, p. 153; Arthur Rimbaud, *Poésie; Une saison en enfer; Illumination*, Gallimard, « Poésie », 1973, p. 126. アルチュール・ランボー『地獄の季節』『ランボー全詩集』平井啓之・湯浅博雄・中地義和訳、青土社、一九九四年、二〇一頁。

＊52 Claude Leroy, « Supplément au *Voyage d'Horace Pirouelle* de Philippe Soupault: les lignes de fuite d'un manuscrit », in *Manuscrits surréalistes*, sous la direction de Béatrice Didier et Jacques Neefs, Presse universitaires de Vincennes, 1995, pp. 197-220.

＊53 Myriam Boucharenc, *L'Échec et son double: Philippe Soupault romancier*, op. cit., p. 153.

＊54 « *Voyage d'Horace Pirouelle*, fac-similé du manuscrit de 1918, présenté par Claude Leroy », op. cit., p. 325; Arthur Rimbaud, op. cit., p. 128. アルチュール・ランボー、前掲書、二〇三頁。

＊55 *Ibid.*, p. 345; Arthur Rimbaud, *Ibid.*, p. 130. 同書、二〇七頁。

＊56 André Breton, *Entretiens 1913-1952*, op. cit., p. 447. アンドレ・ブルトン『ブルトン　シュルレアリスムを語る』、四二頁。

＊57 Philippe Soupault, *Vingt Mille et un jours: entretiens avec Serge Fauchereau*, op. cit., p. 97.

＊58 Arthur Rimbaud, op. cit., p. 126. アルチュール・ランボー、前掲書、二〇一頁。

＊59　*Ibid.*, p. 128. 同書、二〇四頁。

＊60　Clara Moressa, « Quand les surréalistes décidèrent de faire adhérer Soupault au parti fasciste », in *Présence de Philippe Soupault: Actes publiés sous la direction de Myriam Boucharenc et de Claude Leroy*, Presses Universitaires de Caen, 1999, p. 157.

＊61　*Archives du surréalisme 3: Adhérer au Parti communiste?*, op. cit., p. 82.

＊62　この診療所でスーポーは、やはり治療のために入所していたニジンスキーを見かけていて、そのことを小説『黄金の心』（のちに増補改訂し、『失われた身体』と題名も変わる）に書いている。Cf. Philippe Soupault, *Mémoires de l'Oubli: 1923-1926*, op. cit., p. 151-152.

＊63　Philippe Soupault, *Vingt Mille et un jours*, op. cit., p. 209.

＊64　Philippe Soupault, *Mémoires de l'Oubli: 1923-1926*, op. cit., p. 151-152.

＊65　Philippe Soupault, *Histoire d'un Blanc*, op. cit., p. 40.

＊66　Philippe Soupault, « Westwego », op. cit., p. 35.

＊67　Philippe Soupault, *Vingt Mille et un jours*, op. cit., p. 173-177.

＊68　Philippe Soupault, *Mémoires de l'Oubli: 1927-1933*, Lachenal & Ritter, 1997, p. 54.

＊69　Philippe Soupault, *Vingt Mille et un jours*, op. cit., p. 169.

＊70　*Ibid.*

＊71　Clara Moressa, « Quand les surréalistes décidèrent de faire adhérer Soupault au parti fasciste », op. cit., p. 160.

＊72　*Ibid.*, p. 162.

＊73　Préface de *l'Anthologie de la nouvelle prose française*, Le Sagitaire, 1926, p. 5.

＊74　André Breton, *Manifeste du surréalisme*, op. cit., p. 320. アンドレ・ブルトン『シュルレアリスム宣言・溶ける魚』巖谷國士訳、岩波文庫、一九九二年、二七頁。

＊75　Patrice Begnana, « *Les Dernières Nuits de Paris*, L'imaginaire, Gallimard. », *Cahiers Philippe Soupault 3*, Association des Amis de Philippe Soupault, 2000, p. 265.

＊76　以下、『パリの最後の夜』についての記述は、「変容と破壊のエクリチュール――フィリップ・スーポー『パリの最後の夜』をめぐって」（『人文論集』第六〇号、早稲田大学法学会、二〇二二年二月）に加筆したものである。

＊77　Philippe Soupault, *Mémoires de l'Oubli: 1927-1933*, op. cit., p. 35.

＊78　*Ibid.*, p. 35.

＊79　Michel Delon, « Nuits de Paris, de Rétif à Soupault », *Europe*, n° 769, mai 1993, p. 71.

＊80　Philippe Soupault, « Ode à Paris », *Poèmes et Poésies*, op. cit., p. 151.

＊81　Marie-Claire Bancquart, *Paris des Surréalistes*, Éditions de la Différence, 2004. 一方、石川清子はブルトンの『ナジャ』、アラゴンの『パリの農夫』に加えてスーポーの『パリの最後の夜』にも一章を当てているが、さらにロベール・デスノスの『自由か愛か』も加えられている。Kiyoko Ishikawa, *Paris dans quatre textes narratifs du surréalisme*, L'Harmattan, 1998.

＊82　Claude Leroy, « Préface », in Philippe Soupault, *Les Dernières Nuits de Paris*, Gallimard, « L'Imaginaire », 1997, p. V-VI.

＊83　Claude Leroy, *Le Mythe de la passante, de Baudelaire à Mandiargues*, Paris, PUF, « Perspectives littéraires », 1999, p. 190-214.

＊84　Myriam Boucharenc, « Philippe Soupault, flâneur entre deux rives », in *Guide du Paris surréaliste*, Éditions du Patrimoine, 2012, p. 172.

＊85　André Breton, *Nadja*, in *Œuvres complètes*, I, Gallimard, « Pléiade », 1988, p. 651. アンドレ・ブルトン『ナジャ』巖谷國士訳、岩波文庫、二〇〇三年、二一二頁。

＊86 *Ibid.*, p. 683-685. 同書、七一、七三頁。傍点部分は原文でイタリック。

＊87 André Breton, *Nadja*, op. cit., p. 682. アンドレ・ブルトン『ナジャ』、六九頁。

＊88 *Ibid.*, p. 653. 同書、二二頁。

＊89 *Ibid.*, p. 695. 同書、九七頁。

＊90 *Ibid.*, p. 687. 同書、七六頁。

＊91 *Ibid.*, p. 651. 同書、二〇頁。

＊92 *Ibid.*, p. 647. 同書、一一頁。

＊93 『パリの最後の夜』におけるそうした語り手のあり方は、『ニック・カーターの死』との関連で触れておいた、ほぼ同時代のアメリカのハードボイルド小説を彷彿とさせる面がある。一般に『パリの最後の夜』については、探偵小説風といった見方がされることが多く、特に幼少のころからスーポーが好きで読んでいた『ニック・カーター』の影響が指摘されるのだが、ハードボイルド小説との関係についても今後は考察してみる必要があるかもしれない。

＊94 ベニャナも指摘しているとおり、この問題に関するブルトンの最も明確な発言は、一九三八年のメキシコでの講演の原稿に見られる。『ナジャ』、ついで『通底器』と『狂気の愛』をとおしてわたしが追求し続けたのは、以前に挙げたもの以上に厄介で人を惑わせる二律背反です。この場合に問題になるのは、自然のもたらす必然と人間（あるいは論理）がもたらす必然との対立、そして、ほとんど顧みられることがないのだが、ヘーゲルが『客観的偶然』という名を与えた新たなカテゴリー（……）のうちに両者を還元する可能性なのです」(André Breton, *Œuvres complètes*, II, Gallimard, « La Pléiade », 1992, p. 1279-1280)

＊95 Patrice Bégnana, « Le hasard et le récit: *Les Dernières Nuits de Paris* de Philippe Soupault et *Nadja* de Breton », *Cahiers Philippe Soupault 3*, mai 2000, p. 161.

*96 André Breton, *Nadja*, op. cit., p. 649. アンドレ・ブルトン『ナジャ』、一七頁。

*97 Patrice Bégnana, op. cit., p. 161.

*98 André Breton, *Nadja*, op. cit., p. 719. アンドレ・ブルトン『ナジャ』、一三七頁。

*99 Alain Meyer, « Les Derniers Nuits de Paris: un roman mythique », in *Présence de Philippe Soupault*, op. cit., p. 212.

*100 Louis Aragon, *Le Paysan de Paris*, Gallimard, « Folio », 1953, p. 162. ルイ・アラゴン『パリの農夫』佐藤朔訳、現代思潮社、一九八八年、一五八頁。

*101 Louis Aragon, *Le Paysan de Paris*, op. cit., p. 166. ルイ・アラゴン『パリの農夫』、一六二頁。

*102 *Ibid.*, p. 165. 同書、一六一頁。

*103 *Ibid.*, p. 148. 同書、一四四頁。

*104 Alain Meyer, op. cit., p. 215.

*105 Myriam Boucharenc, « Philippe Soupault, flâneur entre deux rives », op. cit., p. 171.

*106 Kiyoko Ishikawa, op. cit., p. 202.

*107 Philippe Soupault, *Mémoires de l'Oubli: 1927-1933*, op. cit., p. 36. ちなみに、*Fantômas* はこれまで『ファントマ』と表記されてきて、これが日本では定着しているが、実際には語尾のsも発音されるため、ここでは『ファントマス』とした。以下の拙論もご参照いただきたい。「アナーキズムからアセファルへ――シュルレアリスムと『ファントマス』」、鈴木雅雄編『シュルレアリスムの射程』、せりか書房、一九九八年。

*108 *Entretiens sur la pralittérature* (Colloque de Cerisy, septembre 1967), Plon, 1970, p. 102; cité par Alain Meyer, op. cit., p. 217.

*109 Alain Meyer, op. cit., p. 217.

*110 *Ibid.*, p. 216.

＊111 Philippe Soupault, *Mémoires de l'Oubli: 1927-1933*, op. cit., 36.

＊112 Philippe Soupault, *Mémoires de l'Oubli: 1914-1923*, op. cit., p. 72.

＊113 *Ibid.*, p. 28.

＊114 Philippe Soupault, *Les Dernières Nuits de Paris*, Calmann-Lévy, 1928, p. 183. ちなみに、初版を底本とした戦前の石川湧訳においても、当然ながら、この場面でオクターヴが再登場している。

＊115 ただし、パトリス・ベニャナは、もともとオクターヴの遺体が見つかっていないことから、初版におけるオクターヴの一種の復活は、スーポーが意図したものだととらえている。Patrice Begnana, « *Les Dernières Nuits de Paris*, L'imaginaire, Gallimard. », op. cit., p. 280-281. ちなみに、ベニャナは、句点や過去時制などに関する違いについても、初版のほうがスーポーらしい表現だという見方をしている。

＊116 Patrice Begnana, « Le hasard dans *Les Dernières Nuits de Paris* », *Cahiers Philippe Soupault 2*, 1997, p. 237.

＊117 Nicolas Wagner, « *Les Derniers Nuits de Paris*: remarques sur l'écriture de Philippe Soupault », in *Philippe Soupault le poète*, op. cit., p. 112.

＊118 André Breton, Philippe Soupault, « Éclipses », *Les Champs magnétiques*, Gallimard, « Poésie », 1971, p. 43. アンドレ・ブルトン、フィリップ・スーポー「磁場」（阿部良雄訳）、『アンドレ・ブルトン集成３』、人文書院、一九七〇年、一九二頁。該当箇所はスーポーが執筆していたことがわかっている。

＊119 Nicolas Wagner, op. cit., p. 93.

＊120 André Breton, Philippe Soupault, « En 80 jours », *Les Champs magnétiques*, op. cit., p. 58. アンドレ・ブルトン、フィリップ・スーポー「磁場」、二〇七頁。ここもスーポーが執筆した章となっている。

＊121 Nicolas Wagner, op. cit., p. 104.

＊122 André Breton, Philippe Soupault, « Le Pagure dit », *Les Champs magnétiques*, op. cit., p. 107. アンドレ・ブル

トン、フィリップ・スーポー「磁場」、二六一頁。なお、この章もスーポーによって執筆されたと考えられている。

＊123 *Ibid.*, p. 108. 同書、二六二頁。

＊124 André Breton, *Entretiens 1913-1952*, op. cit., 446. アンドレ・ブルトン『ブルトン　シュルレアリスムを語る』、四一頁。

＊125 Myriam Boucharenc, *L'Échec et son double: Philippe Soupault romancier*, op. cit., p. 299.

＊126 *Ibid.*

＊127 Myriam Boucharenc, « Philippe Soupault, flâneur entre deux rives », op. cit., p. 170.

あとがき

シュルレアリスムに関心を抱いたひとが最初に眼にする固有名詞にはどういったものがあるだろうか。文学関係であればブルトン、スーポー、アラゴン、エリュアール、美術関係であればダリ、マグリット、映画ならばブニュエル、ほかにも挙げられるだろうが、とにかく一般にシュルレアリストとして認識されている文学者、画家、映画監督などのなかで、スーポーほど、知名度の割には作品そのものが知られていない例はほかにないと言えるかもしれない。それは、群れることを嫌うスーポーの一種の孤高な詩人・作家人生ゆえでもあるだろうが、だからこそ、スーポーの作品に実際に触れてみることは、アンドレ・ブルトンが率いるシュルレアリスムの本流とはやや趣を異にする、いわばシュレアリスムの支流をたどる試みにもなるはずだ。しかも、本書に収めた作品は、いずれもブルトンが嫌った小説というジャンルに属するだけに、支流とはいっても、本流にただ寄り添うだけとは違う流れをかたちづくっている可能性が高い。シュルレアリスムをその中心からではなく、むしろ周辺部から眺めたときの風景を、ここに収めた三篇の小説がもたらしてくれるのではないだろうか。

実際、それぞれ趣きの異なるスーポーの三篇の小説を訳しながら、わたし自身も、シュレアリスムの新たな風景に出会うような心持ちを抱いていた。もちろんそれは、フィリップ・スーポーという詩人・作家の個性によるものでもあるが、同時に、シュルレアリスムと必ずしも相性がいいわけではない小説というジャンルの介在のせいでもあったかもしれない。

もっとも、その一方で、スーポー自身は自分をあくまで詩人とみなしていたことも忘れてはならないだろう。スーポーに関しては、その詩作品も日本語で充分に紹介されているとはいいがたい。幸い、この〈シュルレアリスム叢書〉の一冊として、『磁場』の新訳が刊行されるので、まずはシュルレアリスムにとっては記念碑的な作品であるその『磁場』をとおして、スーポーの詩に触れてもらいたい。ただ、『磁場』はやはり独特の、ある意味特殊な本でもあり、個々の文章はブルトンかスーポーのいずれかがあくまで自分ひとりで書いているとはいえ、それぞれが共著者の影響下にあったことは確かであるので、『磁場』以外の作品も読まなければ、本当の意味でスーポーの詩に接したということにはならないだろう。たとえば『ダダ・シュルレアリスム新訳詩集』（塚原史・後藤美和子訳、思潮社）にはスーポーの詩も訳出されているので、そこでわずかながらも詩人スーポーと出会う機会を持つことはできる。だが、そうしたアンソロジーとは別に、スーポーの詩集が翻訳されることを期待せずにはいられない。スーポーの詩集を読み、詩人としてのスーポーを知れば、彼の小説をさらに愉しめることにもなるはずだ。

実際、スーポーの小説、なかでも『パリの最後の夜』は、いかにも小説らしい小説である一方で、「訳者解説」で書いたように、どうにも一般の小説の枠には収まらないイメージの展開や言葉の使い方が見られる。自動記述的な書き方が少なくともある程度は導入されていたと考えざるをえないような文章であり、『パリの最後の夜』だけでなく、『オラス・ピルエルの旅』と『ニック・カーターの死』も含めた三作すべてに、それぞれ微妙に様相を変えながらも、詩的と言うしかないスタイルが見てとれる。まさに詩人スーポーだからこそ執筆できた小説なのである。

＊

ところで、もはや記憶すら定かではないものの、本書の企画が浮上してから十年以上の年月が流れているはずである。そのように時間がかかってしまったのは、ひとえに訳者であるわたしの怠慢によるものだが、少しだけ言い訳めいたことを表明させてもらうなら、スーポーの文章が生半可な翻訳を拒んでいたという事情も存在する。『パリの最後の夜』をフランス語で読むぶんには、それなりに読み進めてしまうのだが、いざ日本語に移し替えようとすると、通常の小説のような因果関係の連鎖のなかに収まらない文章を前にして、途方に暮れるということが頻繁に起こる。詩であれば、それをそのまま訳してしまうこともできるのだが、あくまで小説というジャンルとして書かれている以上、物語として成立させねばならない。さほど分量のない作品でありながら、そうした逡巡のせいで翻訳作業が滞ってしまった部分もあるということだ。その結果、企画を立ち上げてくれた鈴木冬根氏に大変ご迷惑をかけることとなった。辛抱強く翻訳の完成を待っていただき、『シュルレアリスム宣言』から百年という時期に刊行が始まる〈シュルレアリスム叢書〉の一冊となった本書の編集にもそのすぐれた能力を発揮していただいた鈴木氏に、この場を借りてお詫びとお礼を述べたい。

最後に、本書に収録した三作品の原典を示しておく。「訳者解説」にも記したように、いずれの作品も初版のみではなく、再版も出ており、今回の翻訳では再版を底版とした。

Philippe Soupault, *Voyage d'Horace Pirouelle*, Lachenal & Ritter, 1983.
Philippe Soupault, *Mort de Nick Carter*, Lachenal & Ritter, 1983.
Philippe Soupault, *Les Dernières Nuits de Paris*, Gallimard, « L'Imaginaire », 1997.

ただし、これらを底本としつつも、必要に応じて初版を参照していることを付記しておく。

戦前に『パリの最後の夜』が『モン・パリ変奏曲』という題で訳出され、戦後には〈小説のシュルレアリスム〉叢書（白水社）の一冊として刊行された『流れのまま』（片山正樹訳）が存在するものの、まだまだスーポーの姿は日本の読者の視線の先でしっかりとした像を結ぶには至っていないように思う。本書がスーポーというすぐれた詩人・作家の輪郭を少しでも明確にする一助になるのであれば、これにまさる喜びはない。

二〇二四年九月

谷昌親

フィリップ・スーポー

Philippe Soupault　1897-1990

1897年パリ郊外のシャヴィルで生まれ、1990年にパリで死去。フランスの詩人・作家・ジャーナリスト。アンドレ・ブルトンやルイ・アラゴンとともにダダの冒険に参加。1919年ブルトンと自動記述の実験をおこなって『磁場』を執筆し、1924年ブルトンが発表する『シュルレアリスム宣言』を待たずに、シュルレアリスムを事実上誕生させた。1926年シュルレアリスム運動から離反。1938年ファシズムの放送局に対抗する「ラジオ・チュニス」を創設。その後、アルジェリアを経由してアメリカ大陸に亡命しつつも、対独レジスタンス運動に加担する。1945年フランスに帰国。文学のみならず、美術・映画評論を手がけ、世界中を旅して紀行文を書くなど、幅広い活動をおこなった一生だった。邦訳に『磁場』（ブルトン共著、『アンドレ・ブルトン集成　第3巻』所収、人文書院）、『流れのままに』（白水社）など。

谷 昌親

たに・まさちか

1955年東京生まれ。早稲田大学教授。専攻はフランス現代文学・イメージ論。1987年レーモン・ルーセルについての博士論文でパリ第三大学第三期課程博士号を取得。主著に『詩人とボクサー——アルチュール・クラヴァン伝』（青土社）、『ロジェ・ジルベール＝ルコント——虚無へ誘う風』（水声社）、共著に『シュルレアリスムの射程』（せりか書房）、『クレオールの想像力——ネグリチュードから群島的思考へ』（水声社）、訳書にミシェル・レリス『オランピアの頸のリボン』（人文書院）、同『ゲームの規則IV　囁音』（平凡社）、共訳にアンリ・ベアール『アンドレ・ブルトン伝』（思潮社）、ジル・ドゥルーズ『批評と臨床』（河出書房新社）など。

シュルレアリスム叢書

パリの最後《さいご》の夜《よる》

2025年3月31日　初版第1刷発行

著者　フィリップ・スーポー

訳者　谷 昌親

発行者　佐藤丈夫

発行所　株式会社国書刊行会

〒174-0056 東京都板橋区志村 1-13-15

Tel.03-5970-7421　Fax.03-5970-7427

https://www.kokusho.co.jp

印刷　モリモト印刷株式会社

製本　株式会社難波製本

装幀　大倉真一郎

ISBN978-4-336-07703-5

シュルレアリスム叢書

【全5巻】

四六判上製筒函入

20世紀最大といって過言なきアヴァンギャルド運動。1924年の『シュルレアリスム宣言』から1世紀——。シュルレアリスムの次の100年に向けておくる初訳・新訳シリーズ。

アンドレ・ブルトン　フィリップ・スーポー
ポール・エリュアール

磁場・処女懐胎

中田健太郎 訳　ISBN978-4-336-07702-8　近刊

フィリップ・スーポー

パリの最後の夜

谷 昌親 訳　ISBN978-4-336-07703-5　4,180円

ロベール・デスノス

ワインが樽から抜かれたら……

谷 昌親 訳　ISBN978-4-336-07704-2　近刊

ルネ・マグリット

目に見える詩　マグリット著作集

利根川由奈 訳　ISBN978-4-336-07705-9　近刊

レオノーラ・キャリントン

石の扉　キャリントン中・短篇集

野中雅代 訳　ISBN978-4-336-07706-6　近刊